YO, EL DESCONOCIDO

ANTONI DALMASES

www.
literaturasm
.com

Primera edición: septiembre de 2007
Quinta edición: noviembre de 2013

Dirección editorial: Elsa Aguiar
Coordinación editorial: Berta Márquez
Traducción: Antoni Dalmases

Título original: *Jo, el desconegut*

Impresores, 2
Urbanización Prado del Espino
28660 Boadilla del Monte (Madrid)
www.grupo-sm.com

ATENCIÓN AL CLIENTE
Tel.: 902 121 323
Fax: 902 241 222
e-mail: clientes@grupo-sm.com

ISBN: 978-84-675-2095-8
Depósito legal: M-42112-2010
Impreso en la UE / *Printed in EU*

A la memoria de Joan y de Bartomeu,
que hicieron posible el futuro.

El amor es lo primero que enseña al hombre
a creer en un mundo objetivo más allá de sí mismo.

KARL MARX

1

A pesar de la multitud que nos comprimía, yo no me sentía nada seguro.

–Es imposible pasar por ningún lado, Olga. ¿Adónde me llevas ahora?

Lo preguntaba porque no era nada fácil avanzar unos metros por la calle Valencia y porque conocía mi mala suerte. Sí, podía parecer más que improbable que, en medio de aquella aglomeración que no nos dejaba mover ni un pie y que chillaba agitando pancartas y banderas sin tregua, me fuera a encontrar con los de casa. Pero cosas más extrañas me han ocurrido. Y sé muy bien que si algo que no debe pasar puede pasar, a mí me pasará.

La demostración de esta teoría que algunos creerán pesimista es que, a pesar de la gran manifestación y de la protesta mundial, la guerra se produjo.

Sin embargo, aquel sábado quince de febrero tuve bastante suerte. Arrastrados por la riada humana hasta el paseo de Gracia –¡en mi vida había visto junta tanta gente!– se nos hizo de noche, estrujados y avanzando a paso de tortuga. Pero, afortunadamente, sin cruzarnos con nadie conocido.

Suspiré aliviado cuando Olga, viendo que se hacía tarde y que no teníamos ninguna posibilidad de llegar hasta el final de la manifestación para oír la lectura de la proclama contra la guerra, dijo que más valía que nos desviáramos hacia la estación para tomar el tren.

Se la veía contenta cuando volvíamos, rodeados de gente que venía del mismo sitio que nosotros, comentando el éxito de la convocatoria con un optimismo que yo no compartía. De hecho, yo nunca he compartido ningún optimismo...

Si estaba en aquel tren y venía de donde venía, era por Olga, claro. Ella me había llevado allí.

Yo no quería ni pensar qué pasaría si mis padres llegaban a saber que había abandonado a mis amigos para gastar toda una larga tarde de sábado asistiendo a una de aquellas manifestaciones que ellos no se perdían por nada del mundo. Habíamos discutido tantas veces por culpa de mi «pasotismo» –según mi madre,– «inconsciencia» –según mi padre–, que aquello hubiera sido admitir que tenían razón.

Cuando me lo propuso –«Vendrás, ¿no, Arnau?»–, yo me lo tomé como una broma. Y nunca creí que aceptaría la condición que se me ocurrió plantear. Pero, sorprendentemente, al decirle que solo la acompañaría si íbamos ella y yo, sin nadie más, hizo una mueca extraña y contestó que sí. Yo pensaba que ya tenía planes para ir con su grupito de *kumbayas* de siempre, y el hecho de que accediera a mi propuesta me llenó de orgullo y de esperanza. Y a su peña de incondicionales debió de caerles como un tiro que les plantara. ¡Hacía meses que la perseguía y no encontraba la manera de conseguir que se despegara de sus inseparables Alicia, Oriol y el resto del rebaño de *hippies*!

Mi trabajo me costó también lograr que David, Eduardo y Carlos entendieran que aquel sábado no me verían por la Zona.

–He quedado con Olga... –fue todo lo que me atreví a explicarles.

Parece que las familias de mis amigos no son tan «reivindicativas» como la mía –¡no saben lo que se ahorran!–, y puede que ni siquiera supieran que había una *macromegamani* aquella tarde. El caso es que, al enterarse, se limitaron a hacer la bromita que ya me esperaba y yo les seguí la corriente para ahorrarme detalles que dieran pie a más cachondeo.

Recordaba estas cosas en el tren que nos llevaba a casa, rodeado de los eufóricos de las banderas que se sonreían unos a otros como si fueran cómplices de vete a saber qué heroicidad.

Y miraba a Olga, que también sonreía.

Hacía un rato que no hablábamos, y yo empezaba a maquinar cómo podría montármelo para quedar al día siguiente. Ya que ella era tan previsora, pensaba que la excusa de estudiar Filosofía para el examen del martes sería una maniobra perfecta. La idea de encerrarme un domingo a estudiar era *heavy*, pero no pensaba que se tratase de estar todo el rato con las narices pegadas a los libros. Sí, se lo diría tan pronto como bajásemos del tren, antes de subirnos en la moto para acompañarla a su casa.

–¿Qué vas a hacer mañana por la tarde, Arnau?

La pregunta me dejó fuera de combate. ¿Aquella chica era adivina o qué?

–No sé... –y despertando de mi aturdimiento inicial pregunté animado– ¿Tienes alguna propuesta interesante?

–Sí. Te lo decía por si quieres acompañarme a hacer un pequeño trabajo...

–Quieres estudiar Filosofía para el martes, ¿no?

Por un momento, creí que volvía a tenerla en mi terreno. Pero no.

–Sí, pero... Bueno, quiero decir después, a media tarde, hacia las seis. Es que tengo que cumplir un encargo para la Asociación, ¿sabes? Y he pensado que quizá te gustaría saber qué hacemos, conocer el servicio...

¿De qué me estaba hablando? Debí de poner cara de sorpresa, porque en seguida me clavó una especie de mitin sobre un grupo estrafalario de jóvenes que, un par de veces por semana, se dedicaban a visitar abuelitos que vivían solos.

–... les ayudamos a ordenar su casa, vemos si tienen todo lo necesario... Pero sobre todo, de lo que se trata es de acompañarles, de darles conversación para que no se sientan solos y, si hace falta, de hacer algunos encargos que a ellos les cueste llevar a cabo: salir a comprarles algo, asistirlos en alguna gestión complicada, pasear con ellos un ratito... Es bastante distraído e interesante.

¡Esa sí que era buena! ¡Se trataba de hacer de «canguro» de abuelitos! No pude evitar una mueca y un balbuceo de perplejidad.

–Pero... pero... ¿y la Filosofía?

Como intento de disimular lo que en realidad pensaba, aquello resultó un fracaso. Decidí hablar claro:

–Olga, ¡que mañana es domingo!

–¡Venga, hombre! Hay tiempo para todo... Además, me he comprometido a ir y... me gustaría mucho que me acompañaras. Puede que hasta te guste colaborar con nosotros...

¡Horror de los horrores! ¿Qué podía responderle? Nada que no diera al traste con la tarde reivindicativa que acabábamos de pasar. Pero no parecía que ella tuviera conciencia alguna de estarme destrozando la moral, porque seguía con su discurso:

–Piensa que la Asociación de Servicio a la Tercera Edad no pide mucho: un par de horas, dos o tres a la semana, las que puedas, el tiempo que tú dispongas. Y créeme, ¡no te imaginas hasta qué punto compensa ese poco tiempo!

Atrapado. Me sentía atrapado e idiota. ¿Quién me mandaba a mí encapricharme precisamente de aquella *hippie* mitinera?

Mientras ella, charlando sin parar, me cantaba las excelencias de la labor social, yo la miraba y pensaba que era preciosa –«lástima de ojazos que se fijan en lo que no se deben fijar»–, que tenía una piel dulce y un cuerpo que no se merecía el trato que le estaba dando. Y también me maldecía a mí mismo al pensar que David, Carlos y Eduardo debían de estar causando estragos con las chavalas de la Zona, y en cuántas de ellas darían lo que no tienen por pasar un buen rato conmigo. Pero estaba atrapado por aquella especie de misionera espectacular que me había hipnotizado desde el curso anterior, y notaba que mi cabeza se movía arriba y abajo, diciendo que sí como un robot a todo lo que ella decía, sin ni siquiera oírla.

–¡Qué bién! ¡No sabes lo contenta que estoy, Arnau!

El beso de alegría que acababa de plantarme en la mejilla me despertó del estado catatónico: ¡Había interpretado mi silencio aquiescente como una aceptación!

¡Ahora sí que estaba atrapado!

Miré las pegatinas contra la guerra que Olga me había pegado en la cazadora durante la manifestación, porque era una manera de bajar la cabeza sin que se notara demasiado mi desesperación. Después de suspirar un par de veces para recuperar la calma, si era posible que aún conservara algo de calma en algún rincón de mi cerebro, me atreví a articular una pregunta:

–¿A qué hora quieres que nos veamos?

Y entonces, quizá consciente del esfuerzo que yo estaba haciendo por ella –tal vez no fuera por ella, no; puede que tan solo me hubiera vuelto estúpido y perdido la razón definitivamente–, puso sus manos sobre mis mejillas, me miró un instante a los ojos en silencio, sonrió y me acabó de desarmar.

–¡Eres un tío fabuloso, Arnau!

Tocado y hundido. En aquellos momentos, viéndola dirigirse al portal de su casa, tuve el pleno convencimiento de que aquella chica me dominaba sin que yo pudiera resistirme.

Lo que aún no sabía era hasta qué punto llegarían a cambiar las cosas a partir de aquel sábado de febrero, el de la manifestación contra la guerra.

2

Cuando todavía no nos habíamos bajado de la moto, Olga señaló un balcón del segundo piso.

–Allí es.

Habíamos ido a parar al extrarradio. Yo miraba la plaza polvorienta rodeada de unos palotes raquíticos que los optimistas llaman árboles, alrededor de los cuales, unas criaturas gritaban jugando a perseguirse en bicicleta. Un poco más allá, cuatro abuelos estaban sentados en un banco, charlando. Pensé que aquellos ya se daban palique entre ellos y no necesitaban de ninguna Asociación de Buenos Corazones para entretenerse. Como tenía que ser.

–¿Vamos?

Subimos por una escalera oscura y estrecha, de escalones irregulares. Notaba una mezcla de olores repugnantes difíciles de identificar, que me esforzaba en ignorar.

–No le iría mal una pintadita a esta escalera, ¿verdad, Arnau?

Una ola de sudor inundó mi frente al imaginarme al día siguiente con una brocha en la mano. Conociendo cómo las gastaba Olga, siempre a punto para intervenir en todas las causas perdidas... Pero solamente musité, evasivo:

–Y alguna bombilla...

Cuando la mujer, minúscula, seca y arrugada, abrió, pensé de inmediato que la mano de pintura la necesitaba más ella que las paredes. Y que la bombilla sería también muy útil en el recibidor-comedor-sala de estar de aquella guarida reducida y tétrica, que algún inconsciente consideraba un piso.

–¡Este es Arnau, Victoria! –chillaba Olga, que no me había advertido que la abuela era sorda como una campana–. ¡Ha venido a echarnos una mano!

La vieja quiso sonreírme y mostró una boca lamentable. Yo sudaba cada vez más, aterrorizado por la idea de que se le ocurriera saludarme con un beso, tal como se había puesto de moda, pero aquel debió de ser mi instante diario de buena suerte, porque se limitó a estrecharme la mano.

Me enseñaron el piso en un instante, porque era tan escaso como mi capacidad de reacción.

Olga abrió de par en par el balconcillo y la única ventana del único dormitorio que había. Y a pesar del fresco que venía de la calle, donde ya oscurecía, hizo bien, porque así evitó que el insportable olor a rancio que lo impregnaba todo me tumbara de espaldas. La vieja tuvo un escalofrío –puede que como protesta por no estar acostumbrada al oxígeno– y cruzó los brazos, protegiéndose bajo un chal de punto color violeta gastado, penoso, que le cubría los hombros.

Al desviar los ojos hacia lo que debía de ser la cocina, vi una montaña de cacharros y platos en equilibrio precario dentro del fregadero.

Y después me fijé en los carteles.

Había carteles por todas partes. «Luz», decía al lado de un interruptor que debieron de instalar los primeros pobladores trogloditas de la región. «Váter», se leía en otro que anunciaba lugares a buen seguro terroríficos. Luego descubrí otro en la cocina, casi del tamaño de una de las pancartas que había visto en la manifestación del día anterior. Decía «CERRAR GAS», y en cada una de las cuatro paredes del cuchitril se repetía «grifo», «grifo», «grifo», «grifo», de manera obsesiva. Reconocí la letra de Olga.

Y como si no tuviéramos otra cosa que hacer, empezó la tarde de visita.

Nos sentamos alrededor de una mesa camilla que ocupaba casi la mitad de lo que debían de considerar el comedor, y ellas dos se pusieron a conversar a gritos, como las malas actrices de las series de televisión, comentando qué había comido la mujer, qué cenaría, si tenía arroz o si le faltaba pan y cuándo se tenían que recoger unos medicamentos que estaban encargados en la farmacia.

Mientras, yo me entretenía observando la vitrina que había en un rincón, repleta de muñequitos ridículos, copas y vasos desparejados y fotografías amarillentas que apenas se podían distinguir, torcidas y superpuestas dentro de historiados marcos.

Sobre un mueble ínfimo, había una radio de plástico blanco cubierta con un tapete de ganchillo. La música más moderna que debía de haber emitido serían los valses.

También me fijé en la pareja que presidía la pared dentro de un enorme marco ovalado. Eran un hombre y una mujer fotografiados en blanco y negro, sobre un fondo difuminado. Él fruncía el ceño y levantaba la mirada con un gesto altivo de seriedad forzada, al lado de una mujer sonriente de ojos tristes, en quien creí reconocer el rostro lejano de la vieja Victoria, que ahora charlaba con Olga, tan animada como consumida y arrugada por los años.

Bajo la foto de la pareja, un cartel equívoco decía «estufa», quizá con la finalidad de indicar la existencia de un radiador eléctrico, más bien decorativo, porque el frío se notaba a pesar de que habíamos cerrado las ventanas hacía un rato.

Y llegó el momento temido: cuando Olga decidió que ya estaba bien de cháchara y que había llegado la hora de trabajar.

Se trataba de recoger la ropa tendida en el balcón, de limpiar la montaña de trastos de la cocina, de barrer un poco todo el piso y preparar la tortilla francesa que ellas dos habían acordado que cenaría Victoria, después de revisar la pequeña nevera –que resultó estar casi vacía, porque solamente guardaba las pocas cosas que la mujer podía masticar con aquella boca casi deshabitada– que tenía: una cantidad exagerada de quesitos triangulares, cuatro yogures, unos cuantos huevos y un cartón de leche.

Los cacharros los fregué yo. Y los fregaba con furia, mientras maldecía mi suerte. No podía dejar de pensar en lo bien que se lo debían de estar pasando Carlos, Eduardo y David en aquellos momentos, en cómo se reirían si supieran lo que estaba haciendo yo allí y, sobre todo, en el más que probable infarto que sufriría mi madre si me viera disfrazado con un delantal floreado y un estropajo en las manos, fregando platos y ollas, después de pasarse años acusándome de ser incapaz de mover ni un dedo en casa.

Mientras Olga recogía la ropa y barría el resto del piso –en la cocina apenas cabía yo–, la vieja estaba tranquilamente sentada en una silla, explicando historias de su juventud que ella iba siguiendo con preguntas y exclamaciones del tipo «¿ah, sí?» y «¡ya ves tú!», y que servían para dar cuerda a los recuerdos prehistóricos de la abuela.

–Parece la reina de las coles, ella aquí, repanchigada...

Lo había dicho asomando la cabeza por la puerta de la cocina un momento, y no muy fuerte, para que no me oyera la vieja sorda. Pero Olga me lanzó un «¡calla, animal!», entre dientes y sin dejar de sonreír, para que la mujer no viera que me estaba riñendo.

No se dio cuenta, no, porque me sonrió con picardía y entornando los ojos desde su trono, soltó:

–¡Hacéis buena pareja, vosotros dos!

Y se echó a reír como si tuviera un ataque de hipo y hubiera cometido alguna travesura inconfesable.

Olga hizo como que no la oía. Pero yo pensé que tenía su gracia, la abuelita, porque jugaba a mi favor sin ella saberlo. Y le sonreí exageradamente desde la puerta, cosa que provocó que ella se pusiera a aplaudir con el mismo entusiasmo que lo haría un parvulito en un teatro de guiñol.

Me escondí de nuevo para acabar mi tarea con los cazos y paellas, que tenían grasa incrustada de cuando el Cid pegó el primer berrido, y pensé que aquella situación era grotesca.

Fregaba alimentando la esperanza de que, una vez acabara la limpieza, podríamos salir zumbando de aquel antro. Como todavía no habían dado las ocho cuando Olga terminó de cocinar la tortilla de la cena, se me ocurrió pensar que aún nos quedarían casi dos horas para estar solos. Pero de nuevo comprobé que la realidad tiene una rara y constante tendencia a contradecir mis deseos.

–¿Qué le parece si bajamos un ratito a dar una vuelta por la plaza, Victoria?

–¡Qué dices! –solté, alarmado–. ¡Si es tarde, ya ha anochecido!

–Ten en cuenta que desde anteayer esta pobre mujer no ha puesto los pies en la calle. ¿No ves que si no la acompaña alguien, no puede bajar esa escalera?

Sí, el argumento era tan bondadoso como convincente. Y también estaba seguro de que la paciencia debe tener un límite, que la mía ya había sobrepasado. Pero parece que el amor, que todo lo trastoca, no solo es ciego como dicen, sino absolutamente cretino, porque no supe más que responder:

–Bien... como tú quieras...

La mujer, ilusionada, empezó a echarse encima bufandas, jerséis y abrigos para salir.

Y ahí nos tienes a los tres: primero, practicando ejercicios de equilibrismo para bajar las escaleras a oscuras, sujetando por aquí y por allá para que la vieja no rodara por los peldaños, y, después, paseando a ritmo de tortuga artrítica por la plaza desierta, que nos dieron casi las nueve aguantando una ventolera helada que levantaba el polvo y se nos metía en los ojos.

Quizá fue por eso, que no vi acercarse la sombra que se nos cruzó. La vieja, que debía de estar muy excitada por la tarde divertidísima que estábamos pasando, saludó al desconocido con un grito de felicidad que tuvo que oírse desde mi casa, en la otra punta de la ciudad.

–¿Qué, Ramón, a cenar?

El interpelado, en lugar de contestar, pasó por nuestro lado sin detenerse, y dibujó una sonrisa tétrica como una cicatriz siniestra, acompañada de un gruñido que puede que pretendiera ser un saludo. Me había llamado la atención que, al vernos, el hombre había cambiado de postura, esforzándose en sacar pecho y dándose unos aires de suficiencia ridículos que contrastaban con su indumentaria patética. Iba abrigado con una cazadora de piel negra gastada, llena de hebillas, como de motorista de película antigua, cuatro tallas mayor de la que necesitaba. En la cabeza, una boina le cubría la frente hasta las cejas, y arrastraba los pies, calzados con unas viejas pantuflas de andar por casa.

Mientras le veía alejarse del círculo de luz del farol donde nos habíamos cruzado, pensaba en aquella imagen chocante y observé que, cuando debió de pensar que ya no le mirábamos, hundió su cabeza entre los hombros con un gesto de abatimiento que, sin duda, había querido disimular unos momentos antes.

No dije nada, porque ya lo hizo Victoria:

–Pobre Ramón... Hace un par de años que se le murió la mujer, Amalia, y no parece que lo haya superado. No sabe estar solo, por más que intente simular entereza. Y tampoco es tan viejo, ¿eh?, no creáis. Pero apenas se relaciona con nadie y pasa muchos ratos hablando consigo mismo. Hacía tiempo que no le veía. Yo había tratado bastante con su difunta. Nos encontrábamos en el mercado muchas veces. Pero él no sale muy a menudo de casa. Qué pena, ¿no?

Estaba seguro de que aquella insinuación de culebrón dramático no podía dejar indiferente a Olga.

–¿Dice usted que vive solo ese señor, Victoria?

«¡Atención: peligro!», intuí. Mi cuerpo se tensó temiendo que Olga me ordenara echar a correr detrás del desconocido, para preguntarle si necesitaba compañía de la Asociación de Buenas Personas que ella misma parecía presidir. Mi cerebro se estaba acostumbrando a un estado de alerta constante al lado de aquella chica. Y la abuela remachó el clavo, como si hubiera hecho falta:

–Deberíais ir a verle, niña. Aunque intente disimularlo, necesita de alguien que le ayude, ¡pobre Ramón!

«Todo lo que va mal es susceptible de empeorar». La máxima cruzó mi mente para confirmar lo que ya había previsto inevitable. Y así sucedió.

–¿Sabe la dirección de este tal señor Ramón, Victoria?

–Vive por allí, detrás de esos bloques, en una de las casitas bajas. No sé el nombre de la calle, pero conozco la vivienda. Si venís mañana, podemos acercarnos a verle dando otro paseo.

–¡Mañana tenemos trabajo, Victoria!

Acababa de soltar un berrido en defensa propia que posiblemente oyeran los astronautas que viajan dando órbitas alrededor del planeta desde hace meses. Olga me miró y pareció que me daba la razón. Pero solo fue un espejismo momentáneo.

–Sí, mañana no podemos. Vendremos pasado mañana, Victoria. El martes por la tarde.

Lo que primero había parecido un triunfo, acababa de convertirse en una nueva condena: no, Olga no iría a visitarle al día siguiente, sino que acababa de decir que iríamos los dos –¡los dos!– pasado mañana, porque yo –¡hábil entre los hábiles!– me había incluido en la invitación al hablar en plural para esquivarla.

Eso significaba que yo era ya, de hecho, un «voluntario» de la Asociación de los Buenos Chicos que Renuncian a los Días de Fiesta. ¡Bravo!

No hay como estar enamorado para perder el sentido de la orientación y caer en los más absurdos agujeros negros.

3

Guardaré para mi intimidad todo lo que sucedió la tarde del lunes, cuando nos encontramos –¡al fin solos!– para estudiar Filosofía en casa de Olga. Estudiamos bastante, sí. Pero también es verdad que no solo estudiamos.

Yo temía que, en cualquier momento, ella hiciera algún comentario sobre la visita a casa de Victoria de la tarde anterior; pero debió de dar el tema por cerrado, completamente convencida de que yo era ya miembro titular de la Asociación de Amigos Limpiacocinas de los Viejos y que era cosa de minutos que me entregaran el carné de socio.

Con todo, no podía dejar de darle vueltas a la conversación que habíamos tenido aquella noche de domingo, cuando la dejé en el portal de su casa.

La mirada le había chispeado al decirme que estaba muy «contenta de poder compartir contigo esta labor fantástica». Me pareció una frase tan delirante que mis ojos se abrieron desmesuradamente, sorprendidos, pero por suerte protegidos bajo la discreción del casco. Y cuando al cabo de un momento me preguntó «¿qué te ha parecido?», refiriéndose a la tarde de fiesta con la abuelita sorda, me guardé mucho de confesarle que un adjetivo había tamborileado sin cesar en mi cabeza desde que habíamos entrado en el piso de la vieja

–«¡deplorable!»– y solo balbuceé un inicio tímido de excusa, insinuando que «sí, está bien eso; pero yo no tengo tiempo...». Un intento de escaqueo condenado al fracaso, claro, que fue neutralizado por ella con una respuesta muy astuta: «¿Quieres decir que no tienes tiempo para estar conmigo?». Jugada maestra, sí señor, propia de una experimentada profesional del chantaje. Por eso me callé, me quité el casco con la sonrisa más seductora que encontré para colgarla de mis labios y los acerqué a su mejilla, para acariciarla y decir: «Contigo iré adonde tú quieras». Una imbecilidad que podía parecer galante, pero que en realidad era una claudicación definitiva.

Puede que por eso el lunes «filosófico» resultara tan feliz como resultó.

Sin embargo, extrañamente, como si tuviera miedo de que yo me echara atrás o rompiera aquel acuerdo que cada uno de nosotros interpretaba como mejor le parecía, Olga no me habló de la tarde del día siguiente –aquella que, al salir del examen, nos habíamos comprometido a dedicar al «servicio de la humanidad decrépita»–, hasta que me acompañó a la puerta cuando ya me iba a casa.

–Mañana por la tarde... te acuerdas, ¿verdad? No te comprometas a otra cosa...

–Ya te dije que yo...

Último intento absurdo. Me miró con malicia, con un gesto en los labios que quería decir «ya hablamos ayer de tu disposición, ¿vale?». Y yo hice lo único que podía hacer: callarme.

Quedaba definitivamente claro, pues, que habría Olga mientras hubiera viejecitos necesitados. Y, por tanto, el martes iríamos con Victoria a pasear hasta la casa del viejo loco disfrazado de motorista con pantuflas, que también vivía solo y nos necesitaba sin saberlo. ¡Un panorama magnífico!

Me ahorraré todos los comentarios que me suscitó el nuevo paseo a cámara lenta, con Victoria en medio, colgada de nuestros brazos, yo a su derecha, Olga a su izquierda, como si acompañásemos a una novia al altar, porque solo de pensar en la estampa me entran ganas de volatilizarme. Para hacerse una idea aproximada de lo ridículo de la escena, bastará con saber que la mujer presumía de nosotros ante las vecinas, como si fuésemos los nietos que nunca tuvo. Y que, a cada paso que dábamos, se entretenía en saludar gesticulando y en *dolby* estéreo, en plena calle, ahora a una, después a otra, quizá creyendo que aquello era un desfile de exhibición.

En tres cuartos de hora conseguimos recorrer las seis esquinas y llegar ante la casa donde se suponía que vivía el hombre que buscábamos. Que Olga buscaba, quiero decir, porque en realidad yo no tenía ningún interés por encontrarle.

No contestaba nadie. El timbre medio afónico sonaba en el vacío de aquella casita de planta baja, mientras yo pensaba que quizá todavía nos salvaríamos de una sesión de limpieza como la del domingo; si Olga desistía. Pero el verbo «abandonar» no existe en su diccionario.

–¿Y si llamamos a la puerta de al lado?

Una idea innecesaria, porque la vecina, que debía de estar al quite hacía un rato, ya asomaba el hocico para entrar en escena.

–No les abrirá... –sentenció mientras salía, secándose las manos en el delantal–. Y tiene que estar dentro, porque hace un rato se oían voces. Pero Ramón tiene días, y a veces se pasa semanas enteras que parece que no viva aquí. Es triste, lo de este hombre... ¿Son ustedes parientes?

Yo me aparté, silencioso, mientras Olga, convertida en relaciones públicas de la Asociación Dónde está el Abuelo Necesitado, hacía las presentaciones formales y explicaba «nuestros» propósitos a la mujer, quien debió de encontrarlos tan interesantes que se ofreció a ayudarnos. Se acercó a la puerta y, pasando del timbre, la hizo temblar con unos golpes contundentes –dados con la palma de una mano que más parecía un mazo–, al mismo tiempo que gritaba con todas sus fuerzas:

–¡Ramón! ¡Ramón! ¡Abra! ¡Soy yo, Antonia!

La potencia de su voz y los bandazos que pegaba no tuvieron más éxito que la insistencia afónica del timbre que Olga simultaneaba con los intentos troglodíticos de la mujer.

Poco a poco, otra gente del vecindario se había unido al grupo y miraban, comentando, la sesión de percusión, timbre y soprano que ejecutaban en plena calle.

Yo tenía la impresión de que, si el hombre estaba dentro como decían, no debía de atreverse a abrir, probablemente muerto de pánico por aquel intento de asalto. Y lo comenté:

–¡Si no quiere abrir, dejémosle tranquilo! Al fin y al cabo está en su casa y, si no quiere salir, que no salga...

Aquello que para mí era de una lógica aplastante; a ellas, incluida la vieja Victoria –que, como todo se producía en versión *surround,* podía seguir la acción al detalle–, les pareció una barbaridad.

–¡Tiene que abrir! –exclamaba la vecina.

La multitud expectante decía que sí con la cabeza y con las voces.

–¡Abra, Ramón!

–¡Sí, venga hombre, abra ya!

Aquello cada vez se parecía más a una de esas ridículas representaciones de teatro callejero que tanto se estilan ahora para armar bulla, y yo estaba actuando de actor secundario en aquella obra delirante, ¡justo en el centro de la escena!

–¡Vayan a saber si le ha ocurrido algo! –sugirió Olga, cumpliendo a la perfección su papel melodramático en el sainete.

Procuré mantenerme aparte, echándome a un lado. Interiormente me puse del bando del pobre Ramón: deseaba que ganara la batalla y resistiera aquel asedio absurdo sin rendirse.

Casi tuve éxito.

–¡Solo abriré si vuelve Federico!

Debía de haber estado escuchando con la oreja tras la puerta –con el peligro de que los golpes de la vecina le noquearan–, porque la voz sonaba fuerte y profunda, allí mismo.

–¿Otra vez, Ramón? –la vecina parecía saber de quién hablaba–. ¿Cuántas veces tenemos que decirle que Federico no puede venir?

Entonces, un silencio expectante envolvió la escena. La mujer aprovechó para hacer un aparte y explicar que, de vez en cuando, Ramón sufría lo que ella denominaba «ataques», y pasaba un rato llamando al tal Federico, «que según parece era su hermano menor». Y cuando se ponía soviético con aquel sonsonete del hermano, «solamente podía calmarlo el médico», afirmaba seria. El público asentía.

–¿Quiere que llame al doctor Giralt, Ramón?

Al acabar de informarnos sobre los antecedentes, había puesto las manos haciendo bocina en dirección a la puerta para soltar aquel descomunal chillido, que venía a ser como la «voz de la experiencia», pero con amplificador.

–¿Eh? No... No hace falta, Antonia, gracias... Ya estoy bien –se oía musitar al hombre tras la puerta.

Pero el tono de voz cansado y triste con que nos respondía hacía creer que no era cierto.

–¿Necesita algo, Ramón? –Olga ya intervenía de modo directo en el asunto–. Somos de la Asociación de Servicio a la Tercera Edad. ¿Por qué no abre y hablamos un poco?

Quizá porque había recuperado la calma, quizá porque las palabras de Olga tenían en él los mismos efectos sedantes que tenían para mí, o quizá porque temía que la muchedumbre acabara por echar la puerta abajo... fuera como fuere, el asediado finalmente se rindió.

Un hombre medio calvo, con el pelo gris encrespado, envuelto en una especie de batín incoloro más gastado que la alfombra de un bingo, nos miró con cara de sorpresa, balbuceando espanto, al ver la multitud que le esperaba.

Y aprovechando aquel momentáneo desconcierto, Olga me agarró del brazo y nos colamos adentro, arrastrando con nosotros a la vieja Victoria, que tuvo la habilidad de cerrar la puerta a sus espaldas, dejando a la vecina y al gentío espectador fuera de la escena con un palmo de narices.

–¡Pero...! ¡Pero...! –chillaba el hombre, primero perplejo y después furioso–. ¿Qué queréis de mí?

Aquello era una invasión indignante, aunque al parecer solamente opinábamos así él y yo.

–No se preocupe, Ramón... –dijo Olga, mostrando su más dulce sonrisa.

–¡Le quieren ayudar! –aullaba Victoria, para convencerle.

Y costó un buen rato que, allí de pie, en la entradita, el pobre hombre entendiera que, a pesar de parecer lo contrario, le habíamos asaltado en son de paz.

Con una paciencia más que loable escuchó las explicaciones de Olga, interrumpidas de vez en cuando por las aclaraciones de la vieja. La mujer se expresaba con una buena voluntad tan estentórea como el volumen de su voz e intentaba hacerle comprender que ella era una de las beneficiadas por la acción filantrópica de la Asociación que nosotros representábamos.

Como de costumbre, yo me mantenía al margen de la conversación, limitándome a mover la cabeza para subrayar lo que ellas le decían. Y puede que mi silencio hiciera pensar al hombre que, como yo no le aturdía, podía confiar en mí, porque les interrumpió para preguntar:

–¿Y es este muchacho quien estará a mi servicio?

Quise protestar y Olga me lo leyó en la cara: ¡No estaba dispuesto a ponerme al servicio de nadie! O por lo menos así lo creía, porque lo que oí decir no fue exactamente eso.

–Claro –le respondió Olga, con una sonrisa optimista–. Si usted quiere, un par de días a la semana, Arnau vendrá a hacerle compañía y a echarle una mano en lo que necesite. Es un chico que vale mucho, ya lo verá...

La última frase, pronunciada en especial para darme coba, había ido acompañada del brazo de Olga enroscándose en mi cuello, seguramente para que no pudiera hablar y contradecirla. Y la vieja remachó con la que ya parecía ser una de sus observaciones predilectas:

–Hacen muy buena pareja, ¿verdad Ramón? –y la risita maliciosa provocó la confirmación del viejo despeinado.

Entonces yo solito, con mi proverbial habilidad, acabé por tirarme al pozo:

–Pero no crea que yo podré venir cada día, ¿eh?

No sé si esto es algo que solo me ocurre a mí. El caso es que demasiadas veces me oigo pronunciar unas palabras que nunca había tenido intención de decir en voz alta y que, para más inri, no expresan en absoluto lo que estoy pensando. Pero da lo mismo: me pasa y, poco a poco, palabra a palabra, cavo mi propia tumba, liándome en lo que no quisiera liarme. Eso debe de ser lo que los esotéricos de la tele denominan «una maldición del destino».

–¿Podrá acompañarme a la farmacia?

Parecía que el hombre ya me había encontrado ocupación fija. En sus ojos chispeaba una evidente esperanza, que Olga y la vieja se apresuraron a confirmar:

–¡Pues claro que sí!

Quedaba sentado, pues, que sí, que yo acompañaría al viejo Ramón a la farmacia siempre que le viniera en gana: no había más que hablar.

Y, a partir de aquel momento, mi existencia empezó a dar un vuelco inesperado.

4

–Lo siento, pero tendremos que quedar para otro día. Ahora estoy ocupado...

Sonreían, burlones, David, Carlos y Eduardo al oírme decir aquello, mientras me ponía el casco y Olga se subía a la moto, agarrada a mi cintura.

No se imaginaban cuánta razón tenían al reírse.

Me miraban con una malicia guasona equivocada, suponiendo lo que no era.

–¡Que lo paséis bien, parejita! –dijo Eduardo, teatral, agitando el pañuelo como quien despide a alguien que parte en viaje de placer.

No, para mí no era de placer la expedición que emprendía.

Al cabo de muy poco, Olga se debía de sentir muy satisfecha de presentarme al señor Armengol y a la señora Rubió, presidente y tesorera respectivamente de la Asociación de Servicio a la Tercera Edad. Ellos me recibieron en su local con una efusividad pegajosa y meliflua, cantando las excelencias de su –«nuestra», decían ellos para incluirme– misión, y celebrando mi incorporación a la causa con aspavientos amables.

Me esforcé en representar el papel más educado y neutro posible ante la mirada de una Olga que se evidenciaba orgullosa de haber ganado un nuevo adepto. Se deshacía en elogios injustificados hacia mi disposición de servicio y explicaba con todo detalle el caso de Ramón, vivido el día anterior.

–... y él mismo insistió en que Arnau fuese su voluntario –concluyó como si yo hubiera alcanzado una categoría superior en el *ranking* de valoración social de aquella gente.

Me felicitaron de nuevo, levantándose de las sillas que ocupaban en aquel pequeño despacho, y me invitaron a una breve gira para mostrarme todo el local, decorado con unos carteles llenos de buenas intenciones y superpoblado por los misioneros amigos de Olga, que lucían inexplicables sonrisas iluminadas en sus labios.

Después de la visita turística a aquella especie de «Refugio de sonrientes ciudadanos modélicos» –en el cual todo el mundo se saludaba como si durante las horas del día no hubieran alimentado otro deseo que econtrarse allí–, me dieron unos papeles para que los rellenase con mis datos, que venían a ser algo así como la ficha que oficializaba mi inscripción en el Club Deportivo Pase un Rato con un Abuelito. Para mi suerte, no había fotógrafos que inmortalizaran mi incorporación a la plantilla.

Una vez cumplidos los trámites «legales», y después de sugerirme la lectura de un montón de folletos en los que se detallaba el trabajo que se suponía que yo me moría de ganas de cumplir, a Olga le faltó tiempo para ponerse en marcha.

–¡Venga, vamos a ver a Ramón, que yo te acompaño!

¡Todo era urgente para aquella chica! Pero ya era de prever que no me dejaría empezar solo, puede que temiendo que huyera a los dos minutos de debutar.

Y aquella primera tarde fue solamente de tanteo, un entrenamiento suave para lo que me esperaba en un futuro inmediato.

De entrada, cuando llamamos, nos costó nuestro trabajo conseguir que el hombre nos abriera. Y me puse muy nervioso solo de pensar que podíamos volver a repetir la sesión de circo del día anterior, con todo el vecindario en animada algarabía.

–¡Si aparece la vecina y la vuelve a liar, yo me largo!

–No te preocupes, que abrirá... –lo decía, pero no sé si lo creía–. Además, debes tener en cuenta, Arnau, que las cosas que más cuestan son las que valen la pena de verdad.

El refrán o la sentencia que acababa de largarme era bonito y adecuado, pero yo no lo necesitaba: sabía perfectamente que ella valía la pena y era por eso que me costaba tantísimo aguantar a su lado. Callé, que era una costumbre que empezaba a ser habitual en mí cuando Olga hablaba.

Es posible que para demostrar que ella siempre tenía razón, al cabo de un rato de estar tocando aquel timbre constipado, Olga acercó la cara a la puerta y, como si hablase con alguien en secreto y en voz baja y suave, dijo:

–Ramón, somos nosotros: Arnau y Olga.

Se diría que acababa de pronunciar el famoso «Ábrete, Sésamo», porque la puerta se abrió unos centímetros, y los ojos del viejo despeinado nos miraron con miedo.

–Venimos solos... –se me ocurrió explicar, también en voz baja, pensando que el hombre debía de temer una segunda invasión bárbara.

–Pasad... –respondió en un tono de secreto innecesario, probablemente para seguirnos el juego.

Nos miramos los tres como si fuésemos espías de una mala película y entramos en la casa.

El pequeño pasillo que llevaba hasta el comedor parecía muy estrecho y estaba a oscuras. Solo al dar el primer paso, con el casco que llevaba en la mano, estuve a punto de tirar al suelo un extraño paragüero de latón que no había visto al lado de la puerta.

El *¡cataclonngg!* nos sobresaltó a todos, pero el susto desembocó en pánico cuando Olga lanzó un chillido de espanto y se agarró a mi brazo con furia aterrorizada.

–¡Algo me ha pasado por encima del pie! –aulló, pegada a mi oreja.

–No os preocupéis, es *Malatesta*... –dijo el viejo, como si aquello aclarara algo la situación. Y después gritó–: ¡Pasa adentro, *Malatesta*, que aquí hace mucho frío!

Llegados al comedor, con un poco más de luz –no mucha: lo primero que aprendí es que los viejos odian la iluminación excesiva; puede que sea para ahorrar en la factura de la electricidad o porque les parece que ya tienen muy visto todo–, encontramos a un gato blanco y negro que se acurrucaba frente a una estufa de butano con la intención de sestear un rato, después de haber pretendido provocarnos un infarto.

–Es *Malatesta*... Se llama así por Errico Malatesta –Olga y yo nos miramos sin comprender aquella explicación–. Es muy pacífico, pero debe de haberse asustado al oír voces. Como nadie viene nunca a vernos... ¿Verdad, *Malatesta*?

El gato, es natural, no se dio por aludido.

Pero Olga, que se recuperaba rápidamente de las sorpresas cuando tenía una «misión» entre manos, aprovechó la insinuación con habilidad:

–¿Es que no tiene usted familia, Ramón?

Una de las cosas que nos habían encargado era rellenar un formulario, también, del viejo. Aquí todo el mundo fichaba por el mismo equipo.

Fue así como supimos que, tal como había contado Victoria, Ramón Sallent Roig hacía dos años que había enviudado de Amalia Garcés Morales y que no, no tenía hijos.

Los problemas empezaron cuando Olga le pidió el carné de identidad.

–No lo encuentro... Hace días que no sé dónde puede estar...

–Pues tiene que buscarlo, Ramón –dijo ella, en el mismo tono que una maestra riñe a un niño travieso–. No puede ir por el mundo indocumentado...

Y en aquel momento sucedió algo que no entendí hasta al cabo de un tiempo.

El hombre se puso en guardia con un gesto brusco. Parecía que le hubiesen pinchado en la espalda, porque irguió el cuerpo en la silla, con los ojos perdidos unos instantes en el fondo negro de un pequeño televisor que había en un rincón y después los fijó en nuestros rostros, apretando los labios como si los sellara con fuerza.

–¡Eso es lo que vosotros creéis! –gritó de golpe, lanzándonos su mirada encendida con un odio inexplicable.

Y se produjo un silencio espeso que nosotros no nos atrevíamos a romper, prisioneros de aquellos ojos ardientes y de una situación incomprensible, que de golpe dio un giro sorprendente.

–¿Quién os envía? ¿Qué buscáis? ¿No tenéis bastante aún?

Eran tres preguntas que no entendíamos, pronunciadas en un tono de voz cansado y triste, que nos desarmaron por completo. Pero continuó como si hablara para sí mismo, soltando un discurso indescifrable, lento y dificultoso, respirando profundamente, como si le costara encontrar las palabras, con la mirada otra vez perdida en un punto impreciso de la pared.

–Siempre igual... ¡Como si todo eso no pudiera acabarse nunca! ¡Amalia, échales! Que me dejen tranquilo de una vez... Si no me quieren decir dónde está Federico, ¿por qué vienen? Nosotros también tenemos derecho a vivir... ¡Los papeles! ¿Qué papeles quieren, si nos presentamos cada semana en comisaría? ¡Y siempre las mismas amenazas! Indocumentados, indocumentados... Que no se rían más de nosotros, Amalia... Un poco de dignidad... Idos, idos...

Aquello no nos lo decía a nosotros, pero allí no había nadie más.

Vi a aquel hombre tan abatido que, no sabría decir cómo, se me ocurrió una manera de resolver aquella situación extraña y lastimosa.

–¿Quiere que vayamos a buscar al doctor... –no recordaba el nombre que la vecina había dicho el otro día–, al médico, Ramón?

Y poco a poco, con los gestos lentos dibujándose en algunas arrugas del rostro, fue volviendo de aquella especie de pesadilla en la que parecía haber caído.

–No... No hace falta... –y ya miraba con los ojos de siempre–. Amalia ha salido. ¿Os ha dicho si Federico vendrá?

–Por lo que nosotros sabemos, parece que no... –Olga procuraba seguirle el juego, tal como habíamos aprendido de la vecina.

–Y tú, ¿quién eres? –me señalaba con el dedo tembloroso.

–Soy Arnau, el voluntario.

–¿Voluntario de qué, si ya ha acabado todo?

Aquello, más que un diálogo, parecía un juego de disparates.

–Hemos venido a echarle una mano, Ramón. ¿Recuerda que quedamos en visitarle hoy?

El intento de Olga para resituar las cosas en el mundo real tuvo cierto éxito, porque el hombre dijo:

–Yo pensaba que me ayudaríais a encontrar a Federico...

–Nosotros no... no podemos... –dije yo, porque me pareció que el hombre ya «volvía».

–Claro, claro... –decía, resignado– . Y Amalia murió, ya lo sé. Por aquí, en alguno de estos cajones, debo de tener el certificado.

Hizo como que se levantaba, pero se paró en seco y nos miró, ahora con una media sonrisa y una lucidez inesperada.

–Perdonad... A veces pierdo la cabeza. ¡Qué ridiculez! A vosotros tanto os da el certificado de defunción de mi mujer, ¿no? ¡Es que tengo cada ocurrencia yo también! –Ahora se reía y tosía, al mismo tiempo–. Pero ¿qué decíais de la documentación?

Temí que Olga insistiera de nuevo en que iba indocumentado, y ya me veía otra vez viajando al mundo del más allá mental de aquel pobre viejo. Por eso me adelanté.

–¿Tiene usted algún papel donde conste el número de carné para apuntar sus datos? No sé, la libreta del banco o la cartilla del seguro, por ejemplo...

–Sí, sí, claro...

Y conseguimos rellenar la maldita ficha copiando lo que nos faltaba de unos papeles que se sacó de una cartera vieja que llevaba atada con una goma elástica en el bolsillo del pantalón. Y por aquellos papeles supimos el nombre del médico: doctor Giralt.

–Recuerda este nombre, Arnau: doctor Giralt.

Olga me lo decía cuando salíamos de la casa.

Habíamos puesto orden –por suerte sin tener que limpiar tanto como la otra tarde: Ramón era un hombre escrupulosamente ordenado– y habíamos visto la casa. Contenía básicamente libros, amontonados en una habitación que era una especie de despacho, al lado de un dormitorio con muebles que parecían sacados de una película de terror en blanco y negro. Pero Ramón no nos dio demasiado trabajo aparte de asustarnos: primero con *Malatesta* –que había pasado la tarde como si estuviera muerto al lado de la estufa, sin dignarse ni levantar la cabeza cuando nos íbamos– y después con su numerito delirante, que ya no se repitió en todo el rato, pero que nos puso alerta a Olga y a mí. Por eso, ella decía aquello del nombre del médico.

–Creo que este viejo necesita una reparación... Una temporada en el hospital, quizá. Lo que es yo –me atreví a aventurar–, no pienso pasar muchas tardes aquí, viendo cómo se le va la olla y habla con un gato que se llama *Malatesta*... ¡Él sí que tiene una mala testa, pobre loco!

–¡Mira que puedes llegar a ser animal cuando quieres!

¿Había dicho algo raro? Estaba intentando ser sincero, solamente. Y me parecía indiscutible que el hombre era un caso de manicomio. ¡Si hasta ella debería admitirlo!

–¿Y qué quieres que haga, que lo lleve al médico pasado mañana?

–No, lo que vamos a hacer es ir nosotros, mañana, a hablar con ese tal doctor Giralt para que, si es como tiene que ser, nos informe de los antecedentes de Ramón. Ya has visto que está bastante mal ¿no?

–¡Si es que no me escuchas! Te acabo de decir que el pobre abuelo ni rasca ni rosca –yo intentaba bromear, pero ella no estaba para humoradas–. Está claro que no está bien, no. ¿Tú crees que puede ser peligroso?

Me miró como si el loco fuera yo y no dijo nada.

Y es que no, no me hacía ni pizca de gracia perder mi tiempo y, encima, tener que pasar las horas con un chalado que no sabías nunca por dónde te iba a salir.

Pero hacía unos días que ya no me estaba permitido escoger, y yo no era el dueño de mis movimientos.

5

El doctor Giralt era un tipo bastante joven y muy apuesto, que nos recibió amablemente y nos informó de todo al detalle. Pero, para mi gusto, hablaba y sonreía a Olga con un exceso de simpatía. Y se dirigía casi exclusivamente a ella, sin ni siquiera mirarme.

Ramón y su mujer, nos contó, eran pacientes suyos desde hacía cinco años, en el centro de salud del barrio. Le describía como un hombre muy reservado que acompañaba a la señora Amalia a la consulta y se mantenía siempre silencioso a su lado.

–Nunca tenía nada, según afirmaba él mismo cuando le preguntaba cómo se encontraba, ni un resfriado. Pero yo sabía que a menudo sufría ataques de cefalea, unos dolores muy fuertes en la cabeza porque, de cuando en cuando, hacía venir a la señora Amalia para buscar recetas de analgésicos. Hasta que un día le dije que no pensaba recetarle nada más sin hacerle una revisión y, a partir de entonces, dejaron de venir los dos, y los perdí de vista durante muchos meses. Ramón volvió por aquí cuando su mujer, que tenía una lesión pulmonar crónica, sufrió una crisis grave. La cuidó mucho tiempo, no sé decir cuánto porque Amalia se iba apagando con lentitud. Y cuando algunas tardes, al salir de la consulta, pasaba por su casa para visitarla, siempre lo encontraba a él de pie, silencioso, al lado de la cama de la enferma, como si montara guardia.

–¿Y cómo estaba él? –Olga le interrumpió–. Quiero decir si le seguía las explicaciones, si le entendía...

–Escuchaba atentamente mis instrucciones asintiendo con leves movimientos de cabeza, con gesto arisco y preocupado, y con los ojos fijos, como asustados. Pero un día los vecinos vinieron en mi busca y cuando llegué Amalia ya había muerto. Él no dijo nada, ni soltó una sola lágrima. Se le veía muy afectado, esforzándose en silencio para no exteriorizar su dolor. Al cabo de un tiempo, una vecina que también viene a la consulta me dijo que le parecía que Ramón no estaba bien, porque no salía de su casa. Fui a verle y trabajo me costó conseguir que abriera la puerta. Le receté unas pastillas, porque le vi deprimido y mal alimentado. A veces la gente mayor hace eso, se abandonan un poco. Y después he logrado que venga de vez en cuando en busca de su medicina, y yo he pasado un par de veces por su casa, a menudo para reñirle, porque no seguía el tratamiento con regularidad. Para mí, y por lo que me explicáis, parece bastante claro que ese hombre está sufriendo un principio de demencia senil.

«¡Caramba con el discurso!», me dije.

–¿Y usted cree que puede degenerar en un Alzheimer, como Victoria? –intervino Olga.

–Podría ser, sí... –respondió el doctor–. Pero en casos así, es difícil prever la evolución. Puede que ya lo tenga... Es que el Alzheimer es muy complicado.

–¿Y eso es grave? –pregunté yo, más que nada para no quedar como un cero a la izquierda. Pero lo que conseguí fue parecer un idiota.

–¡Más que grave! –Olga me lo decía y me miraba escandalizada, porque no le cabía en la cabeza que pudiera existir alguien tan ignorante que no supiera qué era aquello del Alzheimer.

A partir de entonces desconecté, dolido y mosqueado, dejando que continuasen su diálogo científico profundo ellos dos, que tan sabios eran.

–Tenedme informado –dijo el doctor al cabo de un rato, cuando vi que daban la conversación por acabada y se levantaban de la silla; yo también lo hice–. Y si necesitáis algo, no dudéis en venir a verme. Yo pasaré hoy mismo para ver a Ramón. Os doy mi teléfono, por si hay alguna urgencia. ¿Me podéis dejar un teléfono donde poder localizaros?

–Arnau, ¿cuál es tu móvil, que no lo recuerdo?

¡Ah! Resultaba que el problema de Ramón era mi problema: ¡A pesar de ser un completo ignorante, era yo quien debía dar la cara!

Escribí mi nombre y mi número en un papel, de mala gana, se lo dejé encima de la mesa y me apresuré a tenderle la mano para despedirme de aquel doctor Giralt tan amable... con Olga.

–¿Es que ese doctor tan simpático que te miraba tan sonriente te da clases particulares de medicina? Como conoces los nombres de las enfermedades... –dije nada más poner los pies en el pasillo. Mi tono era sarcástico, lo reconozco. No había podido disimular mi enojo ni un segundo más.

–¿Qué quieres decir? – ella mostró su extrañeza–. El Alzheimer es una enfermedad muy conocida... Yo solo sé lo que todo el mundo: que es grave y que los enfermos acostumbran a ser gente mayor que va perdiendo la memoria y...

–¡So! ¡Para el carro que me bajo, guapa! ¡No hace falta que me des una conferencia!

–Pero ¿qué te ocurre? ¿Por qué te enfadas tú ahora?

–Es que empiezo a estar harto de tantos abuelitos y tantas historias miserables, y de servir solamente para acompañarte de acá para allá, y que tú y yo no podamos...

–Oye, Arnau: esto no es un juego. Si colaboras, vas a por todas, y si no...

–Si no, ¿qué?

Ya estábamos en la calle, de pie ante mi moto, gritándonos cada vez más y dando el espectáculo a todos los que pasaban, que debían de creer que aquello era una pelea de enamorados. Pero precisamente eso era lo que no era. Y por eso estaba yo tan cabreado.

–¡Si no... si no eres capaz de tomarte las cosas en serio, pues te vas a hacer el indio con las niñitas que babean y te ríen todas las gracias, y me dejas a mí haciendo lo que quiera!

Y me tiró su casco, para que yo lo tomara y para darme a entender que ella no subiría en mi moto.

–Pero ¿qué dices, niña? Si eres tú quien...

No pude acabar la frase, porque ella me daba la espalda y se alejaba calle abajo. Me dejó plantado como la farola contra la que lancé una patada, enloquecido por la rabia y el ridículo.

¡Si se creía que iba a correr detrás de ella como un perrito faldero, estaba muy equivocada!

Soltando tacos en todos los idiomas que conozco, cabalgué sobre mi moto y la aceleré al límite, para ver si el ruido y la velocidad calmaban toda la furia que me carcomía, a pesar de que en un rincón lejano de mi conciencia, alguna cosa me decía que, como ya era habitual cuando tenía aquellas reacciones, la estaba cagando completamente.

–¡Mirad, una aparición!

–¡Pobre Romeo! ¡Ya pensábamos que Julieta te había secuestrado para siempre!

–¡En cuatro días, le veremos haciendo de *okupa* o en una casa rural muñendo vacas para llevar una vida tope romántica de pastorcillo al lado de *Miss* Campestre!

Había entrado al bar hecho una furia y el recibimiento había sido bastante mordaz.

El más provocador era David, y yo sabía por qué: pura envidia. Hacía tiempo que estaba más colgado que un jamón de

Olga y ahora tenía que aguantarse, mirándola de lejos, cuando yo me la llevaba en mi moto.

Al verles reír pensé por un instante que quizá tenían razón. Pero mi orgullo estaba demasiado herido para rendirme ante aquellos capullos.

–Puede que yo muña vacas, sí. ¡Pero vosotros muñiréis ladrillos! –este dardo iba especialmente directo a David, que presumía siempre de su despreocupación sobre los estudios porque iba a heredar el negocio de albañil de su padre y, con eso, tenía la vida solucionada. Concluí triunfal–: ¡Y los tendréis que muñir solos, sin compañía, porque no encontraréis a nadie que os aguante la imbecilidad!

–No te pases, Arnau...

–¡Pues que este no me toque la pera!

–Tengamos calma, ¿vale?

Después de un simulacro de acuerdo de paz, que Eduardo quiso escenificar pidiendo otra ronda de cervezas, no pudieron evitar preguntarme dónde me había metido durante los últimos días que no me habían visto el pelo.

Naturalmente, yo no estaba dispuesto a relatar los numeritos que había interpretado junto a los abuelos. Y si les hubiera explicado que venía de ver a un médico para hablar de enfermedades de viejos, les habría tenido que coger del suelo, desparramados de risa. Intenté el camino de la evasiva:

–No tengo ganas de explicar nada...

–Así que con Olga... ¿nada de nada?

–Después de pasearla en moto de acá para allá... ¿nada?

Y otra vez la malicia brillando en sus ojos y el tono guasón. Tenía que cortar aquello en seco:

–¡Si volvéis a preguntar otra cosa, os parto la cara!

El grito, el puñetazo sobre la mesa que hizo bailar los vasos y mi cara de cabreo les sorprendió.

–¡Huy, huy...! ¡Estás que ardes, chaval!

–Nosotros solo...

Hice como que me levantaba, dispuesto a dejarles plantados para no empezar a repartir tortas.

–Vale, tío, vale. Si vas tan de secretitos...

–¡Ni secretitos ni leches: he dicho que no quiero hablar de nada y basta! –silencio y miradas de desconfianza, que supe romper con habilidad–: ¿Hace una partida y quien pierde paga?

Les conocía como si los hubiera parido, mejor que sus padres. Sabía que eran como criaturitas y que se entusiasmarían con mi propuesta. Además, a mí me convenía desahogarme, y el futbolín era una buena manera.

–¡Tú y yo contra Eduardo y David!

Carlos se frotaba las manos, convencido de que formar pareja conmigo era una garantía de victoria.

–¡Os destrozaremos! –grité, para pasar página de toda la historia.

–¡Así me gusta! –Carlos me golpeaba la espalda, como si nos reencontráramos después de un largo viaje–. ¡Este es nuestro Arnau, sí señor! ¡Ya volvemos a estar juntos de nuevo!

Y los otros dos se rieron.

A medida que pasaba el rato, me iba convenciendo de que Olga no llamaría, pero me senté a cenar con el móvil en el bolsillo y mirando de cuando en cuando si funcionaba o si se había desconectado por casualidad y alguien me había dejado algún mensaje. Yo, evidentemente, no pensaba llamarla.

–¿Esperas que te llame alguien? –mi madre se había dado cuenta.

–No...

–¡La novia ya no te quiere! ¡La novia ya no...!

Quien había hablado era mi hermano, el pequeño Roger, que se calló porque con la mirada le corté el sonsonete estúpido.

Y entonces sonó el aullido de una llamada en el móvil.

–Diga...

Mi padre se echó a reír y no sé qué comentaba sobre mi estado mental cuando salí del comedor, extrañado, porque el número de la pantallita me resultaba desconocido.

–¿Eres... Arnau Font? Soy el doctor Giralt.

El mundo se me abrió bajo los pies. ¡Eso era justo lo que me faltaba!

–Mira, tendríais que venir, Olga y tú, porque Ramón ha desaparecido. Quiero decir que no está en su casa. Le han visto salir a la calle hace unas horas, cuando empezaba a anochecer, y nadie sabe dónde está...

¿Y qué quiere que le hagamos nosotros?

–Tengo entendido que eres tú quien cuida de él ¿no? –me acusaba con el dedo, desde el otro lado del teléfono–. Puede que sepas dónde puede estar, por qué zonas acostumbra a moverse... Parece que algunas noches sale a dar una vuelta, pero nunca hasta estas horas...

Recordé la primera vez que nos lo encontramos paseando con Victoria, bajo la farola.

–Pero... Pero yo no sé nada... Y ahora ya es muy tarde...

Justo cuando acababa de decirlo me di cuenta de que no estaba haciendo el mejor papel de mi vida. Y me lo confirmó su propuesta:

–Oye, chico, no perdamos más tiempo: dame el teléfono de Olga o de alguien de la Asociación que pueda afrontar el problema con responsabilidad...

Me estaba llamando inútil y, además, pretendía hablar con Olga directamente. De golpe se me ocurrió que tenía el pretexto perfecto para llamarla y hacer las paces.

–¡No se preocupe que ya la llamo yo! Y ahora mismo voy para allá.

Las excusas atropelladas que di a la familia, sobre unos apuntes de Historia que Carlos necesitaba con urgencia y que yo le debía pasar de inmediato, me salieron como si fuese tartamudo, a trompicones, mientras las iba inventando. Y no se las debieron de creer porque, en mi desconcierto, salí de casa sin acabar de cenar y sin coger ni un papel, solo la cazadora y el casco, y volé por los escalones hasta la calle. Hice como que no oía el segundo comentario de la noche sobre mi deficiente racionalidad que papá soltó en el último momento, antes del portazo.

Ya en la calle, antes de poner en marcha la moto, intenté llamar a Olga, pero tenía el teléfono desconectado y solamente repetía aquello de: «Hola, soy Olga. Ahora no puedo atenderte. Si quieres algo deja...».

Prefería no dejar ningún mensaje: esperaría a llamarla al teléfono fijo, cuando llegara a casa de Ramón, porque quería hablar con ella.

6

Mucho antes de llegar, desde lejos, ya vi que el Comité de Búsqueda del Abuelo Fugitivo me esperaba en la puerta de la casa de Ramón.

Lo presidía el doctor Giralt y lo comandaba la vecina, la inefable Antonia, que parecía haber encontrado en Ramón el motivo necesario para llenar de emociones su vida gris y monótona. Les acompañaban media docena de chismosos y chismosas de los que siempre están preparados para meter la nariz afilada en cualquier desgracia ajena.

–¿Se sabe algo?

Negaron moviendo la cabeza como una compañía teatral bien conjuntada.

–¿Y Olga?

¡Era directo, el mediquillo! Ya se veía que lo que le interesaba era ver a Olga. Le miré de reojo y, sin responderle, marqué el número de teléfono de su casa.

Contestó su madre y, durante unos segundos, me quedé cortado, sin saber qué decir. Cuando reaccioné y pregunté por Olga, la señora me contestó que había salido con unas amigas al cine y preguntó quién la llamaba.

–Soy Arnau...

–¡Ah... Arnau...! –exclamó ella, y dejó un espacio de silencio que yo no supe llenar–. Llegará tarde... ¿Quieres que le deje algún recado, para cuando regrese?

No, no, yo no necesitaba que Olga, al llegar tarde del cine, se encontrara una notita que dijera: «Ha llamado Arnau preguntando por ti», porque lo interpretaría como una rendición. Y no se trataba de eso... exactamente.

–No, no se preocupe... No hace falta... No es nada... Ya hablaré con ella mañana en el instituto... Gracias.

Y corté, ante la mirada sorprendida del doctor Giralt que no entendía el sentido de mis palabras.

–O sea, que Olga no está y piensas resolverlo todo tú mismo... –en su tono había una carga evidente de desconfianza ofensiva–. Bien, ¿y ahora qué hacemos?

–Ustedes quédense aquí... –me salió. Y como algo tenía que hacer, les solté a continuación–: que yo iré en la moto a ver si le encuentro.

–Teniendo en cuenta que yo no puedo perder toda la noche esperándote –ahora era evidente su malestar hacia mí–, y que ya le han buscado sus vecinos, me parece que lo más sensato sería comunicar la desaparición a la policía.

Antonia y su coro vecinal debían de considerar emocionantísimo que la calle se llenara de coches patrulla con luces azules intermitentes, porque secundaron la idea con los esperados «¡sí, claro!» y «¡eso, eso!».

–Déjenme probar, serán solamente dos minutos –yo estaba dispuesto a reivindicarme ante el médico sabiondo. Ya le imaginaba, al día siguiente, diciéndole a Olga «tu amigo no supo qué hacer». ¡No me daba la gana de quedar otra vez como un imbécil! Y aventuré, jugándomelo todo a una carta–: creo que sé dónde encontrarle.

Y mientras el Comité de Cotillas Espectadores de mi Fracaso mostraban su sorpresa admirada, salté otra vez sobre mi moto.

No hará falta que diga que no estaba en absoluto seguro de lo que acababa de prometer, pero prefería arriesgarme a volver con las manos vacías y haber intentado algo que quedarme allí, sometido al rebaño que dirigían el sabio y Antonia.

Por instinto, me dirigí hacia la plaza polvorienta donde le habíamos encontrado por primera vez. Daba vueltas con la moto al ralentí y enfocaba con la luz algunos rincones de los parterres y matorrales más escondidos con la esperanza, muy débil, es cierto, de tener algún éxito.

Y la suerte, que hacía tiempo que no venía a visitarme, decidió salir de paseo esa noche por aquellos andurriales: Ramón estaba allí, sentado, acurrucado como un enorme fardo negro entre las sombras, medio dormido y congelado, en un banco semioculto bajo una farola estropeada.

–¡Ostras! Pero ¿qué hace aquí, hombre?

Entreabrió los ojos en la oscuridad, sorprendido, sin responder. El cuerpo le empezó a temblar y los labios se esforzaron en balbucear unas palabras que tardaron un rato en salir:

–¡Federico! ¡Has venido! ¡Federico!

Y al decirlo se abrazó a mí, con los ojos llenos de lágrimas.

La situación era patética y espantosa. Por suerte nadie nos vio allí, en un rincón: uno lloriqueando y moqueando, y el otro perplejo, sin saber qué decir ni cómo quitárselo de encima. Desconozco el rato que duró aquello. No creo que fuera mucho, pero a mí me pareció una eternidad, hasta que me atreví a hablar.

–Venga, Ramón, vamos a casa...

–¡Sí, vamos!

Lentamente, tras un esfuerzo sobrehumano, se levantó y, cuando ya estaba de pie, se metió la mano en el bolsillo y sacó unos papeles que me entregó.

–Toma. Esta carta te la quería enviar hoy, pero como no sabía tu dirección...

Sin mirar qué me estaba dando, doblé las hojas y me las puse en el bolsillo de la cazadora.

–Dejaré aquí la moto y podremos ir paseando hacia casa... –le dije mientras preparaba la cadena–. Ya pasaré después a buscarla.

–¿Tienes una moto? Qué bien, ¿no? –parecía que el abuelo resucitaba al fijarse en mi pobre Aprilia destartalada–. ¡Así no tendremos que andar!

Y haciendo un esfuerzo que a mí me pareció imposible levantó una pierna para encaramarse. Le miré y se me escapó la risa: yo intentando encadenarla y él queriendo montarse.

Entonces pensé que, si le hacía ilusión pasear en moto, pues le llevaría en la moto, ¡qué narices! ¡Todo era posible en aquella noche de manicomio! Y trabajo tuve hasta que conseguí colocarle de paquete.

Pero todavía me faltaba vivir la apoteosis final.

El doctor Giralt miraba incrédulo, no sé si porque yo había sido capaz de cumplir mi desafío o porque la imagen de Ramón pegado a mi espalda, saludando a los vecinos que le aplaudían como si fuera un triunfador cuando nos acercábamos a la casa, parecía sacada de una película cómica.

Los vecinos, el típico personal que se apunta a todas la juergas, daban golpecitos a la espalda del abuelo cuando bajó de la moto, sonriente. Y me felicitaban a mí como si le hubiese conseguido rescatar del fondo del mar.

La señora Antonia, presidenta y portavoz del Comité de Bienvenida del Abuelo Aventurero, era la única que ejercía su papel tal como lo debía de tener escrito en el guión de personaje principal:

–¡No nos dé un susto así nunca más, Ramón! ¿Usted no sabe lo que hemos pasado? Diga adónde va cuando salga... ¡Suerte de ese muchacho! –y me señalaba.

Entonces temí que el viejo diera nuevas muestras inequívocas de su chaladura y soltara una de aquellas exclamaciones suyas de «¡finalmente has venido, Federico!» o algo así. Pero no.

Ramón se limitó a mirar al médico con cara de pocos amigos y a decirle:

–¿Usted también ha venido? ¿Qué quiere...?

–¿Se encuentra bien, señor Ramón?

El doctor Giralt recuperaba su papel en primera fila.

–Sí... –respondió el viejo, susurrando, como avergonzado.

–Mañana por la tarde, a las cuatro, pase por la consulta que quiero hacerle un reconocimiento –decía el médico–. ¿Entendido? ¿Se acordará?

–¡Pues claro! –ahora parecía ofendido por la duda.

Y después el médico se dirigió a mí:

–Recuérdaselo. O mejor, acompáñale tú. ¿De acuerdo?

Cada vez que me daba una orden tenía ganas de responder con un corte de mangas. Pero por aquella noche ya era suficiente: le había ganado y él lo sabía. Ya no podría tratarme nunca más como un cero a la izquierda. Y por eso me permití el lujo de echarle en cara:

–¿Ve como no necesitábamos a Olga para nada? Yo, cuando hago una cosa, la hago bien.

Y me di la vuelta para acompañar a Ramón adentro y demostrarle que allí sobraba gente.

Admito que fue un comentario un poco infantil, pero había pasado toda la tarde muy quemado porque él y Olga habían conseguido que me sintiera como una mierda.

Una vez dentro de la casa, el viejo saludó con una caricia breve a *Malatesta,* que debía de ser el único de todo el vecindario que no se había movilizado y dormía indiferente ante la estufa. Después se dirigió a mí:

–¿Quieres tomar algo? No sé si tengo nada para ofrecerte...

Su proposición era una más de las muchas cosas extrañas que solía decir.

–No, gracias, ya es muy tarde –contesté, pero en realidad pensaba: «¿Ahora quién soy yo, Arnau o Federico?»–. Tengo que irme...

Pero o no me oyó o no le interesó escucharme porque empezó a explicarse, sonriendo mientras parecía evocar los buenos tiempos.

–Es un poco cacharro tu moto, ¿eh, chico? –cualquier otro quizá se hubiera enfadado por el comentario, pero en mi caso no fue así, porque tenía toda la razón...–. Yo tenía una Impala roja. Roja, sí. Con un motor que sonaba a música. Y era una máquina valiente. ¡Un fajo de papeles de periódico en el pecho y a correr! No importaba el frío. ¡Mi trabajo tenía para convencer a Amalia de que me acompañara en invierno! –reía, con una risa entrecortada por la tos–. Pero a mí me iba de primera. Me movía de un lado a otro con toda libertad. Nunca me falló...

Aquella sesión de recuerdos nostálgicos motorizados, que a mí me importaban un pepino, no podía llegar a entusiasmarme a las once y pico de la noche, después de la sesión de cachondeo vivida y pensando en cómo había dejado a mis padres, por muy acostumbrados que estuvieran a mis excentricidades. Por eso me atreví a interrumpirle en una de sus pausas evocadoras.

–Ramón, es un poco tarde y yo mañana tengo trabajo. Me voy...

Bajó de la higuera de inmediato y me miró fijamente, como si acabara de reparar en mí.

–Claro, claro... Yo también me iré a la cama en seguida. ¡Adiós, chico!

Lo dijo haciendo un gesto con la mano y alejándose hacia la puerta del patio, como para indicarme que ya podía darme la vuelta y desaparecer por el pasillo. Y después preguntó:

–¿Cómo has dicho que te llamas?

Yo no le había dicho mi nombre aquella noche; era él quien me había bautizado al encontrarle. Le contesté.

–¿Arnau, dices? Pues adiós, Arnau.

–Hasta mañana, Ramón.

No me respondió. Pero al acabar de decirlo me di cuenta de que se me había escapado la promesa, que ya no podría echarme atrás en mi compromiso y que la tarde siguiente, por pocas ganas que tuviera, tenía que acompañarle a ver al doctor Giralt.

Cuando metí las manos en los bolsillos para buscar las llaves de la moto, me encontré entre los dedos los papeles doblados que me había dado hacía un rato, cuando yo aún era Federico.

Ya era tarde para llamar y devolvérselos. Además, no sabía cómo podía reaccionar: si al verlos repetía aquella escena confusa y extraña que habíamos vivido los dos solos en la plaza, todo volvería a empezar. Me los guardé, pues, de nuevo, y me apresuré hacia casa.

En la sala de estar, mis padres me esperaban dormitando en el sofá, simulando que miraban la televisión. Temía una bronca, pero no.

Papá me miró como si yo fuera un fantasma surgido de sus sueños y me sonrió levemente, quizá para indicar que se rendía y renunciaba a soltar uno de sus acostumbrados discursos inútiles sobre mi lamentable estado mental.

En los ojos de mamá también brillaba la luz de un reproche y no pudo evitar cuchichear, con una mueca de disgusto:

–Arnau, hijo, ¿en qué líos andas metido?

–No, nada, mamá... Hemos estado estudiando juntos...

Fue entonces cuando papá soltó un «¡claaaaro!» sarcástico y ella suspiró.

Era evidente que no me creían. Estaban cansados y eran un poco carrozas, pero no idiotas.

Lo importante, sin embargo, era que ya no se metían demasiado conmigo. Se lo agradecí en silencio y entré en mi habitación con aquellos papeles de Ramón en la mano.

7

Querido Federico:

Me gustaría que, cuando recibas esta carta, me pudieses anunciar la fecha exacta de tu regreso. Espero que sea inmediato, porque ya hace demasiado tiempo que aguardo impaciente el momento de abrazarte. Como puedes ver, no he puesto el nombre del lugar desde el que te escribo, porque los compañeros ya sabrán cómo hacerme llegar tu respuesta, que todas las precauciones son pocas.

Ha pasado demasiado tiempo sin que sepa nada de nuestro padre. Nadie me da noticias suyas, lo que me hace suponer que estará bien: trabajando para la causa, como siempre ha hecho, sin regatear esfuerzos ni sacrificios. Tal como nos enseñó y nosotros hemos procurado imitar.

Necesitaba escribirte, también, porque como debes de pensar con toda la razón y te he dicho en otras cartas, me siento responsable de todo lo que pasó, porque cada día estoy más convencido de que no tendría que haberte hecho caso cuando insististe en formar parte de la expedición. A pesar del fracaso, ahora no me setiría tan mal si me confirmases que tú estás en el otro lado, más o menos libre, para seguir el trabajo con los compañeros de allá. No pasa un día sin que lamente haber cedido a tu insistencia: tus diecisiete años gene-

rosos e inconscientes te lanzaron a una aventura que yo no debería haber permitido, porque nos ha llevado a una separación dolorosa que seguro habrá provocado muchos sufrimientos a nuestro padre, a pesar de que siempre he querido creer que tú le habrás sabido consolar.

Cuando nos subimos al tren, aquel atardecer del dos de mayo de 1949, ni tú ni yo podíamos imaginar que nunca volveríamos a reunirnos los tres en Lyon. Sin embargo, a mí no me gustó nada que, a última hora, la dirección decidiera añadir seis compañeros más de la zona de Toulouse a la expedición. Yo siempre he pensado que fue por aquellos que nos vino toda la desgracia. No solamente porque retrasaron el paso a pie por el valle de Benasque, quejándose de la nieve y del frío a cada momento, sino porque como después se vio, habían fallado sus enlaces y tuvimos que esperar cuatro días en Labuerda ya que aún no estaban a punto los camiones. Y allí fue donde se torció todo definitivamente.

No será necesario que te recuerde la de veces que insistí en que nos moviésemos, que no podíamos estar allí esperando porque nuestro objetivo se escaparía. Tardaron demasiado los enlaces, sí, pero además, cuando llegaron con la información y supimos que las cosas no eran como pensábamos –que el tren no era oficial sino mixto, que llevaba pasajeros acompañando a algunas autoridades fascistas–, ya sabes que yo fui de los que quisieron anular la misión. «¡Somos libertarios, no guerreros!», es lo que habíamos aprendido siempre. Pero no parecían dispuestos a hacernos caso, ni a mí ni a J., que pensaba como tú y como yo. No escucharon la proposición de limitarnos al sabotaje de la central eléctrica de Lafortunada y dispersarnos. Insistieron en seguir más allá, directos al que debía de ser su verdadero objetivo: nuestra perdición.

¿Por qué no llegaron antes los enlaces con las nuevas noticias?¿Quién fue el responsable de la información equivocada? ¿Y de los vehículos? Allí se decidió el fracaso de nuestra misión, y el choque con los civiles se hizo inevitable.

Me he preguntado miles de veces quién o quiénes de los que saltaron contigo al río eran los traidores (¿Has podido averiguarlo tú después? ¿Qué fue de Arnal, el que más chillaba?), porque la decisión de entrar en Aínsa y confiscar el coche del alcalde fue una locura más de los de Toulouse, cuando era evidente que de allí no podríamos salir. La columna de los civiles nos pisaba los talones desde la central eléctrica y los que subieron desde Barbastro se unieron a los de Boltaña y ya nos esperaban en el río, como si les hubiesen dictado nuestros movimientos. ¿Quién les había avisado?

¡La suerte fue que escapasteis! ¡Menos mal que no te lo pensaste dos veces y saltaste al río, esquivando las balas y las maldiciones de los tricornios! Los cinco que íbamos en el coche no tuvimos tanta fortuna...

No hace falta que te explique otra vez cómo sucedió todo. Pero la verdad es que no puedo dejar ni un momento de torturarme por aquel mal paso, y le he dado mil vueltas durante mis dieciséis años de presidio, carcomido por el rencor y hundido en la soledad desoladora de todas las celdas que he conocido. Ni pude olvidar nada después, al salir. Nunca me he sentido «libre», porque vivo prisionero de aquellos tristes recuerdos que me atormentan día y noche, todavía hoy, a pesar de que yo fui de los que salieron mejor parados. No me puedo sacar de la cabeza el tristísimo fin del pobre M., que se libró junto conmigo del pelotón de ejecución, para acabar en una lenta agonía mucho más dolorosa y atroz que P., S. y J., pasados por las armas sin piedad, después de aquella pantomima de juicio a que nos sometieron.

Y la verdad es que aún no sé por qué la suerte, la poca suerte que se puede decir que he tenido, me sonrió con aquella mueca sádica, pero por lo menos yo te lo he podido explicar, para que tranquilices en lo posible la vejez de nuestro padre.

Tampoco logro entender que, después de todo lo que hemos pasado, después de tantos años, no me hayas podido ha-

cer llegar ni una carta, ni un pequeño mensaje, por breve que fuera, a través de los compañeros con los que fui coincidiendo en Torrero, Ocaña o San Miguel de los Reyes. Cada vez que llegaba algún libertario que había tenido contactos con el exterior y le preguntaba por vosotros, no me sabía dar razón de nadie. Que la organización hacía aguas por todas partes, ya lo comprobé cuando tuvimos la desgracia de conocer a aquellos seis de Toulouse. Pero ¿tanto? No sé, no lo comprendo...

Mis pensamientos están plagados de puntos oscuros que, hasta que no nos reencontremos y hablemos cara a cara, no podremos aclarar, para pasar el resto de nuestro tiempo con una cierta paz de espíritu.

Es por eso que hace tanto tiempo que intento que te pongas en contacto conmigo, porque la vida aquí ha cambiado mucho y estoy seguro de que no debes temer nada si vuelves. Después de la muerte del dictador sanguinario lo han mangoneado todo bastante bien para instalar un régimen democrático; construido, eso sí, sobre un olvido total del pasado, borrado y enterrado en el silencio sin dejar rastro. No pedimos que nos reconozcan nada de lo que hicimos, tú, yo y los nuestros; tendríamos bastante con poder recuperar juntos –puede que sin rencor para nadie, que yo ya me he acostumbrado a borrarlo–, el tiempo y los sacrificios que hemos regalado para que instalasen esta amnesia, que al parecer les hace tan felices y que quizá sea la única manera de no morir de rabia. Porque el odio, ya sabes que lo decía siempre nuestro padre, es una triste pasión que nos deshumaniza. En todo caso, sea como sea, tengo muchísimas ganas de verte y abrazarte.

Amalia, a quien he hablado mucho de ti, tiene ganas de conocerte, y estoy seguro de que a ti también te gustará cuando la veas, y en seguida entenderás que te ofrezca un sitio aquí, con nosotros. Es una mujer valiente, dulce y amable, que ha sabido entender todo lo que yo he pasado porque aguantó con entereza la pérdida de su único hermano, que era de los nuestros, durante la guerra. Ella vivía con sus padres, muertos poco antes de conocernos, cuando volví aquí, al salir de la cárcel de Valencia.

Regresé a casa, sí, para tratar de encontrar a algún compañero que me pusiera en contacto con vosotros y me ayudase a pasar la frontera para volver a Lyon. Pero todo, la ciudad, el barrio y la gente, había cambiado mucho. Y aquellos eran malos tiempos, porque el miedo había corroído las almas y paralizado las conciencias. Eran los «25 años de paz» que lucían con menosprecio chulesco en carteles y propaganda. Por eso, los pocos conocidos que localicé rehuían mi presencia, asustados por mi historial y temerosos de que les relacionaran con alguien tan «peligroso» como yo.

Fue por eso que me vi obligado a refugiarme en una de las cuevas del barranco del río, junto a los pocos miserables que aún malvivían allí, porque mi documentación de expresidiario me imposibilitaba encontrar otro trabajo que no fuera el de recoger chatarra para venderla. Y así sobreviví unos meses.

Tuve la suerte de conocer a Amalia porque trabajaba en una tienda a la que yo acudía para buscar unos pocos garbanzos y algún trozo de tocino para ir tirando. Nos caímos simpáticos y pronto adivinó mi situación, porque siempre añadía un trozo de carne o alguna pieza de fruta a escondidas dentro de mi bolsa y me hacía un peso generoso. Hasta que empezamos a hablar y a intimar, compañeros de soledades y de juventud perdida y, ¡quién lo iba a decir!, a mis casi cuarenta años, la compañía de aquella mujer consiguió ilusionar mi presente y consolar el dolor del pasado, a pesar de no poder borrarlo. Fuimos a vivir a la sencilla casita que había heredado de sus padres, y allí hemos pasado todo este tiempo: yo trabajando en lo que salía, porque poco a poco se fue enterrando mi pasado peligroso, y ella bregando sin parar, hasta ahora. Siempre esperando que vosotros deis alguna señal de vida, que padre y tú respondáis a mis cartas, que algún compañero dispuesto se presente para hacer de correo, que nos localicéis y que un día llaméis a la puerta y os pueda volver a abrazar.

Te explico todo esto, que he escrito y reescrito esta carta ya no sé cuántas veces sin podértela hacer llegar nunca, para que te decidas a venir. Y también para que sepas que, a pesar de todo lo que hemos pasado, ni los años ni las penalidades han podido hacerme olvidar los intensos sentimientos de amor fraterno que siento por ti, ni han borrado las ideas que nos llevaron a arriesgar nuestras vidas y a renunciar a una existecia plácida en familia. Porque nuestra lucha, la lucha de los libertarios contra la esclavitud, vencerá, como nosotros hemos vencido tantas dificultades, con nuestro convencimiento, que se redoblará con el reencuentro definitivo.

Contesta pronto, pues. Y, sobre todo: vuelve, que en casa te esperamos con los brazos abiertos.

Recibe un fuerte abrazo de tu hermano, que te quiere y no te olvida ni un instante.

¡Salud y libertad!

Ramón.

P. D. Amalia te envía un beso y afectuosos saludos, junto al deseo de conocerte pronto.

Había leído de un tirón aquella extraña carta. Y después la había releído a trozos, volviendo adelante y atrás, porque no estaba seguro de haber entendido lo que decía, ni del significado que pudiera tener. Bajo la luz de la mesita de noche, las grandes letras inclinadas, de caligrafía antigua, me hacían más difícil la comprensión de un relato a trozos incoherente, otros incomprensible y completamente liado.

Me escocían los ojos del esfuerzo y un montón de interrogantes se acumulaban en mi cabeza.

El primero era, claro, si se trataba de uno más de los desvaríos habituales de Ramón. ¿Era real toda aquella complicada historia de cárceles, tiros, expediciones y condenas? ¿Y cuándo había escrito aquella carta a su hermano fantasmal? ¿Hacía poco, como me había dicho al dármela y confundirme con el destinatario, o años atrás, cuando su mujer aún vivía?

Y, más importante todavía: ¿Quién era o quién había sido Ramón? ¿O quién creía ser?

No podía dejar de mirar y remirar aquellas cuatro hojas, tratando de averiguar si se me había pasado por alto algún detalle que diese sentido al montón de historias, para mí disparatadas, que Ramón hilvanaba. Empezaba a dolerme la cabeza.

¿Tenía que devolverle la carta a la mañana siguiente, como si no la hubiera leído? Me la había entregado confundiéndome con el destinatario, con su hermano Federico. ¿Qué diría, pues, cuando se la devolviera si llegaba a ser consciente de la equivocación? ¿Y si me la guardaba y hacía como que nunca la había visto? ¿Sería correcto? ¿Se acordaría? ¿Qué debía hacer?

Me metí en la cama con una confusión total, asustado, preocupado por lo que acababa de conocer sobre Ramón y su vida o sobre su enfermiza capacidad para inventarla. Hasta que, saturado y vencido, no deseé más que dormir: dormir y borrar todo lo que no entendía. Porque llega un momento en que el cerebro dice basta, y el mío parecía a punto de declararse en huelga por parada técnica.

8

Durante toda la clase de Lengua la estuve mirando fijamente, pero aquel esfuerzo solo sirvió para confirmar que la telepatía tampoco es mi mejor habilidad, ya que ni tan siquiera se dignó a girarse un instante.

Su madre no debía de haberle dicho nada de mi llamada la noche anterior. Demostraba inequívocamente que estaba muy enfadada conmigo, porque había entrado en clase en el último momento y se había situado en las primeras filas, sin dirigir los ojos hacia donde ella sabía que yo solía sentarme, para dejar bien claro que me había borrado de su vida. Aquello me dolía, pero era de esperar. Yo tenía la sorprendente carta de Ramón en el bolsillo y de cuando en cuando pasaba los dedos por las hojas, para asegurarme de que seguía allí. Estaba convencido de que aquellos papeles me servirían de salvoconducto para recomponer mis relaciones con Olga, que amenazaban ruina desde la tarde anterior, a la salida del consultorio del simpático doctor Giralt.

Pero si ella no me miraba, yo no podía hacerle ni un gesto para indicar que después quería hablarle.

Aquella hora llena de complementos imposibles y análisis sintácticos de frases rebuscadas parecía no pasar nunca, hasta que finalmente sonó el timbre.

Pegué un salto para levantarme de la silla, temiendo que se me escapara por el pasillo.

–Tengo que hablar contigo...

Si las miradas matasen, hubiera caído fulminado y convertido en un montón de cenizas en aquel mismo instante. Pero se quedó quieta, sin decir nada. Aquello ya era una pequeña victoria.

–Ayer por la noche tuve que ir corriendo a casa de Ramón...

Me había pasado una hora preparando aquella frase y estaba seguro que su efecto sorpresa no fallaría, que la incitaría a abandonar su postura de dureza indiferente para castigame. Pero el sorprendido fui yo.

–Ya lo sé... –no sé por qué motivo había interpretado su media sonrisa con una infundada esperanza, un segundo antes de que me destrozara–: he hablado con el doctor Giralt.

¡La madre que...!

Resultaba que, como ella tenía el teléfono del médico, le había llamado a primera hora para comunicarle que yo abandonaba y que, de momento, ella se encargaría de Ramón mientras buscaban a alguien de la Asociación que pudiese ocuparse del viejo. Y el médico sabiondo le había explicado la aventura de la moto.

¿Por qué aquella muchacha iba siempre un par de pasos por delante de mí?

–Veo que no eres tan burro como creía –acabó diciendo–. Y ahora, ¿qué piensas hacer?

Podía haberle enseñado la carta o haberle dicho que por la tarde pensaba acompañar a Ramón a la consulta, pero solamente se me ocurrió encogerme de hombros para darle a entender que el calificativo animal que usaba conmigo me resbalaba.

–¿A ti qué te parece que puedo hacer?

Descubrí que aquello de contestar a una pregunta con otra pregunta era un buen camino para dejar la pelota en el tejado del contrario.

–Yo estoy dispuesta a acompañarle al médico esta tarde –dijo muy seria y contundente, como si me quisiera dejar definitivamente fuera de juego.

–Claro... Seguro que quieres ver al doctor Giralt... –era una estrategia errónea, poner encima de la mesa mis celos. ¡Tenía que rectificar y volver al sistema de la pregunta!–. De todas maneras, Ramón me dio una cosa ayer... ¿Piensas ocuparte tú de él?

–Si no hay otro remedio... ¿Qué dices que te dio?

¡Ya la tenía! Solamente tenía que aprovechar su impaciencia y su curiosidad. El tiempo se me acababa. Había sonado el timbre para entrar en clase de Inglés. Ahora era cuando tenía que actuar con rapidez y astucia, jugando con habilidad mis cartas, y nunca mejor dicho.

–Después te explico. Quedamos en el bar a la hora del desayuno, ¿te parece? Es que ahora se hace tarde...

Y dando a su silencio el valor de una afirmación, me apresuré a volver al aula, a mi sitio, desde donde pude observar cómo ella se esforzaba en darse la vuelta disimuladamente para interrogarme con los ojos, seguro que atrapada por el misterio de lo que pudiera mostrarle después.

Ahora era yo quien le llevaba ventaja, y era evidente que eso la ponía nerviosa. No podía disimular una leve sonrisa de satisfacción mientras lo pensaba, observándola.

Me había prometido a mí mismo que, al acabar la clase, simularía tanta calma como fuera posible. Por eso, cuando me miró desde la puerta como diciendo «qué, ¿vienes?», yo le había respondido con un gesto indicando «adelántate, que ya iré», mientras explicaba a los amigos que no desayunaría con ellos. Mi intención era entretenerme un poco para multiplicar su curiosidad.

–¿Vuelves a las andadas y nos abandonas para montar otra escena romántica con Julieta?

David, tan imbécil como de costumbre, lo había dicho a gritos en medio del pasillo, para que lo oyera todo el mundo. Suerte que la gente corría en busca de los bocadillos a empujones y el ruido era infernal.

Los otros no pudieron evitar sumarse al jolgorio, matizando el comentario de David:

–¡Esta tía lo ha trastornado! –exageraba Carlos, moviendo las manos como si hipnotizara a alguien–. Seguro que es una extraterrestre con poderes ocultos y peligrosos.

–¡No hombre, no! –añadió Eduardo–: es una titiritera que se ha comprado una marioneta nueva llamada Arnau Font. ¿No le veis los hilos?

Les dejé soltando burradas a mi espalda, porque cuando se ponían estupendos y soplagaitas era inútil intentar razonar con ellos.

–¡Que os consuele la abuelita, payasos!

Quería frenarme, sí. Pero la impaciencia que intentaba disimular se había trasladado a mis piernas, y se movían hacia el bar con una rapidez que mi cerebro no deseaba.

–¿Qué decías que tienes?

Vino en mi busca antes de que yo hubiera entrado y, como siempre, la niña fue directa al asunto; sin tapujos.

–Ven... Mira.

Huyendo de la multitud de compradores de bocatas, chicles y porquerías dulces, la empujé hacia el patio, que el frío mantenía más solitario y espacioso.

Un vientecillo helado movía las hojas entre sus manos cuando se las di. Tuve miedo de que se le volaran o de que las manchásemos con nuestros bocadillos.

–¿Qué es esto?

Se extrañó, pero en seguida se puso a leer. Se olvidó de comer y de masticar. Abría los ojos, sorprendida, como yo me había sorprendido la noche anterior en casa, y seguramente se preguntaba las mismas cosas que me había preguntado cuando los leí. Yo me mantenía en silencio, solo miraba sus gestos dulces y atractivos mientras seguía las letras. Cuando levantó la mirada de los papeles, le dejé unos instantes para que pensase; tenía curiosidad por saber cómo reaccionaría.

–Pero esto... ¡esto es fantástico!

–Sí, no parece nada normal, no...

–Hombre, es una de tantas historias de viejos y de la guerra... Normal sí que es –¡Ya estaba otra vez: yo no tenía razón ni cuando se la daba!–. Quiero decir que es magnífico, porque nos ayudará a saber qué le pasa a Ramón de verdad.

–Pero ¿tú entiendes todo lo que explica aquí ese hombre?

Mientras lo preguntaba ya era consciente de que otra vez estaba a punto de recuperar mi papel de idiota habitual.

–Es una mezcla de cosas, pero podría ser que estas historias facilitasen el diagnóstico del doctor Giralt.

¡Otra vez me salía aquel tío! Parecía evidente que no me lo podría quitar nunca de encima.

–¿Qué narices tiene que ver ese médico tan amigo tuyo –subrayé el posesivo con rencor– con lo que explica Ramón sobre él y su hermano?

–¡Arnau, si quisieras ser más asno, me parece que no podrías! –seguía en su línea de alimentar mi autoestima con identidades zoológicas–. ¿No entiendes que los delirios de Ramón tienen un fundamento personal, muy íntimo, psicológico?

Cuando me habló de psicología colmó mi limitada paciencia. Solo faltaba que me propusiera ir a consultar el caso con la psicóloga del instituto: una mujer de aspecto angelical, tirando a infantil, que sonreía continuamente mirando al vacío y que, cuando hablaba, siempre empezaba las frases diciendo «a nivel de...»; ese era el mote con que todo el mundo la conocía. Contraataqué:

–¿A nivel de qué...?

–¡No, hombre, no! –se enfadó, porque había entendido de quién le hablaba–. Lo que yo digo es que tenemos que ir a ver al doctor Giralt, porque creo que conocer todas esas peripecias extraordinarias que parece haber vivido Ramón pueden ayudarle a entender de dónde viene lo que le pasa, cómo afectan a su estado de ánimo, qué se puede hacer... No sé, los médicos entienden de esas cosas, ¿no?

Estuve a punto de contestarle que, ya puestos, seguro que «su» médico simpático entendía hasta de jeroglíficos egipcios, según ella, pero preferí callar. Puede que tuviera razón y aquellas hojas en las que Ramón medio explicaba las cosas de su pasado –que todavía le causaban dolor y sufrimiento– nos permitieran saber qué necesitaba el viejo para vivir tranquilo y no de aquella manera que lo hacía parecer un loco.

–¿Y un psiquiatra? –me salió al pensar en la palabra «loco».

–Sí, exacto, eso quería decir: un psiquiatra nos podría ayudar... –confirmó, pensativa.

No lo podía creer: ¡Acababa de darme la razón sin ningún «pero»! ¡Estaba emocionado!

Temí que añadiera que, precisamente, el doctor Giralt no solo era la simpatía ambulante, sino también una eminencia psiquiátrica. Y antes de que lo dijera ella, me adelanté yo:

–Quieres decir que vayamos a ver a tu amigo Giralt –acababa de degradarle, desposeyéndole de su título de sabio, a cambio del de predilecto; pero ella no parecía muy atenta a mis sutilezas envenenadas, porque no dijo nada– ... y que él nos diga qué se puede hacer para desenredar el lío mental del pobre viejo.

–A veces, esforzándote mucho y con ayuda, parece que llegas a conclusiones un poco inteligentes, Arnau.

Ahora me sonreía mirándome directa a los ojos. Era lógico que pensara que aquello era una especie de reconciliación y me acerqué a ella.

–Pero... poco a poco voy aprendiendo, ¿no?

Se lo dije pasando un dedo suavemente por su mejilla y moviéndolo hasta tocar sus labios con las yemas, como si borrara las palabras que nunca deberíamos habernos dicho. En aquel momento parecía que la Asociación de Persecución de Abuelos Trastocados no existía, que la embarullada historia de la carta de Ramón quedaba muy en segundo plano, que el omnipresente médico pesadísimo se borraba del paisaje y que estábamos solos en el mundo, mirándonos y reconociendo en silencio todo lo que no sabíamos decirnos con palabras. Ya tenía mi cara a dos centímetros de la suya, cuando un grito espeluznante nos devolvió a la dura realidad, cotidiana y cutre, del patio del instituto.

–¡Eeeyyyaaaa, parejitaaa!

Carlos, David y Eduardo nos aullaban desde una ventana del edificio, justo encima de donde nosotros dos estábamos, para indicarnos, con su finura habitual, que las clases estaban a punto de empezar aunque nosotros no hubiésemos oído el timbre.

Les lancé una mirada de odio y un grito más fuerte que el suyo:

–¡Perdeos en el desierto, imbéciles!

Aquello asustó a Olga, pero les hizo muchísima gracia al trío de desgraciados. De inmediato vi que, no solo habían hecho trizas aquel momento mágico, sino que tendría que romperles la cara al entrar en clase. Por eso me salió del alma una proposición insólita, que debió de sorprenderla aún más que el berrido que acababa de pegar:

–¡Vámonos a ver al doctor Giralt!

–¿Ahora...?

–¡Ahora! ¿Verdad que tienes su teléfono? Pues llámale y dile que nos espere donde esté, que llegaremos en seguida.

No sabía hasta qué punto me estaba liando, ni lo caro que me saldría aquel pronto, y yo mismo me sorprendí con lo que acababa de decir. No era que tuviera la fe ciega que Olga mostraba con el doctor Guaperas: solo quería salir de allí, llevármela, estar juntos. Sobre todo después de las carreras que estaba obligándome a hacer el abuelo fugitivo y misterioso, y su Asociación de Protección del Viejo que no para de dar Sorpresas.

Y pude comprobar que curiosamente, cuando quieres algo y te muestras seguro, lo consigues como si nada: Olga accedió a mis deseos sin dudar y además, improvisó una excusa absurda con la que logró que nos abrieran la puerta del instituto para salir sin ningún problema.

A pesar de que el doctor Giralt no estaba en el centro de salud del barrio de Ramón, Olga le localizó de inmediato y él le dijo que nos recibiría en seguida –claro, ¡debía de estar impaciente por volverla a ver!–. Mi Aprilia podía ser un cacharro como decía Ramón, pero no tardamos ni un cuarto de hora en atravesar la ciudad para llegar al hospital donde el doctor Giralt trabajaba por las mañanas.

9

Convencido de que mi actuación de la noche anterior había sido definitiva, yo me había presentado en el hospital dispuesto a reivindicar mi papel de protagonista en los asuntos de Ramón; un papel que me garantizaba ser el depositario de la extraña carta. Pero apareció el doctor Giralt y se dirigió a Olga con su sonrisa de anuncio publicitario, después de mover levemente la cabeza hacia mí para simular que me saludaba. En seguida vi que, de nuevo, me intentaban dejar de figurante en aquel diálogo.

–¿Qué pasa, Olga?

Se la llevó hacia un rincón discreto de la sala, como si yo no pintara nada allí. Pero les seguí, a pesar de que su conversación en voz baja intentara excluirme. No puedo negar que renació en mí un cabreo difícil de disimular: los celos y el orgullo formaban un cóctel explosivo que iba agitándose en mi interior. Por eso, cuando los dos se dignaron mirarme para pedir la carta, no pude evitar un desplante de violencia incontenible.

–¿Qué decís que queréis?

El tono era desafiante y la voz, casi un grito, que rompió la discreción de los pasillos del hospital y sus secretitos.

–¡La carta de Ramón, Arnau! ¿Dónde la tienes? ¡Venga, déjanosla!

Yo, por las buenas, soy un trozo de pan tierno, pero cuando se me ponen repetidamente chulos y tengo la impresión de que me humillan, puedo alcanzar grados insospechados de ferocidad. Y las órdenes de Olga, allí, delante de aquel tío que me miraba como si yo fuese una piltrafa, una mota de polvo incómoda, me encendieron. Decidí pasar al ataque con astucia, para echar fuera toda la mala leche que me provocaban las escenitas de Olga y su doctor Simpatía.

–¿Para qué la queréis? ¡Ramón me dio la carta a mí! Y si te la he enseñado a ti, Olga, era por una cuestión de... confianza –me estaba saliendo bastante bien el discursillo, y ellos miraban sorprendidos–. Al fin y al cabo, el responsable de Ramón soy yo, ¿verdad? O por lo menos, yo soy la persona en quien él confía. De ti ni se acuerda, y el médico le da más miedo que otra cosa –aquello de hablar como si el doctor Dientesblancos no estuviera allí me pareció un buen golpe de efecto para devolverle su tendencia a ignorarme–. Quiero decir que, como soy yo quien tendrá que dar la cara y ocuparme de Ramón, tengo derecho a saber qué se trama, qué quiere decir lo que el hombre escribió y cómo hay que actuar en este caso. Porque a mí me interesa Ramón, ¿sabéis?

Les miré, convencido de que aquella era una de las piezas de oratoria más contundentes y acertadas que nadie les había soltado en la vida, y para darles a entender que ya estaba hasta el casco integral de que me tratasen como si yo fuera un inútil. Pero la verdad era que, más que sentirme responsable del viejo, lo que me encendía la sangre era que se aprovecharan de aquella circunstancia para hacerme sentir fuera de juego constantemente.

Vi que parpadeaban incrédulos al comprender que yo reivindicaba mi derecho a ser voluntario de una causa que ellos creían solo suya. El rostro de Olga fue subiendo de color hasta casi enrojecer. Yo pensé que, en ese momento, debía de haber entendido que ya no estaba dispuesto a jugar más el papel de tonto en aquella comedia; y seguramente también adivinaba que yo estaba sufriendo un ataque de celos y de amor propio herido.

–Pero ¿de qué vas, Arnau? ¿Qué líos estás montando? ¿Siempre tienes que ser tú el centro de atención?

Le hubiera podido contestar que, entre ser el centro de atención y sentirse borrado del mapa había una gran diferencia. Pero preferí contraatacar con argumentos eficaces.

–¿En qué quedamos, guapa? ¿Ramón es cosa mía o no? Porque si resulta que ahora yo no soy lo bastante responsable para atenderle, me lo dices, me voy y, en lugar de visitarle en nombre de la Asociación Exclusiva de Buenas Personas que formáis vosotros dos solos, me presento en su casa como un amigo y hablo con él de lo que dice la carta...

Puede ser que me pasara, pero las palabras acudían automáticamente a mis labios, como me ocurre siempre que cojo carrerilla. Además, confiaba en que, mostrándome convencido y firme, tanto Olga como el doctor Seducción dejarían de flirtear en mis narices con la excusa de Ramón.

–¿Podéis dejar de discutir imbecilidades adolescentes? ¡Yo estoy trabajando!, ¿sabes?

El doctor Eficacia hablaba con un gesto de enojo impaciente que cortó en seco la reacción de Olga, dispuesta a contestarme vete a saber qué para aniquilarme ante su Romeo de bata blanca. Yo me enganché a la proposición del doctor Urgencias.

–¡Ahora te escucho, Giralt! ¡Venga, al asunto!

Lo dije así, sin pensar, perdiéndole el respeto y bajándole del pedestal donde parecía que le tenía instalado su título de doctor. Olga debió de pensar que aquello era escandaloso, pero yo estaba ya harto de tanta formalidad y de tanta tontería. No pareció que él se resintiera en absoluto por la degradación.

Le entregué la carta y, mientras empezaba a mirarla, nos hizo entrar en un despacho. La leía con atención y, de vez en cuando, levantaba la vista arqueando las cejas con un gesto de interrogación. Cuando acabó, la dejó sobre la mesa y quedó en silencio, mirando al techo. Era una «pose» para darse importancia, lo vi en seguida. Pero consiguió sus propósitos, porque provocó la interrogación de Olga:

–¿Qué tenemos que hacer?

Lentamente, con gesto estudiado, el doctor Oráculo empezó a hablar. Y resultó que estaba tan desconcertado como nosotros, solo que él no podía admitirlo de forma abierta.

–Tendría que hablar con Ramón para saber hasta qué punto todas esas cosas están aún vivas en su conciencia y en su mente... Podría ser que eso lo hubiera escrito hace mucho tiempo, pero por el papel no lo creo... Quiero decir que las hojas parecen recientes, poco arrugadas... –puesto a hacer de Sherlock Holmes, daba más bien pena, el hombre, pero continuaba su monólogo pseudodetectivesco y lleno de obviedades–. Si está prisionero de esas obsesiones, deberíamos conseguir que le vea un psiquiatra, pero no sé si aceptará dejarse visitar...

–Todo eso ya lo habíamos pensado nosotros –le corté, porque estaba harto de oír las tonterías elementales del doctor Lumbrera.

Olga, que cuando hablaba su médico predilecto parecía perder el mundo de vista, me quiso fulminar con la mirada, lo que subrayó con un golpe en la pierna. Pero yo no me dejé intimidar y me levanté, aburrido de tanta comedia barata.

–Esta tarde voy con él a su consulta del centro de salud, tal como quedamos ayer. Si quiere, le proponemos esto del psiquiatra, pero yo también creo que, cuando se lo digamos, nos mandará por higos a Groenlandia...

Deseaba salir de allí rápidamente, marcharme, y sobre todo dejarles muy claro a aquellos dos que la iniciativa, a partir de ese momento, la tenía yo. Así que recogí la carta de la mesa y empecé a salir sin escuchar las justificaciones del hombre –«Lo siento... Es todo lo que puedo hacer... De momento no se me ocurre otra cosa... Veremos si por la tarde...»–, que ahora también pretendía dirigirme a mí. Pero yo no le escuchaba.

–¿Vienes, Olga?

Yo estaba ya en el umbral y ella todavía esperaba una solución milagrosa de aquel genio de la medicina... que según acababa de demostrar también tenía sus limitaciones.

–¡No sé por qué te pones así, Arnau! ¡Eres tan maleducado y bruto cuando quieres...! ¡Él ha sido amable con nosotros! ¡En cambio, tú...!

Para mí como si lloviera. No estaba dispuesto a escuchar más reproches sobre mi carácter, y aún menos comparado con el del inútil doctor Glamour.

–Sí, es guapo el Giralt este. Y tiene mucho encanto. Pero chica, a la hora de dar soluciones es más bien cortito...

Sabía que mis palabras eran una declaración de hostilidades en toda regla, pero hacía rato que yo estaba ya en guerra. Una guerra contra mí mismo y mi incapacidad para soportar que alguien hiciera más puntos que yo ante Olga. Y veía que aquello era absurdo, pero iba lanzado, no podía detenerme. Mis obsesiones no eran como las de Ramón: yo la cagaba solito y en directo, mostrando mi locura sin necesidad de escribir carta alguna. Olga explotó.

–¡Estoy harta de discutir contigo! Tus celos y tu egoísmo no tienen límites, ¿verdad? Pues mi paciencia sí. ¡Hala, adiós! Ahí te quedas...

Que mi destino era verla marchar cabreada, ya empezaba a resultar evidente. Corrí y la alcancé por el pasillo del hospital, la cogí del brazo y procuré pedirle perdón –muy poco convencido de ser culpable de nada...–; intenté hablarle, decirle que quizá me hubiera pasado. Una vez en la calle le expliqué a gritos que aquello ocurría porque ella me gustaba mucho, acaso demasiado. Tanto, que perdía la cabeza. Pero no hubo manera, lo único que conseguí fue que me mirara un momento para decir:

–¡Déjame en paz, Arnau! –los ojos le brillaban de rabia y tristeza–. Tú y yo no podremos entendernos nunca.

Y, después de lanzada la profecía, se dio la vuelta y desapareció.

10

No me encontraba en el momento más apropiado para hacer de canguro de abuelitos, y menos para visitar de nuevo al doctor Sonrisas.

La rabia y el desconcierto llenaban por completo mi cabeza aturdida. Quería recuperar a Olga de inmediato; necesitaba verla, hablarle, darle a entender que lo que me pasaba era que había enloquecido por ella, que estaba más majara que Ramón y que la única medicina que me podía salvar era tenerla a mi lado. Pero solamente había una manera de acercarme a ella para intentar recomponer nuestra relación: cumplir y llevar a Ramón al médico. Al menos para que quedara claro –imaginaba que Olga llamaría en seguida a su Giralt para preguntarle si yo había hecho lo que debía– que un servidor, cuando se compromete, solo tiene una palabra. «No como otras –me dije, furioso, cuando me dirigía a casa del abuelo–, que te sueltan cuatro carantoñas para llevarte adonde quieren y, en cuanto ven a otro que les sonríe un poco, se olvidan de quiénes son y te plantan». Sí, me dominaban la rabia y el desconcierto.

La primera batalla de la tarde, por si no hubiera estado lo bastante quemado con la mañanita en el hospital, la tuve porque Ramón había olvidado –o hizo como que olvidaba, ya no sé...– que tenía que acompañarle al médico. Creía que le pasaba a buscar para salir a dar un paseo en moto.

–¡Joe, Ramón, ya lo he dicho mil veces: iremos al centro de salud a pie, que el médico nos espera a las cuatro! –insistía yo, inútilmente.

–¡Déjate de médicos, chaval! –contestaba él, con cara de niño travieso– ¡Llévame a dar una vuelta en tu cafetera, que tengo ganas de ver mundo!

No sabía si lo hacía adrede, para provocarme, pero acabó abrigándose con su indescriptible chaqueta del año de Maricastaña, se caló la boina y salió a la calle dispuesto a cabalgar de nuevo sobre mi pobre Aprilia, quisiera o no quisiera. Era un espectáculo patético: con la pierna levantada de forma ridícula, sin llegar a la altura del asiento, riéndose como un crío y chillando para disimular su incapacidad.

–¡Las fabrican torcidas y muy feas hoy día!

Me hubiese reído a gusto, si hubiera tenido tiempo, al verle repetir su esfuerzo inútil. Pero yo sabía que, en el caso de que no llegáramos a la hora acordada a la consulta, Olga y su doctor Arrogancia eran capaces de presentarse allí y pegarnos una bronca histórica. Y eso no.

–Venga, Ramón, me rindo: ¡Iremos en moto!

Se puso a reír como un loco descontrolado, contento por lo que consideraba una victoria de su insistencia, y quizá porque imaginaba que yo había olvidado adónde teníamos que ir.

–¡Venga, chaval: haz que corra este cacharro! ¡Si puedes!

Era indispensable empezar a renunciar al sentido del ridículo, viajando con aquel hombre de paquete por segunda vez en menos de veinticuatro horas. Por suerte, el trayecto no era muy largo, porque él iba sin casco y me hubiera arriesgado a una multa, que se habría añadido a la vergüenza que me hacía pasar el viejo. Y suerte, también, que la poca gente que pasaba por la calle iba a su bola. Yo quería creer que no se fijaban en la pareja extraña que debíamos de formar, él jaleando «¡yyeeeppaaa!» y «¡uuaapalaa!», cada vez que mi pobre moto de suspensión precaria soportaba de milagro algún pequeño bache, y yo, protegido por la impunidad del casco, jurando en arameo entre dientes.

–¡Pues sí que aguanta poco este trasto!

–¡Baje y cállese, Ramón!

–¡No llega ni a los cuarenta por hora con el gas a tope, este montón de chatarra! –insistía, burlón.

No estaba dispuesto a montar otro numerito en la puerta del ambulatorio, aunque alguien pudiera haber pensado que era una buena idea: dar un espectáculo que distrajera a los enfermos de sus dolorosas preocupaciones. Conseguí que se bajara, pero sin dejar de hacerse el loco.

–¿Y adónde dices que vamos?

–A ver al doctor Giralt.

–¿Y para qué?

Volví a recordarle el *show* de busca y captura de la noche anterior y la promesa que le habíamos hecho al médico. Entonces dijo una de las cosas más sensatas que le había oído desde que le conocía:

–¡Ese médico es un *tocahuevos*!

–¡En eso estamos completamente de acuerdo, Ramón! –dije, riendo, y él pareció sorprenderse–. Pero no nos queda otro remedio que obedecer...

La visita con el siempre sonriente doctor Tocahuevos tuvo dos partes: la oficial –con Ramón– y la extraoficial –conmigo–. Y los resultados prácticos y palpables de las dos fueron idénticos y previsibles: un desastre. O peor que un desastre para mí.

Le visitó en privado un buen rato y, cuando hubo acabado, mientras Ramón se vestía y la enfermera le entretenía con recomendaciones elementales, el doctor Fracaso salió por donde yo esperaba.

–No quiere ni que le hablen de psicólogos, de psiquiatras, ni de médicos –se rindió–. Y de la manera en que está, cerrado en banda, aunque le obligáramos a esas visitas no sacaríamos nada en claro.

Estuve a punto de soltar una de mis opiniones sobre la supuesta supremacía de la ciencia médica, pero me limité a contestarle con un gesto lo bastante explícito para darle a entender aquello de «¡ya lo decía yo, sabiondo!», que no debió de gustarle nada.

–Si no le convences tú... –rectificó en seguida, en un intento inútil de convertirme en cómplice de su fracaso profesional–, que no lo harás, yo solamente puedo ayudar prescribiéndole los medicamentos indicados para un Alzheimer en fase inicial.

–Pero ¿está seguro de que tiene eso?

–Como ya debes saber –dijo, convencido de que yo era un lerdo ignorante–, esta enfermedad no tiene un diagnóstico fácil. Los síntomas suelen ser los mismos que los del envejecimiento natural. Empiezan olvidando las cosas más sencillas y recientes, primero de vez en cuando y después con más frecuencia, muestran dificultades leves para andar y moverse, se desorientan y pierden la noción del tiempo y del espacio, adelgazan a pesar de comer... Estos síntomas aparecen y desaparecen hasta que llegan a la fase más dura. Uno de los indicios para diferenciar el Alzheimer del envejecimiento normal puede ser la incapacidad para entender el significado de las palabras...

–¿Cree usted, doctor Giralt –volví a usar el título respetuoso, porque con aquel resumen informativo pensé que se lo había ganado–, que, por ejemplo, la carta que hemos leído es la de alguien que va perdiendo el significado de las palabras y que mezcla los años y los hechos sin criterio? Hablaba de su padre como si aún viviera. Y de su mujer.

–Y también menciona a su hermano, a quien sigue esperando... –añadió–. Aparte de que ayer por la noche estaba desorientado y cuando le encontraste, no debía de saber ni dónde se encontraba...

Todo parecía apuntar en la dirección de la enfermedad terrible. Mi pregunta volvió a dejar en evidencia la ignorancia que me ha acompañado siempre:

–¿Tendrán que internarlo en un hospital? ¿Qué suele hacerse con enfermos así?

Ahora estábamos en su terreno favorito, el de los consejos científicos; por eso esbozó una de sus famosas sonrisas de superioridad médica, para explicarme que a esos enfermos hay que cuidarlos en casa, porque pueden vivir años y años y deteriorarse muy lentamente, con crisis cíclicas de gravedad variable, y el tratamiento hospitalario es carísimo y muy largo, eterno. También añadió que la gente que los tiene en la familia vive un auténtico calvario, porque cada día que pasa necesitan más atención. Y concluyó:

–Lo que convendría es retardar lo máximo posible los síntomas iniciales, no dejar que la enfermedad avance hacia la segunda fase más aguda. Alguien debería estar muy alerta sobre el comportamiento de Ramón.

Yo palidecía a medida que le escuchaba.

–El pobre Ramón no tiene a nadie... a no ser que aparezca de sopetón su hermano fantasma. ¿Qué podemos hacer?

–A veces, en algunos casos, a través de asistentes sociales puede conseguirse que les asignen una enfermera...

–¿Ramón con una enfermera en casa? ¡Si no quiere ni dejarse visitar! ¡Póngale una persona extraña en su casa y tendrá el follón asegurado!

–No te alarmes, chico –ahora optaba por el tono paternal, que le debía de hacer sentir como un dios que habla a los sumisos mortales–. Victoria, aquella mujer a quien cuida Olga, tiene un principio de Alzheimer, y con ayuda está bastante controlado y ella va tirando. Pero también es verdad que Victoria se deja ayudar, mientras que Ramón es un rebelde sistemático. Quiero decir que si tú te ocupas de él, le visitas, consigues que haga unos cuantos ejercicios que si quieres te pasaré por escrito –sacó unas hojas de la carpeta: ya los tenía preparados, convencido de que yo aceptaría sin rechistar el encargo de la divinidad– y, quizá, le vas hablando hasta que sea consciente de lo que le pasa, yo creo que podemos tener Ramón para mucho tiempo.

¡Como si la perspectiva de tener que estar unos años cuidando del viejo fuese algo bueno! ¡Estuve tentado de decirle que así también yo podía ser médico! Si de lo que se trataba era de pasar el paquete a los demás... Eso que él me había contado también podía haberlo leído yo en algún libro.

Debió de verme tan abatido, tan abrumado por la que se me venía encima, que decidió tocarme el botón del orgullo, seguramente porque ya sabía que conmigo no falla casi nunca.

–Y si tú no te atreves, pues lo comentas en la Asociación y que le cuide otra persona. Olga lo hace muy bien...

«Sí, claro –pensé–: yo quedo como un idiota incapaz, y tú venga a visitar a Olga, ¿verdad? ¡Pues no!».

–No te preocupes –volví al tuteo de ataque y él lo notó, porque medio sonreía para aguantar el chorreo o bien era consciente de haber acertado con la provocación del amor propio–. No soy un incapaz y lo que hagan los demás también lo puedo hacer yo. Al fin y al cabo, Ramón confía en mí.

Quise acabar con una frase que me dejara a gusto y creo que lo conseguí, porque Ramón apareció de pronto en la consulta y me permitió remachar el clavo:

–Qué, Ramón, ¿volvemos a dar un paseo en moto?

Y el viejo, que había entrado abatido y cansado por la visita y el lugar donde estábamos, sacó pecho con chulería, subrayó su sonrisa traviesa con los ojos vivos y, calándose la boina hasta las cejas, soltó:

–¡Adelante, chaval! ¡A pasarlo bien, doctor Frankenstein!

Todo el mundo, la enfermera, el doctor Sabiondo y yo reímos la ocurrencia del viejo, cada uno por un motivo diferente.

El viaje de vuelta a casa, con Ramón galopando sobre mi pobre moto, inconsciente como una criatura y sin casco, fue tan festivo como el de la ida. O quizá más, porque el viejo debía de necesitar borrar con urgencia la visita y las advertencias del médico, que le obligaban a mirar cara a cara una realidad que él no quería aceptar. Pero yo no podía dejar de pensar en el compromiso.

–Por hoy, ya hemos paseado bastante, ¿vale, Ramón?

Entrábamos en su casa, yo preocupado y él feliz de haber castigado mi Aprilia con sobrepeso, achuchones e insultos.

–¡Tienes que comprarte una Impala, niño! ¡Este trasto ya no corre: tose! ¡Si parecía que íbamos montados en una burra asmática y con artritis! –reía.

–Déjese de motos y de burras, que tenemos mucho trabajo. Hay que organizarse...

Mi comentario no le gustó nada, porque se hizo el distraído y se dedicó a acariciar a su gato que al llegar se le había arrimado a los pantalones, a manera de saludo, y que ahora se convertía en su interlocutor.

–Esta gente joven, amigo *Malatesta*, es más pesada que un saco de piedras. Van a su aire y pretenden obligarte a seguirles, quieras o no. Médicos para acá, médicos para allá, órdenes, visitas, pastillas, sáquese la ropa, levante el brazo, ande siguiendo esta línea, abra la boca... ¡Tonterías! Hacen todo lo que pueden para meterse en nuestros asuntos, como si no supiesen vivir sin darnos la lata, ¿verdad? –tenía el gato en su regazo, como si fuera un bebé, y se hubiera dicho que el animal le escuchaba con atención–. Tienen envidia porque nosotros vivimos tan bien y vamos a nuestro aire ¿Es que nos metemos con alguien? No, ¿verdad? Nosotros defendemos la libertad: ¡La libertad absoluta! ¿Por qué no nos dejan en paz de una puñetera vez?

El monólogo había ido aumentando en crispación y entonces se volvió hacia mí. Vi que me dirigía la pregunta porque el gato saltó de sus brazos para volver a su rincón, y ahora el viejo me miraba como si yo tuviera que admitir que estaba allí con él porque no tenía otra cosa que hacer.

–¡No me toque las narices con discursos de pacotilla, Ramón! –me salió sin pensarlo, porque yo solamente tenía una idea en la cabeza desde que habíamos salido de la consulta del doctor Liante: acabar con el abuelo en seguida y salir a la calle para buscar a Olga. Pero su reacción fue de una violencia inesperada.

–¿Discursos, dices? ¿Que yo hago discursos? –los ojos se le habían enrojecido, y se acercaba blandiendo el índice de la mano derecha como si fuera una espada–. ¡Tú no entiendes nada, niñato! ¡La libertad es el bien más sagrado que tenemos los libertarios! ¡Y tú seguro que eres un fascista de esos de hoy en día, un vendido, un cobarde traidor que vienes aquí a espiar! ¡Pero cuando vuelva Federico y venga con unos cuantos de los nuestros, os vais a enterar!

¡Otra vez la misma canción del Federico! Y lo tenía encima: me escupía sus palabras amenazadoras a un centímetro de la cara.

–Ramón, por favor... Yo solo quiero... –intentaba calmarle y me iba echando para atrás, asustado. Las frases me salían incompletas, inseguras–. Haga el favor... No se ponga nervioso, venga... Sentémonos y hablemos...

–¡No tenemos nada de qué hablar, tú y yo! ¡Vete! ¡Largo de aquí! ¡Fuera! ¡Conozco demasiado bien a los de tu ralea! ¡No volváis más! ¡Ya está bien! ¡Basta de persecuciones!

Chillaba desquiciado, poseído de nuevo por sus obsesiones paranoicas, confundiendo el lugar y el tiempo, y confundiéndome a mí. Pero de repente, cuando ya pensaba que acabaría echándome a empujones hasta la puerta, empezó a tartamudear y a decir cosas todavía más faltas de sentido.

–No sabes... Cuando ella me miraba... tumbado en la hojarasca... sin la boina..., no, sin nieve... Niebla... Un poco... El silencio, quiero... En el río, sí. Aquel tren... Quizá era un tren... ¿Qué decían? No sé qué puede ser eso...

Señalaba su vieja cazadora de cuero en el perchero, y se dejaba caer como un muñeco descalabrado en una silla para quedarse mirando al vacío, con los ojos húmedos, las lágrimas a punto de saltar. Entonces a mí se me puso un nudo en la garganta porque nunca había visto un ataque de locura desde tan cerca, y estaba asustado, mudo, paralizado.

Durante unos segundos, el silencio y la inmovilidad más extraños invadieron el comedor. *Malatesta* me pasó por entre las piernas y, de un salto, se puso en las rodillas de su dueño, como si el pobre animal fuera consciente de que lo que Ramón necesitaba era un poco de calor vivo. Maquinalmente y como si se moviera a cámara lenta, el viejo empezó a pasar las manos por el lomo del gato, pero sin recuperar la mirada, que se mantenía en aquel territorio desconocido de la locura; una locura que, al parecer, ganaba terreno día a día.

Las palabras tardaron en salirme de la garganta y sonaron como un gruñido desafinado que me nacía no sabía de qué rincón de la conciencia:

–Ramón, tengo la carta...

Y su mirada, profunda y triste, no dejó que articulara ni una palabra más. Aquellos ojos me dolían. La mano se me fue hacia el bolsillo y saqué sus papeles doblados que él cogió con un gesto tembloroso, como si fuesen un objeto sagrado, y susurró:

–Gracias...

11

Las emociones no pueden explicarse y también es imposible compartir con nadie la intensidad con que se viven. ¡Si hasta me resultaba difícil asimilarlas yo solo, mientras iba intentando ordenarlas!

¿Quién era aquel Ramón que me parecía que había empezado a conocer aquella tarde? ¿Y quién era yo? ¿Qué papel me había asignado en su vida el viejo desconocido y loco que quizá me había hablado de aquella manera porque creía haber visto en mí a vete a saber quién?

Resultaba lógico que saliera aturdido, tocado y renqueante de su casa. Después de que mi cerebro hubiera dado mil volteretas para seguir todo lo que aquel hombre decía y mostraba a medias, me dolía hasta el pelo, de tanto barruntar.

Al darme las gracias por devolverle la carta, no había comentado nada sobre su contenido. Se limitó a insinuar una sonrisa triste, que debía de querer expresar simpatía y gratitud, mientras se levantaba de la silla y me decía: «ven». Le seguí hasta la pequeña habitación que el primer día ya me había parecido una especie de estudio o de despacho, porque tenía las paredes literalmente forradas de libros. En una minúscula mesita del rincón, había una lámpara rodeada de carpetas amontonadas que casi no dejaban espacio para trabajar. Yo estaba confundido y extrañado, porque tenía la sensación de que el hombre me franqueaba el paso a un espacio muy íntimo y personal que poca gente debía de haber visitado. Me señaló una silla para que me sentara y se puso ante mí, como si quisiera explicarme alguna cosa fundamental.

–Todo esto que ves aquí –movió los brazos con lentitud, dibujando un círculo a su alrededor– es cuanto me queda de importante en la vida.

Hablaba con una voz profunda y pausada, como si buscara las palabras exactas. Quizá se percató de mis gestos de extrañeza por tanta ceremonia exageradamente misteriosa, y de que estaba a punto de decirle algo que podía romper la solemnidad que él quería mantener.

–Tengo miedo, Arnau –me sorprendió la confesión,y que recordara mi nombre; era la primera vez que se lo oía pronunciar–. Tengo mucho miedo, porque sé que las cosas se están torciendo. De vez en cuando me pierdo, no sé dónde estoy y olvido lo más elemental: el día en que estamos, si he comido o no..., me encuentro andando por el pasillo sin saber adónde quiero ir... Tonterías que todo el mundo sabe y que resulta que yo olvido cada vez más a menudo. Noto que mi cabeza se obsesiona con ideas imposibles, que me vuelven sensaciones antiguas y las vivo como si fueran de ahora mismo. A ratos todo se borra, tengo espacios en blanco y después no sé ni dónde estoy. Otras veces tengo la impresión de que en mi interior hay alguien que piensa y habla por mí, sin que yo piense ni diga nada... No sé si me explico.

Respondí a su media pregunta con una cara de circunstancias que indicaba mi desconcierto. Y él vio que había cosas que yo no podía imaginar. Pero continuó:

–Cuando hoy el médico ha hablado de hacerme visitar por un psiquiatra, he visto que ya no puedo ocultar más mi estado. Y tengo miedo... No, no digas nada. Me cuesta trabajo hablarte así, pero es la única manera de hablarme a mí mismo, que es lo que no me había atrevido a hacer hasta hoy.

Y no sé si seré capaz de hacerlo alguna otra vez, porque mucho me temo que la cabeza, que se me va cada vez más, un día se me irá para siempre.

Le escuchaba con un nudo en la garganta, y aproveché la pequeña pausa para intentar salir de aquella situación que me resultaba muy violenta.

–No se apure, Ramón... –me notaba falso, insinuando un engaño que no sabía hasta dónde me atrevería a prolongar–. Eso suyo, Ramón, solamente es...

Me miró como si quisiera cortar el intento de mentira piadosa que yo no sabía continuar y me sonrió.

–No te esfuerces, chico, el médico ya me ha hablado del Alzheimer...

«¡Qué finura, el doctor Animal!», pensé, tragando saliva.

–Yo ya me lo temía –continuó, con entereza–. De hecho, quería pensar que se trataba de episodios de decrepitud propios de un viejo, pero ahora sé que no. Por eso, los ratos que me encuentro mejor, cuando puedo, voy arañando de la memoria todos los fragmentos que aún me quedan vivos y que no quisiera que se me borraran. Los libros que ves aquí –otra vez el gesto abriendo los brazos, mostrando las paredes del pequeño despacho– me ayudan a recuperar momentos vividos, no precisamente felices, pero que me han hecho como soy. Y entre lo que leo y lo que voy recordando, escribo las notas de mi pasado, para poderme reencontrar a mí mismo siempre que lo necesite. La carta que me has devuelto, forma parte de esas notas.

Del montón de carpetas que había sobre la mesa, cogió una y me la puso en las manos. Estaba repleta de papeles escritos con aquella letra que yo ya conocía, mezclados con recortes de periódicos. Me entró pánico al pensar que el hombre pretendía que me leyera todo aquel legajo para acabar tan zumbado como él.

–Te lo enseño porque aquí está todo lo que he ido anotando hasta hoy. No tengo nadie a quien dejar todo esto. Mi memoria se perderá cuando yo sea solo un viejo inmóvil y alelado, un mueble que se aparta y se olvida en un rincón –hablaba de sí mismo con la crueldad propia de quien pretende acostumbrarse a una idea que no puede acabar de digerir–. Pero mientras me quede aliento y un poco de conciencia, necesito saber que alguien, cuando ya no pueda yo solo, me ayudará a recordar quién soy, quién he sido, y me leerá los fragmentos que he ido guardando de mí mismo, para mantenerme un poco vivo, que quiere decir un poco consciente.

–Pero... –era una responsabilidad excesiva, un compromiso demasiado serio para alguien como yo, que me encontraba en aquella situación de rebote, por una rara carambola. Y quise excusarme como pude–: Yo solamente tenía que hacerle compañía. Pensé que la Asociación...

–¡Déjate de asociaciones y de historias! –sonreía, como si adivinara que ninguna excusa podía disimular mi cobardía–. Esto es entre tú y yo, que somos los únicos que sabemos qué tengo (el doctor Giralt no cuenta, porque el secreto profesional existe, todavía), y los únicos que debemos saberlo. No quiero que nadie me mire con lástima, que los vecinos (¡menuda tropa!) me traten como a un pobre a quien compadecer, mientras piensan que tienen suerte de no ser ellos los tarados, y que así pueden mostrar su caridad. No quiero ni caridad ni compasión de nadie. Solo pido una ayuda amistosa: tu ayuda amistosa.

–Y Olga, aquella chica que vino conmigo el otro día –me apresuré a decirle, intentando de nuevo esquivar lo que se me venía encima–, también sabe lo que le pasa a usted...

Me interrumpió con un puñetazo en la mesa:

–¡Y un rábano! ¡Aquella no debe enterarse de nada! Si la cosa llega a saberse en la Asociación esa, me veo con médicos entrando y saliendo de casa, y quizá hasta internado en un hospital de viejos. ¡Allí sí que estaría solo! ¡No, de ninguna manera! Ya te estás dando prisa y diciéndole a esa chica que estoy la mar de bien, que todo son achaques de la edad y lo que tú quieras inventarte, ¡pero aquí yo no quiero a nadie!

Estaba cada vez más alterado y temí otro nuevo desvarío como el de antes. Por eso intenté calmarle de inmediato:

–No se preocupe, Ramón, ya les despistaré... –dije, sin saber concretar más mi mentira. Lo cierto es que yo no estaba precisamente en la mejor situación para hacerme el simpático con Olga, la cual, en aquel momento, seguro que ya sabía al detalle cómo había ido nuestra visita al médico de sus sueños.

–A mí no me importa que vengas a hacerme compañía y, sobre todo, que me eches una mano en lo que te he dicho de los recuerdos. Pero nada más que eso. ¡Y solo tú!

En aquel momento, el gato entró en el despacho y se subió a mis rodillas de un salto.

–¿Lo ves? *Malatesta* también te acepta como un visitante especial, un poco como si fueras de la casa.

Nos reímos, mientras el gato me clavaba sus afiladísimas uñas en los muslos, que debía de ser su dolorosa manera de sellar amistades. Para disimular la molestia y viéndole muy calmado y tranquilo, le comenté:

–El doctor Giralt me ha dado instrucciones para que haga usted unos ejercicios... Dice que pueden ayudarle a disminuir o retrasar los efectos de la enfermedad.

Aproveché para sacarme el gato de encima, fui en busca de los papeles del hospital y se los mostré. Los leyó minuciosamente, a veces esbozando una sonrisa que él sabría a qué obedecía, y en seguida me los devolvió diciendo «bien, bien...», como si aceptara aquellas proposiciones pero las encontrara muy imprecisas.

–Más o menos sí, es eso... –comentó–. El médico también aconseja escribir para recordar el pasado. Ya lo sabía, yo... –y de improviso cambió de tema y de cara para preguntarme–: ¿Te interesa algún libro de aquí? Tengo buen material sobre la Guerra Civil española, sobre la Guerra Mundial, y todo lo que he podido pillar sobre los clásicos del anarquismo libertario: biografías históricas, testimonios del exilio, algunos textos teóricos del fascismo y el nazismo, cosas sobre campos de concentración y mucha geografía. ¿Te gusta la geografía? A mí sí. Todo eso son atlas y libros de viajes.

Aquel hombre no me dejaba respirar, lo mismo era que estuviese sereno y tranquilo o que cabalgara en la locura de uno de sus ataques. ¿Qué podía yo decirle, si no acababa de entender de qué me estaba hablando y quería creer que su demencia no me iba ni venía, porque era más cosa de médicos que mía?

–No... es que... Verá Ramón, yo estoy estudiando, y bastante trabajo tengo con los libros que nos hacen leer como para que ahora...

–¡Tonterías! –dijo riendo–. ¿Tú has leído algo sobre los campos de refugiados de la posguerra? Toma, mírate este que tiene hasta fotografías –me puso un libro muy grueso en las manos–. ¡Yo estuve en uno de esos campos que salen aquí! –movía las hojas para mostrarme una página con una fotografía borrosa en la que se veían algunas figuras grises en medio de paquetes y bultos–. Mira, «Belvès, Dordoña». Eso está en el centro de Francia. ¡Allí fuimos a parar! Yo tenía once años y mi hermano siete. ¿A que no te explican eso en tu escuela de niñitos finos? ¡No, claro!

Moví la cabeza negando, aturdido por el discurso. Y porque aquella pregunta, formulada con una rabia evidente y nada disimulada, más el golpe –con la mano, sobre el libro– que siguió a la negación sarcástica eran como una pistola apuntándome. A continuación, me puso el volumen en la mano de nuevo, aunque sabía que yo no tenía ninguna gana de llevarme aquello a mi casa. ¡A mí qué me importaban aquellas viejas historias! Con todo, ante su actitud un poco violenta, intenté simular un interés que no tenía para acabar con aquella comprometida situación.

–Se me está haciendo tarde, Ramón. Si quiere, el lunes, cuando vuelva, continuamos un rato la charla...

–¿Hasta el lunes no volverás? ¿Y mañana?

–Es que este fin de semana tengo trabajo –inventé, para escabullirme.

–¡Ah, claro! ¡Es que tú estudias mucho! –soltó con ironía.

Pero era verdad que yo tenía prisa. Tenía prisa y cosas pendientes; alguna hasta urgente –¡Olga!–, pues cada segundo que pasaba podía ser fatal. Pero cuando me despedía, creyendo que ya me libraba de aquella tarde de sorpresas y confidencias, me faltaba un último detalle para acabar de redondear la increíble experiencia. El detalle que Ramón tuvo conmigo cuando estábamos justo en la puerta.

–Gracias por todo, Arnau.

–De nada, hombre...

–¿Te puedo pedir un último favor?

«Ay, ay, ay», pensé. Pero dije:

–Sí, claro...

–¿Puedo darte un abrazo?

Debió de notar la cara de susto que se me puso ante aquella propuesta inesperada, pero no tuve tiempo ni de rectificarla: me encontré con los brazos que aquel abuelo pegados a mi cuerpo y su aliento extraño calentando mi oreja y repitiendo «gracias, hijo mío, gracias». Parecía que no quisiera dejarme marchar hasta que, al separarse de mí, con los ojos húmedos y brillantes añadió:

–Ahora me parece que no estoy tan solo. ¡Salud y libertad, Arnau!

Aquella sería la consigna con la que me despediría siempre a partir de aquel día, la consigna que me ataba al mundo desconocido que aquel hombre había dejado entrever en la dichosa carta, y sellaba el compromiso que el azar había estado tejiendo a mi alrededor: era el nudo definitivo.

Por eso, cuando salí a la calle cargado con el libro que me había puesto en las manos, me sentía removido por dentro y, andando hacia la moto, me notaba la cabeza aturdida, como si fuera de corcho.

Sí, es difícil explicar, y explicarse uno mismo, que la conciencia y los sentimientos se han trastornado de una manera y en una situación tan inesperadas que cuando caminas te parece que no eres el mismo que eras unas horas antes. Y que hasta los problemas que creías inmediatos y urgentes se alejan, se vuelven pequeños y pierden importancia.

12

Al pisar la calle recordé que era viernes y se me ocurrió que quizá aquella era la primera tarde de viernes, desde que contaba una cierta edad –y tenía moto–, que me encontraba solo y colgado, con un libro en las manos y el cerebro dolorido y vacío. La pandilla, que ya no contaba conmigo pensando que yo estaba con Olga, seguro que estaba causando estragos por los bares de la Zona. Y Olga, que tampoco debía de tenerme en cuenta, probablemente creía que yo campaba tan feliz con la pandilla, haciendo el ganso los cuatro y buscando alguna que la sustituyera. «¡Qué situación tan estúpida!», murmuré.

Mientras me colocaba el casco y guardaba dentro de la cazadora el libraco de Ramón, con movimientos pausados como si el cuerpo, más sabio que yo, intentara adaptarse a la perplejidad que me dominaba, se me pasó por la cabeza que la mejor manera de olvidarlo todo, de borrar el malestar que me habían dejado los reproches de Olga, de sacarme de encima la niebla que me abrumaba, puede que fuera darle gas a la moto hasta la Zona, pescar a la primera que pillase y hacer el animal hasta el límite. Para compensar aquella semanita tan rara y mi esplendoroso fracaso sentimental; para olvidar la mezcla de tristeza, miedo y miseria antigua que se me habían pegado al cuerpo y a la mente; para salir de aquella especie de agujero habitado por una gente, unos problemas y un tiempo que no eran los míos, que me superaban y que yo no quería conocer ni afrontar.

Y cuando la rabia que me crecía por dentro, estaba a punto de convertirse en un grito para maldecir a Olga y dejar de lado el peso de los sentimientos y la conciencia, pisé el pedal de la moto con la misma furia que si le pegara una patada al mundo. La moto me devolvió el golpe sin ruido alguno. No quise pensar que la mecánica también se volvía contra mí, pero después de intentarlo una vez, y otra, y otra, el motor de mi trasto seguía sin dar la más mínima señal de vida, como si no tuviera ninguna intención de ponerse en marcha.

–¡Me cago en la...!

El taco rebuscado y brutal que quería soltar se quedó a medias y, no sé de dónde, me vino a la boca una risotada imparable que se soltó al mismo tiempo que las lágrimas de los ojos. Nunca antes me había pasado nada como aquello, encontrarme tan cerca del límite de la locura de una manera tan clara; no sabía si reía o lloraba, estaba descontrolado por la situación ridícula que estaba viviendo y que me sobrepasaba: allí, en medio de la calle, golpeando insistentemente el pedal con una rabia enloquecida, comprobando que mi pobre moto había dicho que ya basta, que dimitía. Como mi cerebro, porque ya no podía más.

En un esfuerzo desesperado, quizá para notar que hacía algo por salir del pozo, me puse a correr empujando la moto calle abajo. Quería creer que alguno de los leves estornudos que insinuaba el motor podía convertirse en una chispa que me permitiría pegar un salto y salir a toda velocidad. Pero no: aquel pobre trasto parecía definitivamente difunto.

Tres esquinas más lejos, resoplando y sintiendo las piernas flaquear, aproveché la oscuridad de un farol averiado para quitarme el casco y, desabrochándome la cazadora que protegía el maldito libraco que se me clavaba en las costillas, me senté en la acera a esperar no sabía qué: vencido, riéndome a espasmos, como un conejo enfermo, con los ojos ahogados de lágrimas impotentes que me resistía a dejar salir. Por suerte caía la tarde y por allí no pasaba nadie, porque debía de tener el aspecto de ser uno de los más firmes candidatos al manicomio.

Si hubiese creído en premoniciones y esoterismos, habría podido interpretar la avería de la moto como un símbolo de mi vida: mi medio de locomoción quedaba inutilizado al mismo tiempo que mi cerebro y, por tanto, todo mi ser resultaba paralizado y perdido, lejos del mundo y de la vida normal, en un rincón ignorado y oscuro de una ciudad que se me hacía extraña Aquella era, en realidad, mi estampa. Pero parece que las cosas siempre pueden empeorar, sobre todo las que me ocurren a mí. Y no tuve mejor idea que culminar el día nefasto con una nueva demostración de ridiculez y de incapacidad mental: busqué el móvil y, como un autómata en pleno naufragio, marqué el número de Olga para pedirle que me viniera a salvar.

–Hola, soy Olga. Ahora no puedo hablar contigo. Si quieres dejar tu mensaje, yo te llamaré cuando pueda. ¡Piiip!

Otro que no fuera yo –es decir: que no fuese completamente idiota– habría despertado y recuperado el sentido común al oír el «¡piiip!»; pero yo me puse a elaborar el monólogo más bestia y confuso que a lo largo de la historia de la telecomunicación debe de haberse dejado en un contestador.

–Olga, soy Arnau. He ido al médico con Ramón. He estado con él hasta ahora. Me he quedado tirado porque la moto no va. Estoy en el quinto infierno, solo, cansado, con un dolor de cabeza horrible y un libro que me ha dado él. Sé que estás enfadada, pero... has de entender. Perdóname. No sé qué decirte para que me creas. En el fondo, todo lo que me pasa es por tu culpa. O sea, no..., por tu culpa directamente, no: es por mi culpa. Quiero decir que es por ti... Que cuando nos veamos te lo explicaré mejor. Es que ahora estoy cansado y solo tengo ganas de verte. No quiero ni hablar. Solo verte... El libro que me ha dejado Ramón te gustará. Yo lo he mirado así, por encima: lo podemos hojear juntos, tú y yo. Por favor, te necesito, tengo que verte. Llámame. Aquí o a casa, porque necesito hablar contigo un rato y que me aconsejes. Estoy hecho un lío, perdido... Bueno, no, la calle la conozco. Pero tú ya me entiendes, ¿no? Quiero decir perdido, perdido de verdad...

Y etcétera.

No puedo saber cuánto tiempo estuve allí, sentado en un bordillo, acurrucado como un mendigo, con el teléfono en la oreja, murmurando imbecilidades absurdas para que la grabadora las guardase, con la esperanza de que Olga escuchara el mensaje y tuviera piedad de mí. Puede que el contestador acabara su capacidad antes de que yo terminara mi discurso y estuviera un rato hablando inútilmente. Nunca lo he llegado a saber porque ella, por fortuna, jamás se refirió a aquel monólogo inacabable, patético, ridículo, delirante e impotente, que si se hubiera hecho público, seguro me hubiese colocado a la cabeza de los *top ten* de la estupidez mundial. El hecho es que, cuando me quedé afónico de soltarle burradas a la maquinita, me levanté, puse la cadena a la moto –en seguida vi que era otra muestra de imbecilidad: ¿Quién podía llevarse aquella cafetera difunta que no se ponía en marcha?– y atravesé la ciudad a pie; andaba con paso derrotado por calles y callejones, sin fijarme en nada ni en nadie, con los ojos perdidos y el alma saturada por una sensación de infinita tristeza, asqueado de mí mismo. Así llegué a casa.

–¡Qué cara traes, hijo! ¿Te encuentras bien?

–No te apures, mujer: ahora cenará un poco y saldrá con los amigos, porque las paredes de casa amenazan ruina y no quiere que le pillen cuando se derrumben, ¿verdad, Arnau?

El comentario de mi padre era sarcástico, como siempre, pero yo no estaba ni para contestarle. Y aún menos para salir a ninguna parte.

–Estoy cansado, mamá. Y no tengo hambre. Me voy a la cama.

Debieron de extrañarse muchísimo, porque hacía por lo menos cinco años que no me iba a dormir a aquella hora. Y todavía menos si era viernes. Pero no podía más.

Por un instinto inexplicable, un momento antes de refugiarme entre las sábanas, cogí el libro de Ramón para hojearlo. Pasaba las páginas con rabia, como si aquellas hojas fueran las culpables de mi situación. Había muchas fotografías antiguas, de poca calidad, medio borrosas, en las que no quería fijarme: me confirmaban que toda aquella historia tan liada ni me iba ni me venía, imágenes de un mundo y de un tiempo que no eran míos. Metería el libro en medio de las carpetas, libretas y revistas que tenía amontonadas en la mesa y se lo devolvería a Ramón en cuanto tuviera una oportunidad diciéndole que era muy interesante, pero que ahora yo no podía entretenerme mirando fotos de los tiempos de Maricastaña.

Para reafirmar la decisión, cerré de golpe las tapas con la intención de que aquel ruido fuera el definitivo aldabonazo a todos mis líos. Y entonces, entre las páginas, cayó un papel que debía de haber sido usado como señal. Lo recogí del suelo y al agacharme reconocí la letra de Ramón en aquel rectángulo, y no pude evitar leerlo.

El segundo por la izquierda de la primera fila, con la gorra calada hasta las cejas, es Manuel Segarra. Aquí él tenía once años y yo doce, porque la fotografía es del invierno de 1940, pero lo que hay detrás no es el campo de Sarlat (como dice en el pie de foto), sino el de Villefranche-du-Périgord, donde nos conocimos. Pasamos dos años juntos hasta que en el 42, con el desmantelamiento del campo por la entrada de los nazis en Francia, yo me marché a Cahors, primero, y después a Fijac, iniciando el lento camino hasta Lyon para reecontrarme con una parte de la familia, al acabar la guerra. Él fue «adoptado» por unos campesinos de Luzech que le trataban como a un esclavo y su rastro se pierde hasta que, ya un hombre hecho y derecho, reaparece en Lyon en el 46 y se incorpora a la organización. Participa en la incursión de mayo de 1949. Compartimos la conmutación de la pena de muerte por la de treinta años. Coincidimos en Torrero y Ocaña durante casi nueve años. Perdemos contacto y pasa el tiempo, hasta que leo en un periódico la noticia de su muerte en Valencia el siete de marzo de 1997.

Fantasmas. Más y más fantasmas que me visitaban de la mano de Ramón y sus incomprensibles líos, precisamente ahora, cuando lo único que yo quería era dormir. Dormir y esperar, quizá, que Olga me llamara para aclarar todos los malentendidos y tenerla de nuevo a mi lado, borrando aquella galería de espectros que ahora me acompañaban hasta mi cama, que se acostaban conmigo y se movían en la oscuridad de los ojos cerrados, apareciendo, sin rostro pero vivos, por entre los destellos luminosos de la noche.

Fantasmas que yo no quería ver ni conocer, que me ocupaban el espacio y el aire, que me obligaban a removerme entre las sábanas con la respiración alterada y convertían mis sueños en obsesiones de enfermo, entrando y saliendo de las fronteras invisibles entre lo que había vivido en realidad y lo que no quería vivir ni saber de otras realidades difusas.

Fantasmas que no huyeron cuando mi madre entró y me preguntó «Arnau, ¿te encuentras bien?». Ni después, cuando me tocó la cara y la frente –«¡Estás hirviendo!»–, me puso el termómetro y me preparó un sobre asqueroso de polvos medicinales que me hicieron sentir cómo se me pegaba a la garganta, ahogándome, el polvo de unos caminos tristes, poblados de siluetas en blanco y negro, con boinas y abrigos harapientos. Y me venían golpes de tos porque no podía dejar de mirar aquellos enormes ojos hundidos dentro de unas cuencas profundas, llenas de horrores acumulados, en silencio... Hasta que el «¡piiip!» de un contestador automático que me impedía hablar me cortaba la comunicación con una risotada ofensiva que lo pintaba todo de un color blanco de niebla cerrada.

Fantasmas que surgían para acompañarme, adheridos a mi cuerpo, y que me producían un sudor espeso, desagradable, frío, que me bañaba el cuerpo y se me pegaba al pelo sin que yo pudiera evitarlo ni secarme... porque tenía las manos atadas al manillar de una moto que roncaba como si le diera gas a fondo pero que no se movía, por más que yo blasfemaba e insistía diciendo que tenía que huir, huir, huir muy lejos, a un lugar donde no hubiera más fotografías; un lugar adonde no llegara aquel olor a humedad antigua que lo llenaba todo, un insoportable hedor a viejo y a muerte; una ácida pestilencia nauseabunda que estaba a punto de hacerme vomitar, que ya me hacía vomitar.

Y entonces entró mi madre y detrás mi padre que, ante el espectáculo de la cama y el suelo empapados por mi arcada irreprimible, sentenció:

–Sí, hay que avisar al médico. Este muchacho siempre ha tenido la puntería de enfermar los fines de semana, desde pequeño...

Y ella lo echó:

–¡Y tú siempre serás igual de animal! Anda, vete a la cama, que ya limpio yo esto...

Era como si hablasen de mí en una película. Yo lo miraba todo desde la silla, esperando volver a la cama y encontrar las sábanas limpias. Y esta vez dormir solo, sin nadie más que me revolviera la noche, la conciencia, el estómago. Sin fantasmas.

13

Cuando el cuerpo dice basta, es basta.

No sé muy bien si lo que tuve fue una gripe que ya me rondaba de antes, una crisis de agotamiento acumulado o un ataque físico de cobardía que hizo reaccionar a mi organismo para frenarlo en seco. El caso es que, durante dos días y medio, mi conciencia y yo desaparecimos del mundo, sumergidos en un estado soporífero que rayaba la inexistencia del cual tan solo me despertaba periódicamente unos instantes, cuando entraban a darme los medicamentos que tragaba de manera automática.

Con la puerta de la habitación entreabierta, en un estado de penumbra permanente, pasé las más de cuarenta y ocho horas que el cuerpo necesitó para volver a ponerse en marcha. Mientras, oía que la vida continuaba allá a lo lejos, con los ruidos y movimientos cotidianos atenuados por el sigilo atento con que se comportaban los de casa. Mi único contacto con el mundo de los vivos era a través de mi hermano, que de cuando en cuando se asomaba preguntando, asustado, «Arnau, ¿duermes?», quizá porque el chaval creía que yo estaba muy grave y se le había despertado la conciencia fraterna, aquella que nunca hubiera pensado que tenía.

El tercer día, a media mañana, me atreví a levantarme; pero las piernas no parecían estar muy de acuerdo con mis intenciones porque, débiles, amenazaban con doblarse de un momento a otro. Mi madre, al marcharse al trabajo, me había ordenado que no me moviera de la cama, que cuando volvieran todos a casa al mediodía me haría un caldito. Pero después de dos días de obediencia infantil no estaba dispuesto a hacerle ningún caso, no fuera que la mujer acabara acostumbrándose a mi sumisión.

Quería aprovechar que todos estaban fuera y que me había quedado solo para intentar ensayar mi vuelta a la vida más o menos normal. Antes de levantarme había estado pensando qué día debía de ser y cuánto tiempo había pasado en aquel estado de postración e inconsciencia. La televisión, con unos colores estridentes que en un primer momento me hirieron los ojos, me indicó que ya casi eran las once de la mañana del lunes veinticuatro de febrero.

Como un viajero que vuelve a su tierra después de años de ausencia, no sé por qué, me puse a recorrer la casa con paso cansino de convaleciente; entraba y salía de las habitaciones y de la cocina como si reconociera el terreno para recuperar la geografía. Pensaba que era absurdo, pero al mismo tiempo me satisfacía comprobar que cada cosa estaba en su lugar, como siempre. Y al volver a mi habitación, al final del trayecto, me sorprendió un olor ofensivo a enfermo y a cerrado, por lo que decidí abrir la ventana para ventilar. La luz del sol me puso tan estúpidamente contento que me senté en la cama para dejar que su calidez tenue tocara mi piel, que empezaba a añorar.

Me notaba cansado y estuve un buen rato con la mirada perdida, sin atender a nada en concreto, hasta que el aire traidor de la calle me hizo pensar que corría el peligro de volver a pillar otro resfriado. Entonces, para demostrarme que, una vez pasado aquel tiempo entre paréntesis, todavía estaba vivo, decidí sacar las sábanas de la cama de un tirón. Quería acabar con el hedor a enfermo y, después de olerme a mí mismo, llegué a la conclusión irrefutable y urgente de que la primera cosa que tenía que hacer era ducharme. Y fue entonces cuando sonó el teléfono.

Desentrenado de hablar, mi voz era tan solo una especie de graznido susurrante cuando cogí el aparato para oír que alguien decía:

–¿Vive aquí Arnau Font?

El desconocido que preguntaba por mí tenía una voz insegura, como si tuviera mucha prisa.

–¿Quién es usted? –la falta de práctica al hablar y mi garganta aún dolorida hicieron que soltara un gallo, después de estar unos instantes en silencio, perplejo porque alguien me llamara a casa a aquellas horas, cuando se suponía que yo no debía estar allí.

–Soy... un amigo. Llamaré más tarde.

¡Y entonces, de repente, reconocí la voz que me estaba hablando!

–¿Ramón?

Pero, siempre lento, mi pregunta se perdió en el vacío de la línea, porque el hombre ya había cortado la comunicación.

Mientras pensaba que era muy raro que el viejo me llamara a casa y que supiese mi número, porque yo no se lo había dado, me puse a buscar en la guía de teléfonos por si encontraba algún Sallent, R., de la calle Berguedà, pero no había ninguno. No recordaba haber visto ningún aparato telefónico en su casa. Y era absolutamente impensable que Ramón tuviera un móvil. Debía de haber llamado desde alguna cabina. Sí, el ruido que escuché cuando cogí el aparato era el de un teléfono público, otra vez volvía a reaccionar tarde.

No sabía qué hacer, y tampoco me decidía a ducharme, como me había propuesto hacía un rato, por si volvía a llamar. Y sucio y maloliente no podía quedarme. Al decirme todo esto, de pie en medio del comedor, como una estatua, me entraron ganas de reír porque vi que ya volvía a ser yo otra vez y que los días de cuidados en cama no me habían cambiado en absoluto: lento de reflejos, atrapado por los hechos que se producían a mi alrededor e indeciso. ¡Quedaba, pues, muy claro que hay cosas que la ciencia médica no podrá mejorar nunca!

Continué riendo, bajo el chorro de la ducha, enjabonándome con insistencia para recuperar un olor humano; pero en seguida fui consciente de que no tenía muchos motivos para reír, porque a la misma velocidad que los chorros de agua me volvían a situar en el mundo de los vivos, recuperaba los detalles más vergonzosos que había protagonizado, y reaparecieron las experiencias de los días pasados que la voz de Ramón y su llamada inesperada habían resucitado.

Me apresuré a salir y me obligué a tomar una decisión mientras me vestía, porque estaba muy harto de que la vida me pasara por encima como un *bulldozer* desbocado, sin tener nunca tiempo de elaborar un plan para esquivarlo, un plan cualquiera para afrontar los hechos: que no fuese, por una vez, una estrategia de huida. Quería aprovechar lo que me quedaba de mañana silenciosa y tranquila, antes de que empezara a aparecer la familia a comer, para ordenar las ideas y saber dónde estaba. Pensaba también que Ramón podía volver a llamar en cualquier momento y no tenía ni idea de lo que tenía que decirle: si aparentar que no sabía quién era, para quitármelo, a él y sus historias, de encima –comprobé que la parte más vil de mi mente estaba en plena forma, a pesar del paréntesis– o si quedar en que pasaría a verle tan pronto como estuviera recuperado del todo: la parte más estúpida y dispuesta para volver a encadenar ridículos disparates también había resistido intacta a la enfermedad.

–¿Y Olga?

Me había salido así, de golpe, con la voz pastosa y desafinada de convaleciente mientras me peinaba ante el espejo. No era la primera vez que pensaba en ella. En realidad, la primera intención al levantarme había sido saber algo de Olga, telefonearla al móvil a media mañana, a la hora del desayuno, con la esperanza de que lo tuviera conectado. Pero Ramón, como siempre, había deshecho mis planes con su llamada.

Y ahora pensaba en Olga también, porque quería creer que Ramón me acababa de facilitar, de nuevo, la excusa perfecta para llamarla y hacer como si nada. Aquello de: «Sí, mira, he estado enfermo y tal... Estooo, ¿podríamos vernos un rato? Es que me ha llamado Ramón a casa...». Era una estrategia sobada, sí, y también innoble, esconderme otra vez tras el viejo para lanzar un cable. Igual Olga me mandaba al carajo con dos gritos... Puede que se riera de mí y me recordara que la última vez –¿Cuándo había sido la última vez?– habíamos acabado peleando y de mala manera... O quizá me contestaría con monosílabos para acabar cortándome diciendo que tenía prisa y que ahora no podía hablar... O tal vez me pasara por las narices algunas de las imbecilidades que le había dejado grabadas en el mensaje baboso del contestador, para ver si me mataba de vergüenza... O hasta podía ser que me dijera que ahora iba en coche con el doctor Sonrisitas y que ya no quería subirse más a mi moto... ¡Ostras! ¡La madre que me...! ¡La moto!

Esta acumulación de hipótesis terroríficas y la apoteosis final estuvieron a punto de hacerme subir la fiebre de nuevo, y es posible que hubiera vuelto a refugiarme en la cama si no hubiera sido porque antes había quitado las sábanas. Había olvidado que, además de todo el follón, la moto dormía abandonada en el culo del mundo, difunta, y que de una manera u otra tenía que recuperarla o pensar alguna explicación para cuando apareciera mi padre preguntado dónde estaba, ya que hacía tres días que no la veía en el garaje... Suponiendo que se hubiera dado cuenta de la ausencia, claro, porque el hombre va a piñón fijo y a veces no me ve ni a mí ante sus narices. Pero claro, eso sí que lo habría visto, pues tiene la rara habilidad de fijarse siempre en todo lo que no hace falta y, sin embargo, pasa por alto las evidencias más enormes.

¡No hacía ni media hora que me había atrevido a levantarme y ya se me había vuelto a caer el mundo encima!

«Orden, método y disciplina». Las palabras de Comellas, el profe de Filosofía –un tipo curioso y extraño pero inteligente, que nunca hablaba por hablar–, me vinieron a la cabeza para recomendarme concentración. Y me propuse seguirlas al pie de la letra poniendo en práctica aquello que había oído que iba tan bien: tomar papel y lápiz y numerar de manera racional las acciones a emprender, que después de un buen rato conseguí esquematizar así:

1. Llamar:

1A. Móvil Carlos (recuperar moto).

1B. Móvil Olga (a ver qué...).

2. Explicación padre moto: No me encontraba bien y se la dejé a Carlos. (Magnífico, si Carlos la devuelve rápido: ¿cómo la pondrá en marcha?).

3. Comunicar a Ramón que he estado enfermo y que no me llame, ya iré yo cuando pueda. (¿Cómo hacerlo? ¿Alguien puede hacerlo por mí?).

La teoría, vista sobre el papel, tenía buena pinta. Por eso lo miraba y remiraba, satisfecho, pero sin atreverme a ponerme en marcha. Porque sabía que el primer paso era el fácil, pero los que seguían se me hacían muy cuesta arriba.

Y el resultado fue más bien triste:

1A. Mensaje en el contesador automático de Carlos con la esperanza –escasa– de que lo escuchara y me llamara rápidamente.

1B. Mensaje en el contestador automático de Olga (palabras tropezando en los labios, exageración de voz de enfermo: nueva actuación patética) pidiendo que me llamara y que, si podía, comunicara a Ramón mi situación. (¡Error uno! Ramón se cabrearía, después de lo que me había insistido en mantener las cosas en secreto entre él y yo. ¡Error dos!

Olga volvería a sentirse imprescindible y me vería como un inútil. Eso siempre que no se produjera el error tres: ¡Avisar a su doctor Tocapelotas para que viniera a curarme a casa!). Angustia por mi papelón y por su respuesta.

2. Mi padre no estaba en casa: quedaba pendiente.

3. Olga puede que se pusiera en contacto con Ramón, según 1B y, con suerte, el hombre esperaría a que yo fuera a verle.

Total: que no había conseguido nada, pero me sentía más cansado que si acabara de escalar el Everest. La lógica está bien... siempre que funcione, claro. ¿Por qué maldita razón las teorías saltaban hechas trizas cuando las aplicaba yo a mi vida? Si hubiera estado de humor y me hubiese sentido con fuerzas, habría podido escribir un ensayo sobre este tema, pero me encontraba demasiado vencido e inútil, de manera que doblé el papel y me lo guardé en el olvido de un bolsillo, más que nada para quitarme de encima una nueva evidencia de mi incapacidad.

En situaciones como esta, lo mejor que se puede hacer es poner la tele y empezar a tragar estupidez audiovisual. Estaba acostumbrado y es lo que hice.

Y allí me pilló mi madre, espatarrado y dormido, cuando llegó a casa.

–¡Arnau! ¡Si estás enfermo, niño! ¿Se puede saber qué haces aquí?

Pegué un salto, dispuesto a aguantar una sesión de reproches que, dada mi situación física, acabó más rápidamente que otras veces. Pero eso sí, con la sentencia final acostumbrada:

–Ya te las entenderás con tu padre...

Era un deseo loable, pero no, no me entendí nada con él, como siempre. Y mira que le puse atención a la cosa, ¿eh?

El discursito empezó atacando la mala vida que yo llevaba, que no era extraño que acabara enfermando –no me dio tiempo a preguntarle si creía que, al salir del instituto, me dedicaba a practicar las versiones más extremas de los vicios humanos...– y continuó con los temores por la pérdida de mi curso; pasando, como no podía ser menos, por el indefectible tema del «¿ya has decidido qué carrera quieres hacer?», una cuestión que desde hacía un par de años le apasionaba al hombre, porque no podía digerir que yo hubiera escogido letras.

Y después de la previsible pregunta, aquel fue el único momento en el que, al detenerse para respirar –viéndose vencedor del asalto, como siempre, y convencido de que yo no tenía respuesta–, pude contestar con una firmeza y convicción que yo mismo desconocía:

–¡Filosofía!

Se produjo un silencio amenazador que llegó hasta la cocina e hizo que mi madre se asomara, incrédula:

–¿Qué? –él.

–¿Cómo? –ella.

–¿Qué ha pasado? –mi hermano, espectador silente del combate, hasta el momento.

La más acertada de las preguntas era la del niñato, porque yo tampoco sabía de dónde me había venido el ramalazo. Pero, una vez dicho, me empezó a gustar la idea y pensaba encastillarme en ella hasta el final.

–¡Estás muy, pero que muy enfermo, chaval! –mi padre, como de costumbre, atacaba con el sarcasmo–. ¡Ahora veo que eso tuyo es grave! ¿No preferirías ser psiquiatra? Porque así ya tendrías un pie en el manicomio y puede que te hicieran un descuento...

–Arnau, hijo... –mi madre, que desde siempre había sentido una cierta inclinación por las letras, quería ser comprensiva, más que nada para aplacar la ira bíblica que al jefe de la familia se le notaba encendida en los ojos–. Medítalo bien... No hace falta que decidas nada ahora, pero convendría que pensásemos en el futuro profesional, en un trabajo...

No sé por qué motivo convertía mi futuro en colectivo con aquel «pensásemos», pero le agradecí la buena intención.

–La Filosofía me gusta, me interesa mucho... –quería parecer serio y decidido.

–Comeremos todos de tu puchero, ¡oh, Sócrates!

Lo más sorprendente de aquel comentario, lo que me dejó fuera de combate, fue comprobar que mi padre, un serio trabajador de banca que solamente reconocía la autoridad de la economía como motor del mundo –en nombre de la cual debía de haber librado sus «batallitas» políticas de joven, ahora canalizadas a través de la Asociación de Vecinos del Barrio (de la que llevaba los números para hacerse perdonar el pecado de ganarse la vida al servicio del «capitalismo bancario»)–, pues resultaba que él ¡conocía el nombre de un filósofo! En otras circunstancias, hasta puede que le hubiera abrazado; pero me limité a contestar para calmarles:

–Me gustaría ser profesor de Filosofía, que es un trabajo tan digno como cualquier otro –me guardé, para otra ocasión límite, que Marx y compañía, de quien él afirmaba ser un antiguo defensor, eran considerados filósofos. Puede que hubiera sido indigerible para él, así que le dejé hablar:

–¡Ya ves tú! –mi padre no tenía argumentos contra palabras como «trabajo» y «digno». Se escudó tras el periódico para dar por cerrado el conflicto, después de abdicar en mi madre–. Habla tú con él, a ver si logras devolverle la razón...

–Ya veremos, ¿no, Arnau? Todavía quedan días –concluyó ella, y me lanzó una mirada que quizá quería ser cómplice, para no acabar mal–. Y ahora... ¡a poner la mesa!

Durante toda la comida, no se habló más de mi futuro ni, afortunadamente, de dónde estaba mi moto. Me alegré de no ser más el centro de atención de la familia y ceder el protagonismo a las decisiones domésticas así como a los comentarios sobre las dificultades de mi madre, en la inmobiliaria donde trabajaba, para convencer a los compradores indecisos de un piso de lujo que, si funcionaba la venta, prometía una comisión capaz de alegrar la vida hasta del amargado de papá.

–¿Tú quieres ser maestro, Arnau? ¡Qué palo! –me comentó en voz baja mi hermano Roger cuando se iba de nuevo a la escuela. Debía de haberse quedado traumatizado.

Le contesté con una mueca. Por suerte, ellos dos no le oyeron, porque hubiésemos vuelto otra vez a la pelea y yo estaba cansado.

–Voy a meterme otra vez en cama...

–Que es de donde no debías haberte movido para anunciar tonterías...

Me encerré en la habitación, para intentar localizar a Carlos de nuevo o a alguno de los otros con el móvil, sin ningún resultado. Y con la cama recién hecha, limpia, me volvió a venir una somnolencia dulce, suave, lenta, casi infantil, de criatura, que me hizo pensar que quizá fuera así como se duermen los filósofos...

14

El rugido de aviso de llamada del móvil me sacudió el cuerpo. Quizá sí fuera conveniente que pusiera una señal normal y no aquel graznido selvático, como decían en casa..., pero me costó un rato volver del paraíso dulce de los sueños plácidos, bajar a la jungla real y reconocer como humanos los gritos que soltaba David en mi oreja.

–¡Tío! ¡Arnau! ¿Estás vivo o ya has muerto?

–No, no he muerto, pero poco ha faltado... Y no chilles tanto, idiota... ¿Qué hora es?

–¡Aquí la Tierra! ¡Aquí la Tierra comunicando con el selenita Arnau Font! ¡Cambio!

Hablaba tapándose la nariz para simular una voz peliculera y que los demás se rieran a su alrededor, como oí que hacían.

–¡Son las nueve de la noche, Bella Durmiente! –aquel no podía ser otro que Carlos–. ¿Qué querías, que tengo dos mensajes tuyos? ¿Tan enfermo estás?

(¡La madre! ¡Eran la nueve de la noche!)

–¿No te habrás fugado a Hawái, verdad? –se sumaba Eduardo.

–Pues debes de haberte ido a los Mares del Sur tú solo, *corassón* –David añadía mala fe al cachondeo–, porque tu princesa Olga Comealmas continúa aquí, que la vemos cada día frecuentando este mundo vulgar de los pobres... ¿Es que te ha abandonado y estás enfermo de amor?

(Risotada general).

Preferí hacer como que no había oído nada, porque no me interesaba hablar de Olga con ellos, pero una amargura de pesadumbre me subió desde el estómago. Intenté disimular y pasar a lo práctico.

–¡Dejaos de tonterías, que estoy en la cama! –hablaba crispado pero sin chillar, para que los de casa no me oyeran–. Y ya basta de cachondeo, que no estoy de humor para vuestras estupideces... –Reían sin parar, como un coro de hienas, seguramente porque llamaban con el móvil puesto en altavoz y en el centro del corro. Entonces pensé que lo que yo estaba diciendo quizá lo oía una multitud y me asusté–. A ver si sois capaces por una vez de razonar como si fueseis humanos, que os necesito y me tenéis que hacer un favor.

No hubo manera de que comprendieran el lío de la moto –«¿Dónde dices?»; «¿y qué hace allí, en la quinta mierda, tu moto?»; «y si está con la cadena, ¿cómo quieres que la traigamos?»; «si no se pone en marcha, ¿cómo pretendes que cruzemos la ciudad? ¿Empujándola?»–, hasta que desistí, porque mientras ellos opinaban que yo estaba loco, en medio de un festival de risas, yo les repetía que ellos eran imbéciles, sulfurado y abatido.

–¡Que os den morcilla, memos!

Había soltado un grito potente, al colgar, y mi madre entró asustada en la habitación para saber si me pasaba algo.

–¿Qué tienes, hijo? Te he oído parlotear, pero como todos estos días, con la fiebre, también hablabas sin parar y decías cosas sin sentido –¡Glups! ¿Qué habría dicho?–, no te he hecho ningún caso. Pero este grito de ahora... ¿Es que soñabas?

–¿Eh? ¿Qué? ¿Cómo? –había practicado tanto que la cara y el tono de los idiotas me salían de maravilla–. Sí..., debía de estar soñando. ¿Ya cenamos?

–Más vale que te quedes en cama y, si quieres, después te traigo alguna cosita ligera con el antibiótico –me miraba y me hablaba como lo hacía cuando tenía cuatro años, mientras alisaba la cama y me comentaba, como de pasada–: Que tu padre diga lo que quiera, pero tú no estás para moverte de casa mañana, todavía. ¡Ah! Y si llama este nuevo amigo tuyo, ese tal Ramón que te quiere ver con tanta urgencia, ya le diré yo que, de momento, tendrá que esperar.

¿Que qué de Ramón? ¿Que había llamado más veces? ¿Y si como decía mi madre, yo había hablado de él en sueños? ¿Qué sabía ella? Quise saltar de la cama y preguntar si había dejado algún número o algún recado para mí, pero pensé que la posibilidad de quedarme solo al día siguiente me facilitaría ponerme en contacto con Ramón y quizá, hasta podría acercarme a su casa sin que nadie se enterase. ¿Qué cara pondrían si supieran que mi «nuevo amigo», como le llamaba mi madre, podía ser mi abuelo? Solo de imaginar la cantidad infinita de explicaciones que tendría que dar volvía a ponerme enfermo. Sí, lo mejor que podía hacer era esperar a la mañana siguiente, quedarme quieto, dejar pasar el tiempo. Al fin y al cabo, estaba archidemostrado que todas las cosas ocurrían sin que yo decidiera nada...

Me quedé mirando la oscuridad del techo. Probablemente estaba más débil de lo que creía porque, mientras pensaba en Olga –buscando un resquicio de esperanza en la penumbra, intentando traspasar la realidad negra y hostil de aquel rebaño de asnos que se hacían pasar por mis amigos–, volví a viajar al país de la oscuridad inconsciente que, poco a poco, se iba convirtiendo en mi auténtica patria.

«Te ha llamado Olga. Dice que la llames al móvil en cuanto te encuentres bien».

La nota que me esperaba en el centro de la mesa del comedor, bien visible, estaba escrita con la letra clara de mi madre y consiguió iluminarme la mañana. No era un sueño ni una broma sádica. Por primera vez lamenté que, para orientarme, no hubiera añadido la hora y el día de la llamada, como pensaba ordenar que hicieran mis secretarias cuando tuviese –«¡Ay, no, que seré filósofo...!»–. ¿Y por qué no me había llamado al móvil? La condición de encontrame bien para llamarla no sabía si se cumplía, pero como me moría de ganas de hacerlo, me apresuré a marcar su número.

Tres tonos (emoción). Cinco tonos (desesperanza). Contestador (jarro de agua fría). Mensaje:

–Olga, soy yo, Arnau. Ya me encuentro mucho mejor. ¿Qué querías? Llámame en cuanto puedas.

Extrañamente conciso y claro, para ser mío. Casi perfecto. La sorprendería seguro. Puede que hasta le molestara aquel «¿Qué querías?». Quizá le sonara a impertinente, como si yo no tuviera nada que decirle... Se me había escapado, ahora lo veía, y puede que quedara un poco chulesco y perdonavidas, tipo «¿qué pasa tía?». ¿Se lo tomaría a mal? Acababa de dejar el mensaje y ya me agobiaban los remordimientos. Pero mi inseguridad duró el tiempo exacto que tardé en prepararme un vaso de cacao caliente, pues ya sonaba el móvil en la habitación. A punto estuvo de perderse la llamada, a la que llegué resoplando.

–¿Arnau?

¡Era ella!

–Olga, ¿eres tú? –incrédulo, no podía hablar y respirar al mismo tiempo.

–¿Cómo estás? ¿Te encuentras mejor?

Parecía que no hubiera pasado nada. Me hablaba en un tono de voz alegre, como si nunca hubiésemos discutido por nada ni me hubiera mandado a la mierda con la asiduidad que acostumbraba. Como si no existieran ni Ramón, ni el doctor Dientes Blancos, ni la Asociación de los Abuelos Liantes y Tarumbas, y como si no hubieran existido nunca. Solo al cabo de un rato –después de decirme que tenía ganas de verme y de preguntarme si volvería pronto a clase, cuando ya me estaba subiendo la moral, el ánimo, y me notaba la vitalidad más íntima, oculta e inconfesable levantarse con renovada potencia gracias a su dulce tono de voz–, justo entonces, pues, cuando empezaba a tener la certeza de que estaba vivo, dio un vuelco a la conversación para explicarme que Ramón había llamado a la Asociación para pedir el teléfono y la dirección de mi casa, y me preguntó si había hablado con él.

Al oír aquellos nombres interponiéndose en la conversación se me heló la sonrisa beatífica que su voz había ido dibujando en mi rostro y todo, dentro y fuera de mí, se fue encogiendo y encogiendo. Porque a cada nuevo intento de reconducir la conversación al terreno personal, que era el que a mí me interesaba, ella respondía con pausas silenciosas y sonrisas evasivas que desembocaban en preguntas directamente desagradables; como, por ejemplo, cuándo me podía «reincorporar al voluntariado», si podría continuar con el seguimiento del viejo, si necesitaba asesoramiento técnico o sanitario –¡estaba a punto de aparecer su inefable doctor Trinchahuevos, lo veía venir!– o si, en caso de renuncia, podrían contar conmigo para más adelante.

Hasta que acabé sulfurándome.

–Olga, para el carro y escucha. Uno: mañana. Dos: sí. Tres: no. Y cuatro: de momento iremos tirando. ¿Queda claro?

No corté la comunicación porque ya casi no me quedaban fuerzas, después del desahogo verbal. Oía su silencio con la esperanza de que hubiera entendido más de lo que le había dicho, porque no era nada estúpida.

–Todo eso quiere decir que podemos seguir contando contigo, ¿verdad?

El tono falsamente neutro y forzado que utilizaba era como el de una encuesta de venta por teléfono. Estuve a punto de contestarle con un «exacto, señorita» que me hubiera cerrado todas las puertas de forma definitiva. Rectifiqué al hablar.

–Así es, Olga –lo dije respirando con dificultad, con los nervios en el estómago, pero me salió una frase modestamente genial–: Ahora tendrías que aclararme si yo también puedo contar contigo...

Silencio. Aquel nuevo silencio se prolongaba de modo doloroso y hacía que los nervios me arañasen por dentro. Pero aguanté, hasta que al final no tuvo más remedio que hablar.

–Mira, Arnau –empezó diciendo, con mucha lentitud–, tú me gustas, eres un buen tipo, muy majo, pero... a veces no te entiendo. Bueno, muchas veces no entiendo cómo actuas. Eres impulsivo, un poco..., no sé, violento no es la palabra exacta, no... alocado, lunático. En seguida saltas, te irritas por nada... Y eres absurdamente celoso y posesivo. Quieres controlarlo todo, casi diría que quieres que todo el mundo gire a tu alrededor. Y no soportas que sea de otra manera...

Escuchaba asustado el chaparrón que me caía encima, pero no quería hacerle ningún caso, porque no me interesaba devolverle la pelota. Si le hubiera dicho que ella quizá confundía el pacifismo con el papanatismo, y que una cosa era tener buena fe y otra ser gilipollas, le hubiera hecho creer que tenía razón al acusarme de todo aquello. Y no me daba la gana. Aparte, claro, de que todo hubiera saltado por los aires. Tapaba el auricular para respirar, con la intención de que no notara que estaba alterado. Tragaba saliva con el mismo dolor que me costaba aceptar que algunas de las cosas que me decía podrían ser ciertas, porque yo siempre chocaba con mi carácter en todas partes y con todo el mundo. Y me decidí a dar el paso imprescindible para que no cortara la línea telefónica una vez acabado su discurso, quizá creyendo que yo callaba porque me había desmayado con tantas verdades cayéndome encima:

–Ya sé que tienes razón, Olga, pero...

–¡Ahora no me salgas con aquello de «es que yo soy así»! –rió para romper la tensión y al mismo tiempo evitó que yo la cagara diciendo precisamente aquello, porque ya lo tenía en la punta de la lengua.

–No, no es eso... –mentí– Lo que pasa es que me cuesta cambiar. Y voy muy lento, un paso adelante, otro atrás... Pero todavía me costaría más perderte.

Tenía la impresión de que acababa de acertar en las palabras y en el tono. Solo faltaba remachar el clavo, y lo hice de una manera que puede parecer mezquina, pero que era la única que me permitiría seguir con ella. ¡Porque yo me moría por aquella tía! Y para que no me dejara colgado como una longaniza a secar era capaz, y lo había demostrado de sobra, de hacer y decir todo lo que no pensaba ni creía:

–Además, un poco sí que te he demostrado lo que puedo cambiar. Mira con eso de Ramón y de la Asociación...

Puede que ahora parezca un juego sucio, pero cuando lo dije me lo creía, hasta el punto de llegar a emocionarme levemente. Y ella lo debió de notar, porque nada más susurró, a manera de rendición:

–Sí, ya sé que, cuando quieres, puedes ser una maravilla, Arnau.

–Gracias, Olga –yo no estaba acostumbrado a responder a sus elogios.

–¡Pero bueno, tío! –el tono jovial forzado quería esconder unas emociones demasiado intensas–. Esta conversación podría convertirse en eterna... Nos veremos en clase, ¿vale? Un beso, guapo.

Hacía tantos días, tanta enfermedad y tantas angustias, que esperaba oír algo parecido a aquello que, en lugar de devolverle el beso con discreción, lancé un grito de victoria que no sé si ella oyó antes de cortar:

–¡Viva la madre que te...!

Y me dejé caer en el sofá sin saber hasta qué punto acertaba al vitorear a aquella señora.

15

Debo de ser un tipo muy extraño, yo, porque me pasé el resto de la mañana y el mediodía como si flotara en una nube, repitiéndome con la máxima exactitud posible las últimas palabras y recordando el tono con que me había hablado Olga. Y poco a poco notaba que mi salud mejoraba y mi cuerpo se fortalecía. Evidentemente era porque tenía un motivo tan poderoso para encontrarme bien, y tantas ganas de estar en forma, que creía que ya estaba del todo restablecido y me moría de ganas de salir a comerme el mundo.

Mi única idea era que los de casa se marcharan al trabajo para aprovechar la tarde de la manera que había planeado. Esta vez no había usado ningún papel para apuntar, porque la famosa máxima de «orden, método y disciplina» fue sustituida por un principio menos racional y más romántico que me acababa de inventar: «Empuje y pasión». Seguramente no era un eslogan tan bueno, pero me permitió creerme durante un rato que yo también tenía un motor propio de vida, y que hasta era posible empezar a articular mi propio sistema filosófico, quizá menos preciso y un poco alejado de la escuela racionalista del profesor Comellas, pero todo era empezar.

Y mientras pensaba en aquello de «motor propio», noté que el subconsciente me quería recordar mi pobre moto abandonada, de tal manera que el vehículo averiado se convirtió en el primer objetivo de la tarde. Y –es verdad que ya me aburre decirlo– no precisamente exitoso.

Cuando todo el mundo me había dado las inevitables recomendaciones: «Échate un rato, Arnau, descansa para recuperarte bien», mi madre. «No hagas el burro y a ver si mañana ya puedes ir al instituto», mi padre, la casa quedó sola. Los veinte minutos de espera prudencial los aproveché para acumular fuerzas en el sofá y para convencerme de que mis propósitos eran adecuados.

A eso de las tres y media tomé el autobús y, después de cambiar de línea dos veces, a los tres cuartos de hora ya me encontraba subiendo en dirección contraria la calle empinada por donde había intentado poner en marcha la moto. Resoplando, me di cuenta de que mi cuerpo aún estaba resentido por la enfermedad. Pero desde una cierta distancia vi la esquina donde había dejado la moto y mi salud empeoró de pronto, hasta el punto de que el jadeo de la respiración se convirtió en un calor volcánico que, creciendo en mi interior, amenazaba con hacerme saltar los ojos de las órbitas.

–¡Me cago en la...! ¡La madre que los...! ¿Qué coño ha pasado aquí? ¿Cómo es posible? ¡Tendrían que colgarlos a todos de los...! ¡Desgraciados de mierda! ¡Ojalá reventéis! ¡Hijos de la gran...! –etcétera.

Cuando hube descargado toda mi furia por la boca con un sinfín de improperios tan inútiles como irreproducibles, ya estaba al lado de los tristes despojos de lo que había sido mi pobre moto: un chasis retorcido, sin ruedas ni asiento, ni retrovisores, ni cuentakilómetros, encadenado a una farola, puede que esperando a que, después de la labor de los depredadores profesionales que se habían aplicado a su destrucción con metódico sadismo, algún servicio municipal sacara de en medio aquel montón de chatarra inservible. Un elemento más de fealdad en una vía pública ya de por sí bastante desgraciada.

Ya había soltado a gritos tacos y maldiciones, ya había jurado todas las venganzas imaginables e imposibles, ya me había desesperado. Ahora ¿qué más podía hacer? Estuve un rato dando vueltas a la farola donde aún estaba atado el esqueleto de lo que había sido mi vehículo, como si necesitara confirmar que no había nada que hacer, como si asistiera al funeral de un trasto que ahora me iba cayendo simpático, a medida que lo recordaba en sus mejores tiempos. Empezaba a echar en falta la libertad de movimientos que me había permitido. Hasta tenía tentaciones de pensar que cuando aún existía, aquel trasto, mostraba un aspecto aceptable, por más que la gente se riera –y yo también ¡ay!, ¿cuántas veces había pensado que era un cacharro impresentable?– de aquel modelo pasado de moda que mi padre había accedido a comprarme de quinta mano. Fue una concesión después de una temporada entera insistiendo, rogando, prometiendo, negociando y renunciando a una parte de la paga, hacía poco más de un año. Ahora, aquel montón de hierros era todo lo que quedaba de mis esfuerzos. ¡Qué bronca, qué cabreo agarraría mi padre si se enteraba de que la había abandonado cuatro días allí! ¡Se despacharía a gusto, piropeándome con su sarcasmo hiriente! Y tendría toda la razón... No, no podía decirle la verdad, tenía que inventarme algo, una excusa cualquiera. Sí, tenía que maquinar una pequeña mentira –que me la habían robado, quizá, ¡siempre que no tuviera la idea de ir a poner una denuncia a la policía!–. Y sobre todo, ya podía empezar a hacerme a la idea de ir andando de un lado para otro, porque volvía a ser un paria, un miserias, un desgraciado. Bueno, desgraciado, por muy motorizado que hubiera estado durante unos meses, nunca lo había dejado de ser...

A pesar de toda esta oración fúnebre llena de profecías negras, el cerebro, por suerte, no me había dejado de funcionar. A veces pienso que tengo un cerebro superpuesto a otro: por eso procuro tomarme a mí mismo a broma en los momentos más trágicos o ridículos. Gracias, pues, a este segundo cerebro de guardia y para evitar precisamente los problemas que mi padre podía crear con la denuncia del robo, me puse a arrancar la placa de la matrícula, convencido de que si dejaba la moto sin identidad nunca podrían localizarme. Y aquí sí que acerté.

Con la matrícula en el bolsillo como si fuese el arma del delito eché a andar, cansado como un burro de carga –justo lo que era–, y los pies me llevaron, por proximidad, hasta la puerta de la casa de Ramón. Cuando me encontré allí delante, evidentemente, llamé.

–¿Quién es?

La pregunta tenía más bien el tono de un insulto, como si le hubiera molestado el sonido del timbre.

–Soy yo, Ramón, Arnau.

Y aquí empezó una de nuestras conversaciones absurdas.

–No tengo nada que hablar contigo, Arnal. ¡Ya has provocado bastantes desgracias!

–Ramón, por favor... –«¿Me ha llamado Arnal?», me decía mientras a mí mismo–. Que solo he estado enfermo cuatro días... ¡Venga, abra!

–¡Si crees que me engañarás con tu cháchara, estás muy equivocado! Ya vinieron ayer preguntando por los documentos. ¡Hala, a tomar viento Arnal, tú y los tuyos!

–¿Qué dice, Ramón? Haga el favor, ¡hombre! ¡Que soy Arnau y no ese tal Arnal del demonio!

–¡Habla, habla! Tú di todo lo que quieras, que con tus mentiras no te ganarás mi confianza. ¡Yo no soy uno de esos tontos de Toulouse!

Iba soltando trozos de sus historias y yo insistía para que me reconociera, pero no hubo manera de sacarlo de aquella obsesión incomprensible en la que quizá había andado perdido durante sus infinitas horas de soledad. La escena, que ya duraba demasiado, hubiera podido eternizarse si no llega a ser porque la casualidad jugó a mi favor: esta vez su gato, *Malatesta*, que debió de reconocerme –¿los gatos tienen memoria?–, se arrimó a mis pantalones y se sumó a mis demandas empezando a maullar. Ya éramos dos los que llamábamos a la puerta.

–¡Ramón, que *Malatesta* también quiere entrar! ¡Ábranos, por favor!

Y abrió. Si no le hubiese reconocido la voz, por su apariencia nunca hubiera adivinado que era él. Lo que para mí habían sido cuatro días, para él parecía que habían sido cuatro años. Tenía un aspecto horroroso, descuidado. El pelo encrespado y tieso, los ojos vacíos, ausentes y como salidos de las cuencas, y una mueca torcida en la boca, dibujaban un rostro que parecía salido de una película de terror. Y al entrar, riñendo al gato como si fuera una criatura traviesa –«¡Ya me dirás dónde te metes, *Malatesta*! ¡Otro día no te abriré y tendrás que espabilarte!»–, andaba más encorvado y abatido que nunca... aparte de llevar los pantalones sucios y apestosos, porque debía de haber olvidado dónde estaba el lavabo. Un olor repugnante se había apoderado de todos los rincones, que no sé cómo pude aguantarlo.

Me resultó imposible hacerle entrar en razón. En seguida entendí –ya solo al echar un vistazo a toda la casa: revuelta, con los cajones del comedor tirados por el suelo y montones de ropa por todas partes– que lo primero que debía hacer era poner orden en aquel desbarajuste. Sin decir ni una palabra, respirando por la boca con la nariz tapada, me dediqué a colocar los cajones dentro del mueble embutiendo como podía todo lo que encontraba por allí, sin ningún orden. Mientras, él se sentó con *Malatesta* en el regazo, como si yo no estuviera allí, con los ojos perdidos. Y cuando acabé, todo lo que se me ocurrió fue reprenderle:

–¿Para eso me llamaba a casa? ¿Para que le viniera a ordenar esta cueva?

Pero tuve que cambiar de tono con rapidez, porque dejó caer los brazos como muertos y, cuando *Malatesta* dio un salto hacia la cocina, el hombre empezó a sollozar. Era un llanto silencioso, que solo se notaba por las lágrimas que le bajaban por las mejillas, lentamente, como a un niño sumido en la tristeza de saberse culpable. El corazón se me encogió y no se me ocurrió nada mejor que acercarme con la intención de calmarle y conseguir que por lo menos se cambiara de ropa. Al verme tan cerca, se aferró a mí con sus brazos como ramas temblorosas y empezó a susurrar entre suspiros:

–¡Han venido, Federico! ¡Y buscaban tus papeles! Yo ya les he dicho que no los teníamos, pero no me han hecho ningún caso. Caerán más compañeros, es inevitable. Lo he leído en los periódicos: todo está perdido. Es una locura jugársela con acciones suicidas, como hacen algunos. ¡Ya ves qué les pasó a Quico Sabater y a Caraquemada! Yo no guardo nada en casa, he mirado bien que en los cajones no haya nada. ¡Hasta algunos libros han hecho trizas buscando tus papeles! Y al final se han llevado mi documentación y la de Amalia. Tenemos que presentarnos mañana en el cuartel de la guardia civil a recogerla. Querrán que nos presentemos cada día, como entonces. Y Amalia sufrirá y empezará a tener aquellos ataques que le cortaban la respiración; y ellos se reirán y preguntarán si queremos ir indocumentados por el mundo...

Se agarraba a mí con una fuerza colosal, increíble para la edad que tenía. Yo no podía moverme y sudaba, ahogado por aquel hedor insoportable, escuchando su monólogo articulado con la boca pastosa y acompañado por unas pausas de angustia evidente que subrayaba con su respiración forzada. Poco a poco, con un esfuerzo sobrehumano para olvidar el asco que sentía, fui entrando en la hipotética lógica de lo que decía; y entendí que me hablaba de los primeros años que vivió después de salir de la cárcel y de cómo le controlaba la guardia civil, que insistía para saber si él y su mujer sabían algo de su hermano, fugitivo desde antes de la condena. Puede que mezclara en desorden los años, pero los hechos los tenía muy claros. Entonces creí encontrar un resquicio para romper aquella espiral de recuerdos dolorosos.

–No se preocupe, Ramón: Franco está muerto.

Al oír aquello, se apartó de mí para mirarme. Parecía que me viera por primera vez, pero la mueca de su media sonrisa no se borraba mientras repetía:

–Muerto, muerto. Todo el mundo ha muerto. Yo también estoy muerto. Muerto...

–Vamos, Ramón, métase allí –le señalé el cuarto de baño–, quítese la ropa y lávese, que está usted bien vivo; aunque la verdad es que sí huele a muerto...

Ya no podía más o por lo menos eso era lo que pensaba, porque no sabía todo lo que aún me quedaba por aguantar.

A pesar de mis palabras, el hombre no se movía, por más que le repetía mis órdenes. Tuve que cogerlo del brazo y enseñarle el camino. Cuando le tuve en el lavabo, no reaccionó. Para darle a entender lo que quería, se me ocurrió tirarle de las mangas de su batín pringoso y después, de cada uno de los jerséis que le cubrían, en capas, la piel. Los lanzaba lejos, hacia el pasillo, con la esperanza de que a cada prenda que desaparecía me resultara más fácil respirar, pero no. Finalmente me vi obligado al sacrificio más grande de mi vida y acabé desnudándole por completo y metiéndole bajo la ducha helada –¿no tenía calentador, el viejo?–, echándole jabón por la cabeza para que se le deslizara por todo el cuerpo y mandara tuberías abajo, hasta la cloaca, toda la mugre que le cubría la piel macilenta.

–¡Venga, frote! –le gritaba– ¡Frote con fuerza! –y le ponía en la mano una esponja que había encontrado allí y que yo mismo movía arriba y abajo del pecho, hasta quedar empapado, para ver si él me imitaba.

Con la alcachofa de la ducha le bañaba, rociándole de arriba abajo y echándole más y más jabón, mientras él se reía como una criatura inconsciente. Parecía que los chorros, helados como puntas de aguja, no afectaran en absoluto su piel reseca y medio muerta.

Aquel drama asqueroso duró una eternidad. Cuando me pareció que ya no apestaba tanto –puede que me hubiera acostumbrado al ambiente fétido– le dejé allí, de pie y desnudo, tiritando como una hoja de árbol que mueve el viento, pero con una sonrisa de loco en los labios. Entonces me puse a buscar algunas prendas de ropa que no apestaran demasiado y me sirvieran para vestirle. Al cabo de un rato, le tuve más o menos decente y en orden.

Después de medio secarme yo, por miedo a recaer en un resfriado que aún no tenía superado del todo, le conduje a empujones hasta la silla del comedor para que se sentara.

–Va, venga, ahora cenará un poquito... –se me ocurrió decir, sin tener en cuenta que todavía no eran las seis de la tarde.

Fue un propósito absurdo, y no solamente por la hora, sino porque la cocina era un caos de platos sucios amontonados en equilibrio y en la nevera apenas si había dos huevos, tres tomates, dos plátanos, dos manzanas y un bol de arroz que debía de ser del mes pasado.

Después de medio lavar con prisas los platos y los trastos del fregadero, rememorando mi primera «visita social» con Olga a casa de Victoria, hice una tortilla de aspecto más bien discutible. Pero cuando se la iba a poner en la mesa me lo encontré dormido, inclinado, con la cabeza caída sobre los brazos cruzados.

Yo también hubiera dormido a gusto, porque estaba hecho polvo, pero creí que tenía que terminar bien lo empezado. Por eso volví a tirarle del brazo y él se dejó mover sin decir nada, ni siquiera abrir los ojos; le metí en su habitación para, vestido y todo, colocarlo en la cama como si fuese un niño. Y él, acurrucándose de lado, con las manos bajo las mejillas, continuó su sueño profundo como si todo fuera de lo más normal.

Tenía un aspecto falsamente angelical, el viejo, y me provocó una cierta envidia porque yo ya no podía más, tampoco; pero todavía encontré fuerzas para abrir las ventanas, con la intención de que el aire renovara un poco el ambiente, mientras buscaba un papel y algo para escribir en la habitación de los libros.

Mi cerebro número uno me decía que, como había dicho Olga, quizá sí que necesitaría ayuda de enfermeros o asistentes de algún tipo para resistir sin vomitar o desmayarme cada día, en el caso de que Ramón quedara para siempre en ese estado tan lamentable. Pero ya no quería pensar más allá, y solo escuchaba al cerebro número dos diciéndome que lo que yo necesitaba era volver a casa. Me guiaba un deseo irrefrenable de descansar entre los míos, que me cuidaban, de reencontrar el perfecto orden familiar que ahora reconocía y que no hubiera pensado nunca en la vida que llegaría a echar de menos. No lo admitiría jamás en público, pero ahora estaba seguro de que mi madre era una heroína, sí. ¡Y yo que la tomaba por maniática! En fin, me senté y redacté una nota que decía:

Ramón:

He venido y he visto que no se encontraba bien. He ordenado la casa como he podido, porque la tenía hecha una leonera. No me haga más estas cosas, que todavía no estoy curado de mi enfermedad y usted ya me pone trabajos forzados. Ahora en serio: haga el favor de cuidarse, porque si no me da alguna garantía de que irá al lavabo, se cambiará de ropa, limpiará los trastos de la cocina y procurará tenerlo todo un poco más limpio, no solamente no volveré a visitarle (y, por tanto, me quedaré para siempre el libro que me prestó), sino que me llevaré a Malatesta *que, por lo que parece, había huido de esta especie de corral donde usted le obliga a vivir.*

No lo digo en broma. Supongo que no querrá que el doctor Frankenstein le obligue a ingresar en una residencia, ¿verdad? Ya hablamos un día de esto, ¿recuerda? Más vale que me haga caso y se proponga llevar una vida ordenada. ¿Entendido?

Mañana volveré a verle, si puedo, por la tarde, cuando salga del instituto. ¡A ver cómo le encuentro!

¡Salud!
Arnau

¡Ah! En la cocina tiene un intento de tortilla, que es todo lo que sé hacer. Caliéntela un poco y tómesela, quizá para desayunar. He visto que en la nevera no hay casi nada, así que a mediodía tendrá que comer lo que pueda, la fruta que esté potable... Por la tarde iremos a comprar algo.

Le dejé la nota pegada a la pantalla del televisor, con la esperanza de que la viera.

En el camino de vuelta a casa, muerto de cansancio y aturdido por el hartón de trabajar y por las perspectivas de futuro que me asustaban –¿Sería siempre así, a partir de ahora?–, pensaba que no era seguro que aquel escrito sirviera de nada y que puede que ni lo leyera. Pero fue la única manera que encontré de forzarle a cambiar algo: amenazándole como a un niño, ya que se comportaba con la irresponsabilidad de un bebé.

Y la verdad es que dio un cierto resultado porque por la noche, cuando debió de despertarse y recuperar la consciencia, me llamó a casa –mi madre me dijo: «¡Te llama el famoso Ramón!», en mitad de la cena– y me dio las gracias con la voz compungida y triste, insistiendo en disculparse de manera un tanto irritante. Acabó con una frase de claudicación amarga y lúcida:

–¡Que triste es no poder valerse uno mismo!

Yo estaba muy azorado por todo lo que había visto aquel día y por lo que me decía entonces, así que procuré tranquilizarle. Pero él repitió aquella queja triste antes de despedirse y de rogarme, mil veces más, que le perdonara y, sobre todo, que no explicara a nadie lo que había ocurrido aquella tarde en su casa, porque no volvería a pasar.

No me atreví a decirle, porque él ya lo sabía de sobra, que yo no le responsabilizaba de lo que no podía controlar por culpa de su enfermedad. Al contrario, para acabar, le prometí que ya hablaríamos de todo con calma al día siguiente, que iría a verle.

Y me aventuré a hacer algo que no había querido hacer hasta entonces, por miedo a que empezara a llamarme a cada momento.

–¿Tiene un lápiz a mano? Apunte mi móvil. Me encontrará siempre que me necesite, pero haga el favor de llamarme solamente cuando sea para alguna cosa importante.

Me prometió que lo haría, y la verdad es que lo cumplió al pie de la letra.

–¿Quién es ese Ramón? ¿Un amigo nuevo del instituto? –mi padre se interesaba por la cuestión, aprovechando que en la tele ponían anuncios.

–No... Es un chico al que también le gustan las motos...

Quizá se me escapó porque hacía ya un rato que no la cagaba. Nada más decirlo me entró un calor sofocante; pero tuve suerte, porque en aquel instante acababan los anuncios y continuaba el telediario.

16

A partir de aquel miércoles en que me reincorporé a la vida normal, mi existencia empezó a rodar de una manera distinta, nueva, como si los días de enfermedad y cama hubiesen marcado una especie de punto y aparte.

El reencuentro con Olga fue tan especial que creí que de un momento a otro se oirían en plena calle los violines de las pelis más dulzonas y cursis, porque la verdad es que, mientras nos abrazábamos aquella mañana en la acera del instituto, noté como si se levantara una especie de frontera de silencio y el mundo se apagara, más allá de nosotros. Yo había llegado tarde porque no había calculado que ahora era un peatón desmotorizado –a pesar de que, para no despertar sospechas y descubrirme, había salido de casa con el casco, como si nada–, y ella había tenido el detalle de esperarme para entrar, ¡sin recriminarme la demora! Entramos cuando la clase de Historia ya había empezado, claro, pero la profesora era de buena pasta y pasó por alto nuestro retraso.

En lo que se refiere a mis hipotéticos «amigos» me limité a decirles que «muchas gracias por el favor que no me quisisteis hacer con la moto»; y no sé si entendieron que les estaba mandando a la mierda, pero debieron de empezar a notar mi indiferencia distante porque les escuchaba con cara de póquer cuando venían con proposiciones y planes de diversión que me parecían infantiles. A veces hasta me extrañaba de haber sido alguna vez su amigo. No eran mala gente, no, pero ahora les veía como criaturas muy elementales. Y yo había decidido –«empuje y pasión»– que ya no tenía tiempo para jugar y que no quería prolongar los años de infancia a su lado. Además, ellos estaban motorizados y yo no podía seguirles a pie. Puede que hasta pensaran que si nos distanciábamos, era porque yo no tenía moto.

Mi nueva etapa con Olga se convirtió –ahora, pasado el tiempo, lo veo– en una de las épocas más ajetreadas y felices que he vivido. Teníamos, claro está, los inevitables altibajos y choques y discusiones, pero yo notaba que valía la pena todo lo que hacía y que nuestra relación iba siendo cada vez más intensa. Puede que ayudara a esta impresión el hecho de que, en lugar de ir en moto, nos veíamos obligados a andar mucho, y aquellos paseos se convirtieron en un tiempo calmado y delicioso. Sí, fueron unas semanas de auténtico «empuje y pasión» con ella, porque parecía que nos podíamos apropiar del mundo, que todo estaba en nuestras manos, que las cosas adquirían su auténtico sentido cuando las compartíamos. Y no solamente nos unían los estudios, las caricias o el trabajo en la Asociación (que gracias a Ramón ahora sentía como una cosa muy mía) sino también los sueños, los planes de un futuro impreciso pero deseado –¡Olga decía que encontraba fantástico que yo estudiara Filosofía!–, y parecía que le gustaba estar conmigo, a pesar de mis inevitables ramalazos de mal humor, que de cuando en cuando me jugaban una mala pasada y me ponían en evidencia. Procuraba controlar los ataques de celos que me asaltaban de manera inesperada –cuando hablaba del doctor Presunción me esforzaba en disimular tanto como podía, a menudo sin ningún éxito, la sacudida rabiosa que sentía muy adentro–, pero en general tenía la impresión de que ella estaba cómoda a mi lado. Casi tanto como lo estaba yo junto a ella.

Evidentemente, le expliqué con todo detalle lo que me había pasado con Ramón la tarde del funeral de mi moto. Y, a pesar de su insistencia para poner el caso en manos de la Asociación, acabó entendiendo que era mucho mejor que de momento cuidara yo de él, porque era muy probable que le perdiéramos si el hombre pensaba que yo le había traicionado metiendo a otros en el asunto.

Y «me lo quedé», con la suerte añadida de que aquella escena terrible de la tarde de los disparates no se volvió a repetir más, al menos no con tanta brutalidad. Porque de cuando en cuando, es cierto, tenía sus «achaques». Algunos días llegaba y no me conocía: o me preguntaba «¿quién eres tú?» o me abrazaba con el sonsonete ya fastidiosamente clásico de «¡Federico! ¡Federico, qué suerte que estés otra vez aquí!» que yo no sabía cómo esquivar. Otras veces no se quería lavar ni afeitar hasta que, amenazándole como a un niño, conseguía pasarle la maquinilla por la barba. Todo eso, mezclado con largos ratos de silencio huraño, como si se volviera del revés, hacia dentro, y se perdiera en el laberinto de una memoria lejana que yo procuraba ejercitar insistiendo para que me hablara, sacara papeles, repasara noticias de su época y, sobre todo, leyera fragmentos de sus escritos. Entonces era cuando yo escuchaba fascinado, a veces asustado, y él volvía a los años intensos y duros en que, sufriendo y luchando, se sentía vivo. «Más vivo que ahora, chaval», afirmaba. Y todo esto, que duró unas semanas, fue acercándome a la historia terrible de aquel hombre maltratado por la suerte, víctima de un mundo hostil y de un tiempo infame contra el que se había enfrentado con toda voluntad... ¡mientras había tenido voluntad!

A pesar de que él decía que se esforzaba por evitarlo, no podía dominar el mal que le iba ocupando la mente y minando la salud. A veces no recordaba ni su nombre ni lo que me acababa de decir, pero tenía una memoria prodigiosa, exactísima, para los hechos más remotos del pasado. Y de golpe perdía la noción de todo y se obstinaba en llamar a su mujer por toda la casa, encolerizado –«¡Amalia! ¡Amalia! ¿Por qué no me escuchas? ¡Atiende, Amalia!»–, con una potencia que solo podía venirle de su mal. Estas escenas de alienación –que yo aguantaba con paciencia desigual, según me pillara el día– se repetían con una frecuencia cada vez más peligrosamente regular, a razón de dos o tres episodios por semana. El hombre lo lamentaba cuando era consciente y me preguntaba, azorado: «¿Qué disparates he hecho, Arnau?». Entonces yo disimulaba diciendo que no era nada importante, porque notaba que él se esforzaba, con relativo éxito, en evitarme espectáculos patéticos como el de aquel día asqueroso. Y sabía que, cuando estaba solo, sí se notaba «un poco extraño» como él decía: se encerraba en el váter y allí pasaba horas y horas sentado, según deduje, como una manera poco ortodoxa pero eficaz de resolver la situación y evitar, por lo menos, las consecuencias más desagradables. A esta estrategia había que añadir que, desde que yo empecé a visitarle a diario, él en seguida insistió en darme las llaves de su casa para que entrara cuando quisiera. Un detalle que, aparte de ser una muestra estimable de confianza, me permitía pasar a verle en cualquier momento del día, aunque fuera media horita en las épocas más complicadas, para comprobar si todo iba bien. Y al entrar no me llevaba ninguna sorpresa, porque él ya preveía que a media tarde me tenía siempre allí.

Pero la realidad era que, media hora de ir, media de volver y media de estar allí –eso los días que no me quedaba hasta la noche–, el hombre me robaba un tiempo que yo tenía muy escaso. Y con Olga solo me veía deprisa y corriendo al final del día, porque teníamos que estudiar, por más que el viejo se riera siempre de mis estudios.

Lo cierto es que yo no quería abandonar el trabajo del instituto. El mes de marzo empezaba fuerte, teníamos exámenes parciales y las calificaciones se habían convertido en una cuestión de honor para mí: quería sacarlas muy altas, por orgullo y para evitar tener follón en casa, que se quejaban mucho de que no me veían el pelo y estaban seguros de que no abría un libro jamás. «No te apures mujer, que tenemos un hijo superdotado, ¡ya verás qué notas tan espectaculares va a traer...!», soltaba mi padre cuando mi madre me preguntaba por qué nunca paraba en casa.

Por suerte, desde aquella «proclama filosófica» no se había vuelto a hablar de mi futuro, pero con sus comentarios evidenciaban una gran desconfianza, y yo quería demostrarles que no tenían razón. Notaba que mi padre me miraba con el convencimiento de que coleccionaría suspensos después de confesarme «seguidor de Sócrates», como había dicho aquel día. Y mi madre tenía que morderse la lengua para no preguntarme si aquello había sido solamente un ramalazo propio de la debilidad de un enfermo. Preferían no tocar el tema, seguramente pensando que era mejor que el tiempo borrara mi manía filosófica... y puede que, a escondidas, hubieran puesto más de una vela a la Virgen o consultado algún psicólogo, para ver de qué manera desviaban mi vocación equivocada y peligrosa.

La única maniobra extraña que tuve que hacer para esquivar a la familia aquellos días fue por la cuestión de la moto, que finalmente destapé armándome de valor.

Olga me había aconsejado que dijera la verdad. Y Ramón, al saber cómo había fallecido mi pobre Aprilia, estuvo inspirado y se le ocurrió felicitarme «porque así no tendrás que ir por el mundo haciendo el ridículo con aquel trasto impresentable y paralítico». Después le dio por insistir en que me comprara una Impala: «¡Creo que ahora las vuelven a fabricar!», se emocionaba. ¡Como si yo fuera un potentado!

En fin, que un día a la hora de comer volví a casa y me puse a hacer teatro y simular un gran disgusto, con un monólogo trágico del tipo: «¡Me la han robado! ¡Se la han llevado! ¿Y yo qué hago ahora? ¡Qué desastre! ¡Ni la moto aparcada se puede dejar! ¡Ladrones!», etc. Mi representación hizo un gran efecto porque el público –mi padre– se contagió de mi interpretación uniéndose a mis quejas y soltando, al final, la cuestión que yo ya esperaba: «Habrás puesto la denuncia, supongo...». Y la cosa acabó con una sentencia de mi madre: «La verdad, mejor. Así no tendrás ningún accidente... ¡Y si vas a pie harás deporte, y nosotros estaremos más tranquilos!». Unas palabras que mi padre aprovechó para cerrar con uno de sus puntos finales: «Y yo me ahorraré la gasolina y el seguro...», con un tono que hacía pensar que la noticia, después del cabreo inicial, había acabado poniéndole hasta de buen humor. Pues nada: asunto resuelto y a caminar de un lado a otro...

Porque aquellos eran tiempos de tribulaciones, de ir corriendo de acá para allá: del instituto a casa de Ramón, a poner orden, a hacerle hablar o llevarlo al médico o a dar una vuelta; de casa de Ramón a buscar a Olga, para estudiar con ella y estar juntos; de estar con Olga a volver a casa y preparar exámenes; de estudiar los exámenes a hacerlos... Eran tiempos de sufrir observando cómo avanzaba la decrepitud, pero también de escuchar con atención para descubrir al hombre que había detrás de aquel viejo. Y de leer, leer mucho y llenarme de la historia de Ramón que él iba soltando poco a poco, como si trabajara en una empresa de fascículos y fuera consciente de que no le quedaba mucho tiempo para escribir y ordenar la colección completa que yo, su único cliente, me llevaba a casa y le devolvía con rigurosa puntualidad. Al mismo tiempo, intentaba seguir el hilo de un relato que me iba soltando con el criterio deslavazado de su memoria imprevisible: repetía fragmentos, desmentía o retocaba fechas y lugares y procuraba situar todos los personajes que habitaban en su memoria con la intención de que no se perdiese ninguno. Hasta pretendía que yo fuera pasando al ordenador sus explicaciones; y le prometí que lo intentaría, pero sin prisas. En cierto modo, esta es la promesa que estoy cumpliendo, al escribir ahora la memoria de aquellos días.

De todos los papeles que Ramón me daba para leer, y que se iban amontonando en mi casa día a día, hubo algunos que no pude evitar copiar inmediatamente y guardar en el ordenador tan pronto como acabé de leerlos. Y ahora, después de un tiempo, los vuelvo a mirar porque, por más años que pasen, siempre me parecerán capítulos de una novela increíble. Y puede que acabara creyendo que lo son si no hubiera tenido en mis manos los amarillentos recortes de periódico que, muchas veces, acompañaban el relato para probar su veracidad histórica y que, claro está, fotocopié a escondidas..., como si formasen parte de unos apuntes con los que yo, en verdad, aprendía mucho más que en mil clases.

Uno de aquellos textos caligrafiados con la letra anticuada de Ramón que ahora, mientras escribo, pongo de nuevo ante mí, decía así:

Cuando hacía ya muchos años que no sabía de él, a pesar de no haber dejado de recordarle ni un solo día, en el mes de marzo de 1997 leí en la sección «Hechos diversos» del periódico una noticia que me llamó la atención. El titular decía «El vagabundo que encontraron muerto en Valencia ha sido identificado por la policía como un maquis condenado a muerte en 1950». Tuve un mareo y los ojos se me nublaron, porque eran muchas coincidencias: la condena y la fecha. La fotografía que acompañaba el texto mostraba un rostro hinchado, deforme, depauperado, muy envejecido y barbudo, tras el cual supe adivinar en seguida las facciones de mi compañero Manuel Segarra. Y la lectura del texto me lo confirmó. Decía que las autoridades penitenciarias guardaban la ficha de aquel hombre, que había sido puesto en libertad hacía veintiún años, durante los cuales se había convertido en un vagabundo que mendigaba por la ciudad de Valencia y los pueblos de alrededor, malviviendo de la caridad y los despojos que conseguía, porque «carecía de domicilio fijo y de familia, y, habiendo perdido las facultades mentales, no se supo adaptar nunca a la sociedad».

Me eché a llorar como un chiquillo, a lágrima viva, y cuando Amalia volvió a casa creyó que estaba enfermo y me obligó a meterme en la cama. Pero yo no lloraba solo de tristeza, sino de rabia y de dolor por las palabras que había leído.

Manuel, mi compañero, mi amigo, un hombre valiente que había dado veintitrés años de su vida por la Libertad, había muerto como un perro, solo y abandonado, después de pasar tanto tiempo rodando por el mundo sin el consuelo de una mano amiga ni el reconocimiento de su sacrificio.

Manuel y yo fuimos los únicos supervivientes de aquella pantomima judicial de enero de 1950, en la cual un tribunal de bestias condenó a muerte a los compañeros Pedro Ibáñez, Salvador Benet y Joan Vilanova, junto a nosotros dos y los compañeros «en rebeldía» entre los que, por suerte, se encontraba mi hermano Federico. A Manuel y a mí, que teníamos veintiuno y veintidós años, como éramos los más jóvenes y nos consideraron inconscientes, nos fue conmutada la pena en una ceremonia de perdón repugnante, en la que exhibieron toda su asquerosa hipocresía alegando «generosidad y piedad cristiana para con los descarriados». Algún inexplicable interés, mezclado con un azar favorable, hizo que «solamente» nos cayeran treinta años de prisión a cada uno, mientras los demás compañeros eran pasados por las armas a la mañana siguiente de aquella comedia judicial.

Y allí empezó nuestro calvario por las prisiones franquistas. Durante nueve años compartimos destino en diversos penales; pero en el año 59, cuando me trasladaron a la prisión de Valencia, a él le enviaron a Cadiz y ya no hubo manera de volver a establecer contacto... Hasta aquel maldito día en que el periódico me puso delante de los ojos, por si era necesaria, una nueva muestra de la brutalidad que colma este mundo, reino de injusticias. ¿Por qué motivo, si yo había salido en abril de 1964, redimido por el trabajo y porque querían celebrar el veinticinco aniversario del poder franquista con un simulacro de generosidad, Manuel siguió pudriéndose en las celdas del verdugo execrable? Solo me lo explicaba pensando que él les debía de haber plantado cara continuamente y no había dado muestras de «arrepentimiento» ni de «buena conducta». De servilismo, vaya, como se esperaba de nosotros para redimirnos «ante Dios y ante España». Esas fueron las palabras que nos leyeron en la bufonesca sentencia judicial. No, él no debió de torcerse ni un milímetro. Llevado por la generosidad y los ideales libertarios que siempre habíamos defendido, seguro que clamó contra todas y cada una de las arbitrariedades y salvajadas que se cometían en aquellos penales del terror. Y allí, en la soledad de la más embrutecedora de las situaciones a que puede verse sometido un hombre a causa de sus ideas, tratado como un desecho, humillado en cuanto demostrara un mínimo de entereza moral o un criterio de justicia... allí debieron de conseguir enloquecer a uno de los más nobles luchadores libertarios que he conocido. Ese hombre que el silencio de los «nuevos tiempos» democráticos acababa de enterrar en el agujero negro del olvido. Porque la muerte de Manuel era, como decía el periódico, un «hecho diverso», menor, sin importancia, en un mundo deshumanizado, gobernado y dirigido por asesinos sin piedad, arribistas, burócratas y farsantes sin perdón.

Es posible que la manera de escribir de Ramón, contundente y panfletaria pero sincera y simple, pueda parecer exagerada, como le comenté a Olga. Pero la verdad es que la lectura de la página del periódico, que aún conservo, nos impactó tanto como para despertar nuestro interés por saber más detalles sobre lo que había hecho aquel viejo, durante aquellos años a que se refería. Y entonces entendí su obsesión por guardar la memoria de los que, como su amigo Manuel, han pasado por el mundo queriéndolo cambiar y solamente han recibido trompazos y desprecios. Era comprensible que quisiera dejar su testimonio, que le preocupara hasta la obsesión la pérdida de memoria y que insistiera en luchar hasta el último momento, con urgencia, para fijar sus experiencias: explicar quién había sido él y qué había hecho antes de que fuera demasiado tarde y se perdiera su rastro y el de todos los suyos para siempre.

Ya se nota, ahora que lo explico, que fue una temporada intensa, casi obsesiva también para mí. Y que compartirla con Olga, a quien mostraba algunos papeles y tenía por confidente de mis impresiones, llenaba aquel aprendizaje de una sensación de profundidad, de felicidad seria, que nunca había sentido antes.

Además, los exámenes me iban bien y podía demostrar a mi padre que yo no era la nulidad ni el «falso estudiante» que él creía. Porque aprendí muchísimo y de verdad: notaba que me formaba y me informaba, que por dentro se me transformaban las ideas, la conciencia, los interrogantes y el conocimiento. Sobre todo por lo que llegué a leer, a escuchar y a preguntar a Ramón, aprovechando, como si fueran un tesoro irrepetible –¡y lo era!–, todas las horas de lucidez pasadas a su lado. Así pues, aquel mes de marzo resultó magnífico y espléndido para mí, y culminó con unas calificaciones inesperadamente brillantes –¡un nueve en Filosofía: toma ya!–, que entregué en casa como un trofeo y que sirvieron para que a mi padre al verlas se le escapara:

–¡Anda! ¿Te imaginas las notas que tendrías si te dedicaras a estudiar de verdad?

Era su manera de demostrar que me había ganado su respeto porque, por la noche, cuando se quedaron solos, oí que mi madre le decía:

–¡Cómo eres! ¡Viene Arnau con unas notas deslumbrantes y todavía tienes que achucharle!

–¡No hay que dejar que se duerman, mujer, que si se toman demasiada confianza...!

–¡Ya me dirás cuándo tuviste tú unas notas como esas! –le contestó ella, riéndose.

–Bueno, mujer... No se trata de eso, ahora... –disimuló él.

Sonreí en silencio, convencido de que todo el teatro que hacía siempre conmigo formaba parte de aquella «filosofía» paterna de «no dejarnos dormir», que a veces conseguía provocar hasta pesadillas... Pero la verdad es que parecía que las cosas tomaban un rumbo positivo, que el mundo podía tener una lógica, y mi vida, un sentido.

Ya podía haber pensado que aquello no era nada normal, claro. Porque entonces, el jueves veinte de marzo del 2003, pocas horas antes de empezar la primavera, se produjo la noticia terrible que me devolvió al pesimismo que creía haber superado, porque se confirmaban de manera definitiva las palabras que Ramón había escrito: «El mundo está gobernado por asesinos sin piedad».

Una sentencia que resultó espantosamente exacta aquel veinte de marzo en que empezó la guerra contra la que habíamos salido a protestar.

–Por mucho que chillásemos –me dijo Olga, abatida–, no hemos conseguido detener la locura. Parece que nos tendremos que acostumbrar a convivir con la barbarie como si fuera una cosa normal y no tuviésemos conciencia.

–Y el sol sale como si nada... –se entristecía Ramón, cuando comentamos las noticias–. Pero los libertarios de verdad tenemos que creer en el hombre y trabajar cada uno con nuestro pequeño esfuerzo. Un día, todo será diferente, ya verás.

Y yo quería creerle, claro está. Y pensaba que precisamente por eso hacía lo que hacía.

17

No fue hasta el año 1945, después de muchas idas y venidas, de dos guerras, una aquí y otra en Francia, que me pude reencontrar con mi padre y mi hermano en Lyon.

Yo trabajaba de mecánico de camiones, y mi padre y Federico estaban de panaderos en la tienda de los Blanchot, la misma buena gente que nos había alquilado el desván donde vivíamos los tres. Podrían haber sido unos tiempos definitivamente felices, y quizá hubiéramos echado raíces allí, como hicieron tantas otras familias de exiliados. Pero nosotros seguíamos convencidos, a pesar de las adversidades que habíamos vivido, de que a este mundo hemos venido para ganarnos la dignidad de ser libres, como nuestro padre no se cansaba de recordarnos ni un solo día. Por eso no dejamos de militar en la organización, que poco a poco se iba recuperando e iba forzando las cosas porque, una vez vencidos los nazis y los fascistas, en Europa solo quedaba el franquismo para expulsar, y este era el trabajo que nos habíamos propuesto realizar, desde nuestra modestia, los libertarios.

Se habían formado algunas partidas de guerrilleros –a los que la gente llamaba maquis– que actuaban de forma constante, con incursiones clandestinas de soporte a los grupos que luchaban en el interior, con sabotajes y dando muestras de resistencia para que el dictador y sus cómplices no estuviesen tranquilos, mientras esperaban provocar una respuesta de los aliados que acababan de ganar la guerra. Y nosotros colaborábamos con ellos: acogiendo a los compañeros, facilitando material y víveres cuando podíamos y yo, sobre todo, actuando en cuestiones de transporte, que era de lo que entendía. Y el mes de mayo de 1949 intervinimos directamente en una operación que acabaría marcando para siempre nuestras vidas.

Alguien, desde la dirección de la CNT, tuvo la «brillante» idea de organizar una expedición para atentar contra un tren lleno de capitostes franquistas que tenía que pasar por el norte de Aragón. Y como necesitaban alguien que supiese mecánica para conducir y cuidar de los camiones que nos facilitarían los contactos con la resistencia interior, me pidieron que les acompañara. Al saberlo, Federico insistió en venir con nosotros, impaciente por entrar en acción. A sus diecisiete años, era un chico muy habituado a los sufrimientos y sacrificios, y un militante convencido, pero yo no debía haber accedido a sus deseos y toda nuestra historia hubiera sido muy distinta. Acepté que se uniera a la expedición porque algunos compañeros opinaban que un integrante más, joven y fuerte, nos iría muy bien. Y allí empezó nuestra desgracia.

El hecho es que bajamos hacia el sur, hasta los Pirineos, en tren. Y desde Bagnères-de-Luchon empezamos la travesía a pie, por las montañas, hasta Benasque. En la central eléctrica de Lafortunada nos esperaban los compañeros del interior, para guiarnos hasta el pueblo de Aínsa, en la ribera del río Cinca. Allí se produce la primera discusión. Unos, los que se habían unido al grupo procedentes de Toulouse, se obstinaron en dinamitar la central eléctrica a pesar de que, en principio, esto no entraba en nuestros planes. Lo hicieron, sin tener en cuenta la oposición de la mayoría, y entonces la bajada hasta Aínsa tuvo que ser más rápida, porque la explosión había delatado nuestra presencia.

Al llegar cerca de Aínsa, nos quedamos ocultos en las afueras, esperando los camiones que teníamos que utilizar para llegar hasta la estación de tren de La Zaida. Pero el transporte no aparecía. Fueron dos largos días de alerta y angustia, durante los cuales un enlace nos informó de que el tren contra el que pretendíamos atentar era un convoy mixto, y no oficial, que transportaba autoridades, pero también pasajeros civiles. Aquello cambió de forma radical nuestros planes y provocó una nueva discusión. Los de Toulouse, otra vez, opinaban que debíamos hacer saltar el tren igualmente y, como los camiones no llegaban, propusieron entrar en Aínsa y robar –ellos lo llamaban «confiscar»– algunos vehículos particulares. No atendían a razones y, de improviso, antes de que amaneciera, desoyendo nuestras protestas, decidieron que teníamos que pasar el río. Antes de que pudiéramos reaccionar, la guardia civil se nos había echado encima en una emboscada que parecía preparada a la perfección.

No tuve ni tiempo de moverme, que ya me encañonaban tres guardias. En unos segundos, Salvador Benet, Joan Vilanova, Pedro Ibáñez, Manuel Segarra y yo fuimos inmovilizados y hechos prisioneros. Los otros ocho escaparon, pero en seguida mataron a seis y se apresuraron, interrumpiendo un momento la sesión despiadada de golpes a que éramos sometidos allí mismo, a mostrarnos los seis cadáveres desfigurados. ¡Pero Federico no estaba! En medio del desbarajuste, los guardias, enloquecidos, comentaban que dos de los nuestros habían saltado al río y, a pesar del dolor que me paralizaba el cerebro, pude pensar que mi hermano se había salvado. El otro fugitivo era Arnal, uno de los contactos del interior, el que más insistía para que entráramos en Aínsa, y a quien no volvimos a ver nunca más.

Había dictado, casi de una tirada, mientras Olga las copiaba en el ordenador, aquellas páginas extraordinarias que explicaban con bastante precisión las peripecias de Ramón.

Impactados por la historia, nos quedamos un rato en silencio, después del punto final, hasta que ella me miró con ojos interrogantes.

–¿Y ahora qué?

–¿Qué, de qué? –dije yo, que no entendía la pregunta.

–¿Qué tenemos que hacer, Arnau? Quiero decir si deberíamos buscar a Federico.

–¿Tú estás bien? –su propuesta me descolocó– ¿Dónde quieres que encontremos a un hombre que debe de tener más de setenta años, si es que vive? ¿En el fondo del río Cinca?

–¡En seguida te rindes...! –me reprochó.

Era el problema de compartir las cosas con aquella chica: nunca tenía bastante, siempre había de llegar hasta el fin, en todo, porque no se conformaba con las evidencias... ¡Y ya no te digo si se trataba de abuelos, que eran su debilidad!

La cosa podía haber quedado allí, cerrada, cuando me encogí de hombros para indicar un «yo qué quieres que te diga...» que cualquiera hubiese entendido. Pero Olga no hizo ningún caso de mi gesto, porque se pasó el resto de la tarde, mientras paseábamos, como si estuviera preocupada y ausente. Yo no me atreví a preguntar nada, porque me temía que acabaríamos a gritos como pasaba tantas veces cuando no me dejaba llevar como un corderito por el camino que ella me marcaba. La acompañé hasta su casa y me despedí como si no recordara nada de lo que habíamos pasado al ordenador, porque pensaba que ya habíamos hecho lo que teníamos que hacer. Pero sospechaba que la historia no iba a quedar así.

Y al día siguiente, mis temores se hicieron realidad.

–Esta tarde iré a buscarte a casa de Ramón y nos acercaremos a ver a unas personas que nos pueden ayudar con lo de Federico.

Fue el primer saludo de buenos días. Yo no sabía de qué me hablaba –¿teníamos algo con Federico?–, pero estaba claro que se trataba de una de sus órdenes indiscutibles. Solo me atreví a intentar matizar la cuestión con un tímido «pero...» medio pronunciado que, evidentemente, no sirvió de nada, porque cerró los puntos suspensivos de mi objeción con un beso que decía bien a las claras que la conversación había terminado.

–Dile a Ramón que te irás a las seis –fue la orden definitiva, que dejaba bien claro quién mandaba de los dos.

–*¡Heil!*

Se me escapó. Juro que solté el famoso grito nazi sin pensarlo, en medio de la calle. Mi respuesta no le hizo ni pizca de gracia –a mí tampoco, lo confieso: se me subieron los colores a la cara al pensar que algún transeúnte hubiera podido oírme y tomarme por un cretino auténtico–. Y ella se limitó a mirarme como si se le hubiera aparecido un monstruo –de hecho, la respuesta había sido monstruosa–; movió la cabeza como si negara y se puso a andar mientras decía:

–¡Mira que puedes llegar a ser burro, Arnau! ¡Pero muy, muy burro, puedes llegar a ser!

–Puede que si me explicaras de qué van las cosas antes de ponerte a dar órdenes... –estaba cabreado conmigo mismo, por lo que me había salido; y con ella, porque muchas veces me trataba como a un súbdito obediente.

–Toma, ¿ves?

Había sacado tres hojas de papel de su bolso. Eran unas páginas de internet que bajo el título «Memoria y Dignidad» y con el logotipo MyD presentaban a una asociación –¡otra asociación!– con el lema «Buscamos donantes de memoria. Ofrecemos la grabación de testimonios». No tuve tiempo de preguntar qué era aquello ni de acabar de leer el primer párrafo, que mi capitana ya me ponía al día.

–La asociación Memoria y Dignidad se dedica a recoger testimonios de los protagonistas anónimos de la historia. He leído algunos en la página web que tienen y los hay espeluznantes. Ramón tendría que dar todos sus papeles a esta asociación y hasta debería ofrecerse para grabar todo lo que recuerde, aunque lo tenga escrito...

–¡Tú no estás bien de la cabeza, niña! –otra vez se me escapaban las palabras–. Si Ramón se pone a hablar, esta gente no ganará para comprar cintas... Y, dejando aparte que no querrá de ninguna manera conversar con desconocidos, vete tú a saber qué entenderían de los discursos liados que suelta. ¡Si se disparara por el lado *heavy*, no veas la que les armaría!

–Vamos a ver, ¿tú quieres ayudarle o no? –soltó Olga, con la cara de enfadada que yo más temía.

¡Ahora iba a resultar que era yo quien lo liaba todo, cuando me había limitado a lo acordado: pasar a limpio los papeles del abuelo! Por diezmillonésima vez me arrepentía de haber hablado con Olga de lo que no debía. Pero no dije eso, no. Solté aire, respirando con fuerza para calmarme, e intenté disimular.

–Pero ¿dices que quieres buscar a su hermano? –pregunté por decir algo.

–¡Si dejaras que te explicara sin interrumpir! –volvía a reñirme, como de costumbre, en cuanto podía.

Y entonces cogió los papeles que yo todavía tenía en mis manos, buscó y encontró uno, del que leyó:

–«Búsquedas». ¿Lo ves? Hay una lista de nombres y fotografías que ocupan páginas y páginas de internet, con todas las personas que desaparecieron durante la guerra, a partir de 1936: en campos de batalla, después en el exilio, en los campos de concentración...

–¿Campos de concentración? –me extrañé– ¿De qué campos de concentración hablas?

–Eso también me lo pregunté yo ayer, cuando lo vi en casa –dijo ella–. No solamente había campos de concentración nazis en Europa, sino que también los había españoles, en España...

No, no sabíamos nada. Era escandaloso, pero lo ignorábamos todo sobre nuestra historia mas inmediata. Y lo más bestia era que algunos de los protagonistas, los que lo habían vivido todo y podían explicarlo de primera mano, a los cuales teníamos muy cerca, no hablaban nunca de aquello y, poco a poco, iban desapareciendo en silencio. Durante un rato, desviándonos de la nueva misión que Olga capitaneaba, intentamos poner en orden lo poco que sabíamos de todo aquello. Tomábamos un trozo de aquí y un trozo de allí, un poco de lo que habíamos leído en los libros de Historia y de lo que habíamos visto en la televisión, mezclado con lo que sabíamos por los escritos de Ramón y lo que corría como un rumor impreciso. Historias medio oídas y mal escuchadas en casa, de falangistas y rojos, de represión, persecuciones, huidas y desapariciones antiguas, que nos sonaban a leyendas medievales, pero que eran de ayer mismo, de ahora mismo. Y que nadie nos había explicado con claridad. Pensé que me sabía mal no haber prestado más atención a los relatos de «batallitas» contra la dictadura franquista que recordaban a veces mis padres para orientarme un poco.

El hecho es –Olga retomaba el hilo de su/nuestra nueva misión– que muchas de estas demandas de información tienen, en la página web, respuestas de personas que dan razón de un exiliado, de un desaparecido con quien coincidieron en la cárcel o en el extranjero. ¿Quién te dice que, si ponemos los datos de Federico o de Ramón, no encontramos a alguien que nos dé una pista?

Como todo lo que ella decía, tampoco aquello se podía rebatir. Naturalmente tenía que darle la razón. Y lo hice.

–Entonces –me confirmó–, quedamos en que paso a buscarte a las seis para ir a ver a Daniel Serrat, ¿vale?

Yo me había vuelto a perder... ¿De qué me estaba hablando? Me lo vio en la cara y se apresuró a aclarar:

–Daniel Serrat es el responsable local de Memoria y Dignidad, que tiene delegaciones repartidas por diferentes ciudades del país. Ayer, después de leer todo esto en la web, les escribí un correo. Y esta mañana me ha llamado para que tengamos una entrevista, porque yo se la pedí y le dije que era urgente, explicándole así por encima el caso de Ramón. Después de lo que leímos ayer...

¿Era posible ir más deprisa? ¿Alguien pensaría nunca que Olga era una persona que demoraba sus decisiones? ¿Y qué diría Ramón si se enterara de que alguien «traficaba» con su historia por internet sin que él le hubiera dado permiso? ¡Me mandaría a la mierda en un segundo! En aquel momento, perdí de vista que Olga era la chica de mis sueños y me vinieron unos deseos enormes de degollarla que se me notaron en los ojos.

–¿Qué pasa? –se me encaró– ¡No me mires así, Arnau, que parece que haya cometido un delito!

¡Ve y explícaselo a ella, que nunca se equivoca, que si no llega a delito por lo menos sí ha cometido un disparate monumental!

–¡No, mujer, no! –las palabras me salían como tiros de pistola– ¡Es el mundo, que no está preparado para seguirte el ritmo! ¡Tú tiras adelante y los demás que corran detrás! Es así, ¿no? ¿Te imaginas cómo se pondrá Ramón cuando le diga que tú (¡que se supone que no debes saber nada de nada de toda su historia!) has hecho públicos, con nombres y datos precisos, sus documentos? ¡Pegará un rugido que se le oirá desde el fondo del río Cinca!

Ya estábamos liados. Cabreada por el discurso que acababa de echarle, amenazó con dejarme plantado en plena calle –eso ya era un hábito– con la mirada feroz de los peores momentos. Vi que se acababa de dar cuenta de que yo tenía razón y aquello me asustó, por raro e imprevisible. Por eso me esforzé en una finta imposible, después de un suspiro de paciencia:

–Pero... puede que... –la cara de Olga se transformó, interesada en tapar su exceso de velocidad que, claro, no pensaba admitir nunca–. Si pudiéramos darle la esperanza de tener noticias de Federico, quizá aceptaría colaborar...

Lo dije como si estuviera pensando en voz alta, para que pareciera que estaba madurando la idea de ponernos en contacto con aquella nueva asociación, y que empezaba a gustarme. En realidad, lo que más temía era volver a encontrarme solo y abandonado en la vía pública. Y acabé mis supuestos pensamientos tan bien como supe:

–Sí... puede que sí... Por probar que no quede. Podemos hablar con los de la asociación del caso de Ramón, pero al pobre hombre, por ahora, no le digamos nada concreto. ¿De acuerdo?

–¡Qué lento y carroza eres, Arnau! –se quejaba, convencida de que ella había hecho lo que tenía que hacerse, aunque yo no lo admitiera; era al revés, pero pasé por alto el detalle al comprobar que había salvado la crisis–. Sí, iremos a ver a los de Memoria y Dignidad. Pero al contrario de lo que tú dices, les explicaremos con claridad el caso de Ramón.

–Amén... –dije en voz casi inaudible, porque yo había dicho exactamente eso.

–¿Cómo dices?

–No, nada... Que a las seis me esperes delante de casa de Ramón. Pero no llames, que no quiero tener que darle explicaciones.

18

–Sacrificándome mucho, le compré la Impala a un compañero del taller que emigraba a Alemania para trabajar. Él quería dinero rápido para después volver y establecerse por su cuenta, poner un taller mecánico o abrir un bar. No sé qué fue de Alfonso...

Ramón tenía la tarde lúcida y dicharachera, pero yo no le seguía el rollo con mucha atención, y él lo notaba.

–¿Me escuchas o pasa un tren? ¡Si supieras cuánto corrimos con aquella moto, Amalia y yo! Un día, hasta llegamos a Figueres por la general, que entonces no había autopista, no creas. Y me cogió una especie de nostalgia al encontrarme a dos pasos de la frontera... que no podíamos pasar, claro, porque no teníamos pasaporte. ¡Tú dirás! ¿De qué me metía yo en una comisaría a pedirlo? ¡Me lo habrían denegado por *desafecto al régimen*, que decían! Y era verdad, sí... ¡afecto no les tenía ninguno! Por eso solamente entrábamos en comisaría a la fuerza y con el corazón en un puño cuando nos obligaban a renovar el carné de identidad; y bastante asco me daba...

Le oía a trozos, sin mucha atención, porque le veía tranquilo: dejando volar los recuerdos inocentes de excursiones con la famosa Impala, mezclados con viejas peripecias que ya conocía, porque algunas las repetía mil veces. Mientras, por dentro, mi impaciencia aumentaba pues quería salir de allí antes de las seis, no fuera que Olga hiciera lo que le diera la gana –nada nuevo, claro– y se le ocurriera llamar al timbre, con lo que ya la tendríamos liada; o que, por lo que fuera, le cambiara el humor al abuelo y me obligara a retrasarme. Mis pensamientos eran tan vivos que, sin querer, mis prisas se hacían evidentes. Hasta que me preguntó:

–¿Tienes que ir a buscar a la novia, Arnau, que miras el reloj con tanta impaciencia?

–Que no es mi novia, Ramón...

–¡Ah, no, perdona! Se me olvidaba que ahora no se dice «novia», ¿verdad? ¡Pues a la amiga, la chica, la colega o lo que sea! ¿Te ha cogido fuerte el enamoramiento, eh? ¿Y cuándo os vais a vivir juntos?

Le miré con cara divertida y solté una carcajada.

–¡Usted está como un cencerro! ¡Como una cabra! –reí.

–¡Ah, claro! –dijo con sarcasmo–. ¡El niño no tiene arrestos para espabilarse él solito todavía!

–¡No me toque lo que no suena, Ramón! –me sentí ofendido–. ¿No ve usted que tenemos diecisiete años?

–¡A los diecisiete años yo había visto más mundo del que verás tú si vives tres vidas, chaval! Además, no es ningún disparate, porque tú ya eres un hombre y ella una mujer, ¿no?

Decía unas cosas que, si le llegan a oír los de casa, se hubieran caído al suelo de la risa. ¡Nos había salido ciertamente libertario, el abuelete!

–Pero ¿de verdad no se da cuenta de que esto que dice es imposible? –yo no podía llegar a creerme que hablara en serio.

–Tú le gustas y ella te gusta, ¿no? Pues, ¿qué problema hay?

–¡Ninguno, hombre! ¡No hay ningún problema! –ya empezaba a irritarme–. ¡Y el mundo es bello, la vida hermosa, los pajaritos cantan...! ¡Viviremos del aire y del perfume de las flores, felices y comiendo perdices!

–¿Es que estáis inválidos y no podéis trabajar? ¡Ay, señorito! –se reía de mí impostando la voz–. ¡Qué generación de impotentes y cobardes! Para juntarse hoy, casarse o como se llame, necesitáis tenerlo todo a punto: vestiditos nuevos, fiesta de boda y ceremonia con flores, viaje a las quimbambas exóticas, la casa preparada, coche, televisor enorme... No os movéis de casa de mamá si no tenéis todas las comodidades que, por cierto, solamente obtenéis entrampándoos hasta las cejas y pidiendo créditos a treinta o cuarenta años. En mi época, cuando dos se querían iban como podían, andrajosos o lo que fuera, pero juntos. Y se metían en un cuchitril en casa de los padres de uno o alquilaban un cuartucho en cualquier parte; pero estaban juntos, que es de lo que se trata. ¿O no?

–¡Muy bien, Ramón! –yo no tenía más paciencia y me revolvía–. Por eso usted se casó con cuarenta años cumplidos, ¿verdad, valiente?

–¡Tú eres imbécil, chaval! –contestó furioso y ofendido–. ¡A mí me robaron la juventud porque luchaba por unos ideales, idiota! Y no me pude emparejar cuando tocaba porque las veces que estuve a punto, *¡pataplaf!,* me vi obligado a huir. No tenía tiempo de acostumbrarme a un lugar, que ya me marchaba. Pero ahora ya nadie lucha como nosotros entonces, y esto tiene que quedarte bien claro, tontaina: todo lo que hicimos nosotros, hoy es imposible. ¿Cómo va a hacer una huelga seria y dura un trabajador que tiene que pagar créditos el resto de su vida? ¡Ya son listos, ya, los que mueven los hilos de este teatro! ¡Con las hipotecas para pagar los pisos han desactivado cualquier posible revolución obrera!

–¡Un buen mitin, sí señor! –le aplaudí con ironía–. ¿Por qué no se pone a a dar estas voces en medio de una plaza? ¡Igual van y le nombran presidente!

Me reía de su entusiasmo político pero, pasado un tiempo, algunas veces he aprovechado el discurso que me echó para dejar boquiabierto a más de uno –mi padre, por ejemplo, alucinó el día que le solté aquello de «los préstamos de los bancos han desactivado la revolución obrera»–, y he podido comprobar que tenía toda la razón, porque nunca nadie me ha rebatido con un argumento mínimamente consistente.

Pero yo, aquel día, no estaba allí para discutir de política. Además, me di cuenta de que, liados en la trifulca, el tiempo se nos echaba encima y Ramón iba adoptando una postura hostil, quizá obsesionado por su proclama libertaria.

–Venga, Ramón –le sonreí–, deje de meterse en mi vida y de tomarme el pelo. De momento no nos casaremos pero, mire, sí debo ir a encontrarme con ella en seguida... –pensé que era una buena manera de hacerle entender que me marcharía ya mismo, y quise acabar con una broma–: Pero no crea que es para ir a buscar un piso o pedir un crédito...

–Pues hala, vete, no tardes... –se volvió de espaldas, serio–. ¿No le habrás dicho que venga a buscarte aquí, verdad? ¡No queremos visitas! –gritó, nervioso de nuevo–. Ya sabes que no me apetece que nadie meta las narices en casa con excusas absurdas.

Aquellas palabras dejaron bien claro que mi prevención era absolutamente justificada.

–¿De verdad no le importa que me vaya pronto? –lo pregunté levantándome, pero para disimular un poco la impaciencia me metí en la cocina y añadí–: ¿Ya tiene cena para hoy?

–¡Vamos, lárgate ya! ¡No hace falta que te limpies la conciencia, hombre! Si tienes prisa, vete...

La casa estaba bastante ordenada; y encima de los fogones de la cocina había un cazo con arroz que debía de haber sobrado al mediodía y que, es probable, serviría para repetir menú por la noche.

–¿Volverá a comer arroz hoy? –pregunté.

–Oye, chaval, ¿te crees que eres mi dietista para meterte en lo que como o dejo de comer? Puede que esté un poco jodido, pero en cuestiones de comida todavía no desafino tanto...

No era exactamente cierto, pero aquel no era el momento de entrar en el tema de afinar o desafinar. Y es que, aparte de repetirme cientos de veces las mismas anécdotas sobre sus tiempos de motorista veloz, ya llevaba unos días que, por ejemplo, le había tomado gusto a comer solo arroz y sardinas de lata en cada comida: tres veces al día. «Para compartirlo con *Malatesta* como buenos hermanos», decía, no sé si tomándome el pelo. Y además, se olvidaba de sacar la basura que se amontonaba y caía del cubo que había bajo el fregadero. Por eso me acerqué a echarle un vistazo.

–¡Ramón, por Dios! –le reñí–. Ya me ha vuelto a amontonar los restos de la comida sin tapar, ¡y se caen por todos lados!

–¡No, si al final resultará que eres hasta inspector de sanidad, tú!

Se lo tomaba a risa, pero no hacía ninguna gracia porque todo estaba pringoso con restos de fruta, granos de arroz, trozos de embutido y latas chorreando aceite desparramándose fuera del cubo. Lo recogí y fregué el suelo, refunfuñando, porque aquella desidia me hacía perder el tiempo, trabajando de basurero para el señor Impala. Pero él hacía como que no me oía. Y encima se quejaba:

–Hombre... compañía, lo que se dice compañía, no me has hecho hoy. Digamos que te has limitado a hacer acto de presencia... Pero ¿no decías que tenías prisa? Mira que tu amiguita te mandará al carajo si llegas tarde... ¡Y más todavía si te acercas a ella con ese olor a basura que se te habrá quedado en las manos!

Tras la broma aparente de estas palabras, adiviné un reproche mal disimulado por el poco rato que habíamos estado hablando. Me sabía mal pensar que aquel día, que parecía estar de tan buen humor, quizá hubiera sido el ideal para que me explicara detalles nuevos sobre su historia... Y hasta puede que para hablarle de la página de internet que había encontrado Olga. Pero yo no podía esperar más, porque casi eran las seis.

–Le prometo que mañana vendré toda la tarde, Ramón. Ya verá cómo además...

–¡No prometas lo que no sabes si cumplirás!

Suerte que me interrumpió con su sentencia, porque noté que había estado a punto de añadir detalles inconfesables a aquella promesa. Tenía en la punta de la lengua una cosa así como «... además, puede que encontremos alguna pista de Federico». Hubiera sido fatal porque no solamente habría levantado unas esperanzas que no sabía si existían sino que, además, me hubiera obligado a quedarme para explicarlo todo durante un buen rato.

–Hasta mañana pues, Ramón. Adiós, *Malatesta.*

Por todo saludo, el hombre me hizo un gesto con la mano, como si se quitara una mosca de encima; pero el gato no se dignó ni mirarme.

–¡Arnau!

No había pisado la calle y oí que me llamaban. Era la voz de Olga pero no la vi, porque no podía ni imaginar que me estuviera esperando en un coche delante mismo de la puerta de Ramón. Al darme cuenta, la ira y la sorpresa hicieron que los colores se me subieran a la cara, al mismo tiempo que unas cuantas palabrotas se me agolpaban en la boca. La sorpresa era por el coche y su acompañante, y la ira porque en seguida pensé qué ocurriría si Ramón asomaba la cabeza a la calle y veía que vigilaban su portal.

–¡Hola, Arnau!

El saludo de la madre de Olga, que movía la cabeza y una mano desde la ventanilla del conductor, me dejó mudo. ¿Qué pintaba allí aquella mujer? Olga sabía de sobra que odio las sorpresas. Con la mirada le pregunté qué significaba aquello, pero ella prefirió simular que no entendía mi gesto interrogativo y se limitó a sonreír:

–Venga, sube, que llegaremos tarde –me dijo.

–¿Y adónde vamos? –pregunté por decir algo y para ver si me aclaraba aquella inesperada situación.

–¿No te acuerdas? Te lo he explicado esta mañana... –Olga se había dado la vuelta y me miraba desde el asiento del copiloto, mientras su madre ponía en marcha el motor. Yo no tenía ni remota idea de qué me hablaba: cara de póquer–. ¡Es que no me escuchas cuando te hablo! –ahora, ¡bronca! Se trataba de un reproche tan habitual como incomprensible que fingí ignorar–. Ya te dije que ayer mi madre y yo consultamos internet –¡Precisión horripilante del plural, porque significaba que la historia de Ramón se iba propagando!–. La idea de llamar a Memoria y Dignidad fue suya, de mamá –confirmación de la conductora moviendo la cabeza; mirada furiosa a Olga desde detrás; gesto de fastidio de Olga, pero sin cambiar lo más mínimo el tono alegre de su discurso–. El caso de Ramón le ha interesado tanto que se ha ofrecido a acompañarnos para ver a Daniel Serrat...

Quería fundirme: ya teníamos en acción a toda la familia... ¡Bravo! Estuve a punto de preguntar si el padre de Olga, que vivía en Madrid, estaba tomando el primer avión para venir también, por aquello de que «cuantos más seamos, más nos reiremos». Como lo que pensaba no se podía decir en voz alta, cerré los ojos y me dejé caer en silencio sobre el asiento de atrás, en un nuevo gesto de rendición.

–Parecían muy buena gente, ¿verdad, Olga? –la señora debía de querer convencerme de que la situación no podía ser más agradable.

Me hice a un lado, para que no pudiera ver desde el retrovisor toda la rabia dibujada en mi rostro. Olga se dio la vuelta para mirarme con fijeza porque adivinaba que yo, atrapado y engañado, tenía un fuego encendido dentro de mí. Seguramente temía que soltara un grito, por mucha madre que hubiera, porque dijo:

–Ya verás como todo va muy bien y encontramos la solución al problema de Ramón, Arnau...

Yo estaba a punto de lanzar un «¡Olé!» sarcástico, entre taurino e infantil, pero su mano pasando por mi pierna como una caricia de disculpa disimulada frenó mi crispación.

–¡Mirad, ya hemos llegado! –exclamó entonces la señora, contentísima.

–¡Pues hala: bajemos todos! –solté, exagerando un ímpetu falsamente festivo.

Mientras la madre cogía el bolso y la chaqueta, me acerqué a Olga y le susurré:

–¿Por qué me has hecho esto?

–Venga, no me montes el numerito ahora... –me hablaba sin dejar de sonreír y mirando a su madre, que se acercaba–. ¡Si vamos con ella, seguro que nos hacen más caso!

Era un argumento extraño. Tan extraño, que hasta podía ser cierto.

Habían quedado citados en un bar del centro y, en el momento de entrar, como por arte de magia –las mujeres de aquella familia debían de tener un sexto sentido–, las dos exclamaron a dúo, después de una ojeada rápida al local:

–Tiene que ser aquel...

Y claro está, lo era.

Por vocación gregaria, yo las seguía, hasta que se plantaron ante un hombre joven que estaba sentado en un rincón del bar. No sé por qué había imaginado que el representante de una asociación como aquella sería un individuo por lo menos tan jurásico como Ramón... Pero no: era delgado, moreno, de facciones casi infantiles, con unos ojos negros escrutadores y vivos que levantó de sus papeles para mirarnos cuando ellas le sonrieron. La mujer preguntó:

–¿Daniel Serrat?

Nos presentamos y él nos invitó a que nos sentáramos alrededor de la mesa donde tenía sus cosas. Parecía que, mientras esperaba, había montado allí su despacho para adelantar trabajo, porque tenía un bolígrafo en la mano y un montón de hojas desparramadas que se apresuró a guardar dentro de una enorme maleta negra.

–Son exámenes de mis alumnos... –dijo mientras los recogía–. Me gano la vida intentando que los jóvenes aprendan a leer y escribir; con un éxito relativo, si he de decir la verdad...

Preguntó si queríamos tomar algo y en seguida entró en materia.

–¿Y por qué motivo os interesa contactar con MyD?

Entonces, la madre de Olga me sorprendió con un gesto inesperado, señalándome:

–Él, Arnau, sabrá explicarlo mejor que nadie...

¡Era la primera vez en mucho tiempo que alguien me cedía el honor de empezar a hablar! Me sorprendió tanto aquel detalle que me costó unos instantes reaccionar.

Expliqué todo lo que sabía sobre la historia de Ramón y le comenté mi relación con el viejo. Olga y su madre escuchaban en un milagroso silencio mientras él, de cuando en cuando, preguntaba cosas y pedía algunas explicaciones históricas que yo no siempre sabía responder; como, por ejemplo, si Ramón había continuado militando o en contacto con algún grupo anarquista después de salir de la cárcel. Se rió al saber que el gato del viejo se llamaba *Malatesta*, y yo también reí sin entender la gracia simbólica del nombre. –Parecía mentira, pero después de tanto tiempo aún no había encontrado el momento de mirar en una enciclopedia quién era Malatesta; mientras reía, me lo impuse como un deber inaplazable–. Lo que más le interesó, sin embargo, fue el trayecto que recorrieron en su incursión los libertarios de Ramón en 1949, que yo le detallé de memoria, precisando los nombres de todos los lugares, mientras él los anotaba en un papel.

–Te lo has estudiado bien, ¿eh? –se admiraba–. No tenía noticia de este intento de sabotaje...

A continuación, le hablé del desgraciado final de Manuel Segarra y de la obsesión de Ramón por encontrar a su hermano Federico, así como por conocer la identidad del posible traidor, que él creía que era un tal Arnal.

–Vayamos por partes... –había escuchado y ahora le tocaba hablar a él–. En primer lugar, quiero aclarar que Memoria y Dignidad somos un grupo de personas que no nos dedicamos a recuperar los restos de los abuelos perdidos para que la familia se consuele enterrándolos en la tumba familiar...

–Aquí no hay familia... –le interrumpí.

–Mejor, pues. Lo que quiero decir es que nuestro interés está en llenar el vacío histórico de una época y unos hechos que nos han sido ocultados, con los testimonios fiables, claros y demostrados de quienes los vivieron y tienen pruebas de primera mano. Somos, para que me entendáis, más que historiadores o cronistas, gente con una marcada ideología que reivindicamos a todas las víctimas anónimas que, desde la izquierda y desde los diversos grupos de perdedores de la Guerra Civil, hicieron posible que hoy vivamos bastante mejor de lo que vivieron ellos. Y reclamamos que, a través de la memoria de estos protagonistas, se reconozca la dignidad que la dictadura franquista les negó.

Era un discurso potente. Olga y su madre parecían a punto de aplaudir o de lanzar algún «¡Viva la república!» entusiasmado. Pero yo, que creía haberlo entendido bien, lo encontré un poco exagerado y hasta distante. Por eso, convencido de que no estaba allí para recibir lecciones sino para colaborar, dije:

–En la web decís que buscáis «donantes de memoria», ¿verdad? Pues yo os puedo proporcionar un donante inigualable.

–¿Qué garantías de veracidad tenéis? ¿Hay documentos?

Lo dijo con un gesto desconfiado, mirando a la madre de Olga, como si pensara que nosotros éramos unos jovencitos de poca monta y solo confiara en la palabra de una persona adulta. Por eso me apresuré a contestar:

–¿Cuántos camiones de papeles estás dispuesto a recoger? Eso, claro está, si Ramón os lo autoriza y acepta hablar con vosotros... Porque Ramón Sallent es un hombre que está bastante enfermo, posiblemente tenga un principio de Alzheimer...

–¡Alto! ¡Eso es grave! –me interrumpió, alarmado.

–Sí, pero lo que dice y, sobre todo –quise precisar, consciente de que le pondría el caramelo ante las narices–, la biblioteca que guarda y los papeles que ha escrito de todas la experiencias que vivió (yo he leído suficientes como para garantizar su interés) son un material único, muy personal. Lo elaboró y guardó con el propósito de que alguien, un día, lo utilizara para rescatar del olvido y dignificar la memoria de tantas víctimas de los tiempos oscuros que, como él mismo, fueron traicionadas por los Arnal de turno y condenadas al silencio durante años. El problema, Serrat, es que no dará ni mostrará los papeles al primero que pase si no tiene pruebas creíbles de lo que quiere hacerse con su material...

–Pero tú le convencerás, Arnau... –Olga ya llevaba demasiado rato en silencio y debía de notar que mi tono era un poco impertinente. Hice como que no la oía.

–... por tanto (y esto es importantísimo), me parece que solamente accederá si le podemos dar alguna pista o noticia de su hermano Federico, desaparecido en aquella acción frustrada en Aragón el año 1949. Convendría, pues, que se le ofreciera alguna garantía de búsqueda del hermano para que confiara en quien se propone hurgar en su pasado.

Mi discurso, extenso, preciso, quizá repetitivo y hasta un poco pedante, provocó su reacción inmediata:

–O sea, que hay dos nombres esenciales en esta historia: Federico Sallent, el hermano desaparecido, y el tal Arnal, el supuesto delator.

Acababa de dejar bien claro que sabía tomar apuntes, el profe.

–Exactamente –confirmé yo, satisfecho de haber conseguido que se me entendiese tan bien.

Y lo que propuso a continuación reconozco que decía mucho a su favor, porque demostraba que era un hombre con capacidad de decisión rápida. Una virtud que, por contraste conmigo, siempre he admirado.

–¿Y cuándo quieres que vayamos a ver a este hombre?

Yo no estaba preparado para un movimiento tan acelerado. Le expliqué que el viejo no sabía nada, ni de nuestra entrevista con él ni de la existencia de Memoria y Dignidad, que yo necesitaba tiempo para hacerle comprender que los propósitos de Serrat y su gente coincidían con sus intereses.

–Hablad con él en seguida y, cuando esté a punto, me llamáis, porque debemos movernos con rapidez, si dices que está enfermo. Podría ser que, en cualquier momento, le diera un ramalazo y lo quemara todo, se negara a hablar o la enfermedad le encerrara en un silencio absoluto.

Aquellas suposiciones hicieron que un escalofrío me recorriera el cuerpo. Yo no veía a Ramón tan mal, pero quizá sí que podía tener una recaída inesperada y definitiva. ¡Qué sabía yo de enfermedades!

–Mañana mismo le propondremos que nos veamos los tres... –Olga acababa de hablar y comprometerse alegremente, como siempre; además, se había incluido en una conversación que yo preveía complicada y difícil de aceptar para Ramón. La mirada de reproche que le lancé no pareció afectarla en absoluto–. ¿Adónde tenemos que llamarte cuando le hayamos convencido?

–¡Perfecto! –Serrat nos miraba satisfecho y le daba (¡a ella!) un papel con su teléfono particular–. Dispensad si antes he parecido brusco o receloso, pero es que ya he aprendido a no confiar en nadie cuando hablo de algunas cosas. El mundo está lleno de impostores y, sobre todo, de diletantes con ganas de protagonismo. Más de una vez nos hemos encontrado con mentirosos que montan falsas explicaciones para limpiarse la conciencia o, lo que es peor, gente «de los otros», de los vencedores, quienes desean borrar los rastros que comprometen el prestigio familiar; así es cómo se hacen pasar por quienes no son, «blanqueando» y adornando la historia particular o familiar y tergiversando la colectiva.

–¿Quieres decir que hay gente que miente y manipula para simular que los padres o los abuelos fueron quienes no fueron? –la madre de Olga se extrañó tanto como nosotros.

–¡O para demostrar que nada de lo que se dice que hicieron los vencedores es verdad! ¿No habéis oído hablar de los desgraciados que niegan la existencia de campos de concentración nazis? Pues ¿qué no harían si en algún nuevo descubrimiento encontraran que se «ensucia» el nombre de un familiar que fue verdugo o delator y que hubiera provocado la muerte o la desaparición de vecinos o conocidos? Se han dado casos que, si yo os contara... Ya veréis, dentro de unos años, cuando se hable de la guerra de Iraq: ¡Nadie habrá dado la orden de invasión! ¡Todos serán inocentes! Hay gente que no tiene escrúpulo alguno para mentir, porque confían en la desmemoria, que es lo que nosotros combatimos...

La conversación tenía cautivadas a Olga y a su madre, que no se cansaban de pedir detalles sobre las investigaciones de MyD. Lo cierto es que sí, cada vez era más interesante, pero yo ya solo era capaz de pensar en cómo me las ingeniaría para evitar que Olga y Ramón se encontraran y en cómo podría convencer al viejo de la entrevista con Serrat.

–Disculpad, pero se me está haciendo tarde... –interrumpí con la intención de poder hablar un momento a solas con Olga, que me miró como si hubiera roto la magia de la situación con mis vulgares palabras.

–Sí, Arnau, tienes razón... –era la segunda vez que la mujer me hacía caso: empezaba a gustarme, la madre de Olga.

19

–¡No sé qué tiene de malo que quiera ayudarte! –ahora estábamos solos en la calle; su madre se había marchado con el coche y Serrat seguía en el bar, corrigiendo: ya podía echarme la bronca, como de costumbre–. ¿Crees que podrás tú solo con Ramón y su historia?

Pasaba por alto que, a traición, hubiese metido en el asunto a una madre extrañamente discreta; aceptaba que hubiera quedado con Serrat para «vernos los tres», incluyéndose en la conversación, y hasta que fuese ella, si quería, quien le avisase de que Ramón estaba dispuesto a hablar y a grabar su historia para Memoria y Dignidad. Ahora bien: acompañarme a su casa cada día «para intentar convencerle entre los dos lo más deprisa posible», no, de ninguna manera, porque yo sabía que de aquella manera se estropearía todo el plan.

Pero resulta difícil razonar con alguien que ha nacido convencido de tener siempre la razón, en exclusiva. A pesar de que lo intenté y me esforcé, hablándole con toda la calma del mundo:

–Pero, Olga, ¿no ves que Ramón puede salirnos con cualquier disparate y mandarnos a la mierda para siempre si ve que nos metemos en sus cosas todos: tu madre, Serrat, tú, yo y un montón de desconocidos? Debemos ser prudentes. Empezaré hablándole sin prisas, dando un rodeo por las historias que a veces cuenta...

–¡Y nos darán las uvas de fin de año, con tus rodeos! Ya has oído a Serrat: ¡es urgente!

No había manera. No confiaba en mí y decía que era yo quien no confiaba en ella...

–¡Sí, Arnau, sí! Muchos rodeos y mucha prudencia, pero lo que pasa es que no confías en mí y te portas de nuevo como una criatura. ¡Crees que Ramón es tu abuelo y te da miedo que te lo quiten! –estaba cogiendo velocidad y no había quién la parase–. Hablas de calma y prudencia pero, en cuanto pierdas la paciencia, ya te veo diciéndole: «Venga, Ramón, que hay aquí un grupo de gente que quiere que les explique sus batallitas!». ¿Es así, verdad, como lo harías tú? ¡Pues yo no!

Desbocada, disparada. Ya estaba fuera de sí, y yo notaba que por dentro me crecía poco a poco aquel calor que precede siempre a uno de mis ataques de furia. No quería acabar como siempre, ella por un lado y yo por otro. Y entonces sonó mi móvil, como una campana que marca el final de un asalto en el *ring* segundos antes del k. o. definitivo.

–¿Arnau?

Todavía retumbaban en el aire los gritos de Olga cuando la voz de Ramón, tenue y como llegada desde una galaxia lejana, me habló:

–Lo siento... Yo no sabía que... No quería...

–¿Se encuentra bien? –preguntaba yo, mientras Olga acercaba su cabeza a mi oreja para seguir la conversación.

–Sí... No... Bien... Estoy cansado...

Si me llamaba quería decir que había salido de su casa; y a aquella hora no era normal que anduviera por las calles, si no quería volver a organizar un nuevo espectáculo que acabase con el doctor Pamplinas poniendo orden y los vecinos aclamándole, como la otra vez.

–¿Dónde está usted ahora, Ramón? ¡Vuelva a casa!

La preocupación provocaba mis gritos, mientras Olga me reprochaba entre dientes, irónica: «¡Mucha calma, tú!».

–¿Vendrás? Ya hace días que te esperamos...

–¿Adónde tengo que ir?

Y entonces se produjo un silencio largo. Aquello me indicaba que el hombre debía de andar perdido. Olga adivinó mi desconcierto y, cuando ya estaba a punto de arrebatarme el teléfono, una voz que no era la de Ramón me chilló en la oreja:

–¡Arnau, chico! –reconocí de inmediato a Antonia, la vecina inevitable–. Ramón ha insistido en llamarte porque dice que tú tienes unos papeles suyos o no sé qué... Pero ahora parece que ni se acuerda y vuelve a hablar de Federico. No te apures, que yo misma le acompañaré a su casa –entonces oí que se dirigía a Ramón–: Va, Ramón, que llamaremos al doctor Giralt para que le dé algo...

Y colgó.

Olga me miraba con ojos interrogantes quizá porque no había oído la última frase de la mujer. Yo la miraba perplejo, y ella estaba también desconcertada... Pero, por suerte, se me ocurrió una manera de evitar que las cosas se complicaran más todavía y que saliéramos corriendo a casa de Ramón para encontrarnos todos, doctor Predilecto incluido, y confirmar que yo solo no era capaz de cargar con la responsabilidad de aquel hombre.

–Está en casa de la vecina –improvisé primero y después mentí–: cenará con ella... Me ha llamado para saber si mañana iría a visitarle... Parece un tanto perdido.

–¿Crees que deberíamos ir a verle ahora...?

–No... No hace falta. Antes, cuando le he dejado, estaba perfectamente... –esquivé la cuestión, preocupado, y queriendo convencerme a mí mismo; pero la cagué de nuevo al añadir–: Ya verás como mañana está la mar de bien.

–Sí, tú lo acabas de decir: «veré». ¡Por fin admites que es mejor que te acompañe!

Con esta última palabra firmó la paz con la que concluía una tarde bastante movida.

De camino a casa, convencida de que había ganado, cogía mi mano con fuerza, en silencio y, de cuando en cuando, me sonreía y se paraba en mitad de la calle para darme un beso que me desarmaba. Yo procuraba disimular mi preocupación por Ramón y me impuse no decir ni una palabra más sobre el tema, para no empeorar las cosas. Realmente quería creer que la situación estaba bajo control y que, con toda probabilidad, en aquel instante en que Olga me besaba de nuevo, Antonia y el doctor Sonrisitas calmaban el malestar de Ramón y sus obsesiones con cuatro palabras amables y un plato de sopa. Y que después dejarían a *Malatesta* de guardia, superados los instantes de desvarío del dueño que el gato ya debía conocer. Pero, a pesar de la intranquilidad que taladraba una parte de mi cerebro, me sentía feliz al pensar que el doctor Glamour estaba allí, haciendo el trabajo que le tocaba, mientras Olga caminaba a mi lado mostrando una ternura que ni él ni nadie sentirían jamás con aquella intensidad que iba inundándome y borrando todos los problemas y disparates del mundo loco.

–Date prisa, Arnau, que quiero estar en casa a la hora de la cacerolada.

Acababa de mirar el reloj y despertarme de los sueños enamorados, pero tenía razón. Desde el domingo, después de empezada la invasión de Iraq, cada noche a las diez muchas casas apagaban las luces y la gente salía a los balcones y a la calle para hacer ruido con las cacerolas en una forma de protesta que se había ido extendiendo. Yo no lo había hecho nunca, pero lo había visto cuando volvía a casa después de acompañar a Olga. No había participado en aquellos conciertos y la verdad es que me parecían un poco esperpénticos y absolutamente inútiles, aunque nunca lo dije. Aquel día tampoco, claro. Me limité a dejarla en la puerta de su casa y aprovechar un autobús que cacé al vuelo. Quería cenar y descansar un poco para, si podía ser, olvidarme un rato de Ramón y de todo el montaje que nos esperaba, y también para emprender la lectura indigerible de *La Colmena*, que tenía atrasada y atravesada.

Al girar la esquina de mi calle vi una escena inesperada que estuvo a punto de provocarme un ataque de risa.

Mi hermano Roger estaba en el balcón, entusiasmado, volcado hacia la calle, golpeando dos tapas de olla con toda su alma. Al verme, se puso a gritar al ritmo de sus platillos: «¡Ar-nau! ¡Ar-nau!». Pero lo más impactante de la estampa fue ver a mi madre con dos cucharones y, sobre todo, a mi padre: de pie, al lado de los geranios, clavando golpes furiosos con dos cazos que ya había abollado, preso de una exaltación inimaginable que solo disminuyó para gritarme:

–¡Mira al filósofo! El mundo se hunde y él, peripatético, paseando y preguntándose qué debe de ser la felicidad.

Fue uno de aquellos momentos en los que me hubiera gustado agarrarlo por la solapa y gritarle: «Mira, guapo, tú ve haciendo el *progre* tocando la batería a oscuras, que yo paso de gestos simbólicos y me dedico a la lucha práctica de verdad!». Entonces hubieran visto que yo podía ser tan peripatético como quisieran, pero que él era más bien patético.

Subí las escaleras a toda mecha para coger una paellera y una cuchara de madera y formar un dúo con mi hermano Roger, que parecía ser el que mejor se lo estaba pasando.

–¡Caramba, Arnau! –mi padre no se rendía nunca–. ¿Ahora resulta que también tú tienes conciencia ciudadana?

–Pero... Pero... ¿Qué haces con la paellera nueva, niño? –me abroncó inesperadamente mi madre.

–¡Vaya! –remachó él–. Por una vez que intenta representar el papel de ciudadano responsable, ¡va y se equivoca de instrumento! Chico, ¡eso es falta de práctica!

Por un pelo no le tiré a la cara las palabras que estaba pensando («¡Vete a la mierda, pelmazo!»). Pero dejé la paellera nueva en el suelo y, dando palmadas con la misma furia que si la emprendiera a tortazos con alguien, dije en voz muy alta:

–Qué suerte la nuestra, ¿eh, Roger? ¡Con este padre tan gracioso que nos ha tocado, ya no nos hace ninguna falta ir al circo para reírnos con los payasos!

Mamá me dio un codazo, Roger me miró extrañado y él simuló no haberme oído. Pero la cosa no terminó allí.

Mientras yo protestaba por la guerra de Iraq, más cerca, a poca distancia de casa, empezaba otra más modesta y menos salvaje, que me convertiría a mí en blanco de los disparos. Lo supe al cabo de un rato, cuando ya habíamos cenado y yo estaba en mi habitación, intentando huir del mundo con el libro en las narices. Mi hermano abrió la puerta y, con sonsonete, dijo:

–Tu novia... Quiero decir: Olga al teléfono.

No era normal que llamara a casa a aquella hora. Algo había ocurrido. Olvidé la provocación de Roger y pegué el aparato a mi oreja.

–Hola, Arnau. Te llamo porque hace un rato he hablado con el señor Armengol. Dice que le ha llamado el doctor Giralt explicando que Ramón estaba muy mal y que le parece que ya no puede quedarse solo ni un momento, que conviene buscarle una residencia o una clínica...

–¿Armengol? ¿Y ese quién es? ¿Giralt? ¿Ramón? –tanta gente no me cabía en una cabeza llena de personajes absurdos que se encontraban en un café para hablar y hablar sin ningún motivo–. ¿Qué puñetas pasa?

Rápidamente me puso al día. El doctor Intromisiones había visitado a Ramón, alertado por Antonia, y había decidido avisar a la Asociación de Ayuda a los Abuelos contando que el viejo había empeorado y necesitaba que alguien le atendiera de continuo. Cosa que daba a entender que querían librarse de mí. Esto fue lo que me cabreó.

–¿Y por qué no le dices al doctor Tostón que deje de tocar las narices?

–¡Déjate de sarcasmos y de celos, Arnau! ¿Qué hacemos con Ramón?

–¡Y yo qué sé! Si el tal Armengol y el doctor Sabiondo quieren encerrarle, trabajo tendrán para sacarlo de su casa...

No, yo no estaba en mi mejor momento. Necesité unos cuantos gritos de Olga para situar el cerebro en plan aproximadamente racional y aceptar que, a la mañana siguiente, debía ir a la casa del viejo –«los dos, tú también, de acuerdo, vale»– para saber qué pasaba y tomar alguna decisión.

–La posibilidad de saber algo de Federico puede que le haga reaccionar, ¿no crees?

Yo no lo había pensado, pero lo que decía Olga parecía razonable.

–Sí –contesté–. Mañana, a eso de las ocho y media, nos vemos delante de casa de Ramón, ¿vale?

Colgué el auricular después de que me confirmara la cita y me enviase un beso telefónico que podría haber calmado un poco la velada.

Pero no fue así, porque yo no me había dado cuenta de que, en aquel mismo momento, mi padre pasaba ante la puerta de mi habitación y que, al oír la última frase que yo pronunciaba, volvía atrás para sacar la cabeza y preguntarme:

–¿Qué? O sea que mañana nos saltaremos las clases y montaremos una juerga matinal en casa de ese tal Ramón, ¿no?

Y se armó.

–¡Basta! –chillé, y en casa hasta el aire quedó en suspenso–. ¡Ya estoy harto de estos comentarios!

Mamá apareció al instante, asustada por mis gritos. Papá, sorprendido, se había arrinconado de espaldas a la pared, quizá pensando que me iba a tirar encima de él. La escena, pensada hoy, era más bien cómica: tristemente cómica.

–¿Qué pasa, Arnau? ¿Qué tienes, hijo?

Estaba seguro de que él contestaría a las preguntas de mi madre con alguna de sus frases geniales para explicar que yo me había vuelto loco del todo, como ya hacía tiempo que él profetizaba. Pero no: continuaba mudo y mirándome con los ojos muy abiertos.

–¿Alguien puede explicarme qué está pasando? –mamá perdía la paciencia; nos miraba ahora a mí, ahora a él.

–Nada... –contesté, intentando acabar con la escenita–. Me he puesto nervioso porque papá cree que soy un imbécil y un inútil que vive a su costa. Y yo ya estoy harto de sus insinuaciones y de oír siempre reproches... Que no sabe nada de mí. Que no sabéis nada de mí...

–Porque no nos explicas nada y pasas por casa como un fantasma...

Mi madre, claro, le defendía. Pero yo no estaba dispuesto a aguantar más. Y entonces lo solté todo como una catarata. Expliqué con pelos y señales quién era Ramón, qué hacía yo corriendo de un lado a otro, adónde habíamos ido aquella tarde con la madre de Olga (la aparición de un adulto les derrotó) y qué nos proponíamos, si la cosa con los de MyD funcionaba.

Yo hablaba y hablaba como si me diesen cuerda, como si necesitara vaciarme de todo lo que llevaba dentro desde hacía semanas. Y ellos escuchaban en silencio, ¡por primera vez, mi padre en silencio!, sin interrumpirme ni una sola vez, solamente abriendo de par en par los ojos, desconcertados, sorprendidos de compartir techo, casa y comida con un extraño que era su hijo, pero que al mismo tiempo les resultaba un desconocido.

Podría haber estado hablando horas y horas de mis dudas, mis idas y venidas con Olga, las sorpresas y sustos que me daba Ramón, el tostón del doctor Liante y los mil descubrimientos recientes... Porque, mientras soltaba desordenados retazos de mis experiencias, noté que me gustaba mucho tenerlos allí escuchando, mirándome y descubriendo que yo no era ya el niñito inconsciente que ellos creían.

Pero frené mi discurso cuando mi hermano Roger, que había estado escuchando un buen rato con la boca abierta y seguro que sin entender nada, debió de pensar –por el tono del mitin que yo estaba soltando– que la cosa acabaría con un tortazo para cortar mi insolencia, y aprovechó una pausa breve para decir, tímidamente, como si tuviera miedo de interrumpir:

–Bueno... Me voy a la cama, ¿eh?

Y entonces nos dimos cuenta de que ya eran más de las doce y media.

20

–¿Y dices que al final tu padre te pidió disculpas? –Olga había estado escuchando el relato minucioso de lo ocurrido la noche anterior, casi tan sorprendida como yo mismo lo había vivido.

–A su manera, sí, porque cuando ya me iba a dormir se acercó muy serio para decirme, en un tono que le desconocía: «Si necesitas algo, dínoslo, Arnau». No te imaginas el mazazo que fueron para mí aquellas palabras. Hasta me costó dormirme. ¡Si aún parece que le estoy oyendo! Y esta mañana, cuando salía, ha bromeado de una manera diferente de las otras veces. Ha insistido: «Que encuentres a tu maquis, chico. Ya sabes que, si puedo ayudarte...».

–O sea: que no son tan monstruosos como decías...

Yo mismo no me explicaba aquel cambio. Quizá mis padres eran también unos desconocidos para mí, como yo lo era para ellos. En cualquier caso, algo había cambiado desde aquella noche. Algo que me hacía sentir más tranquilo y que me permitía encarar de otra manera los problemas que teníamos pendientes con Ramón. Pero en aquellos momentos yo aún no había digerido la novedad. Estaba tan sorprendido que me resultaba difícil pensar en la nueva versión de padres que se me acababa de aparecer, y por eso me dije que lo mejor sería dejar de darle vueltas y que el tiempo aclarase cuáles eran los de verdad.

–Y ahora, en cuanto lleguemos a casa de Ramón, ¿qué haremos? –dije, para cambiar de tema.

–Veremos qué nos encontramos... Tú tienes llave de la casa, ¿verdad?

Al entrar, todo estaba en silencio y casi a oscuras, con Ramón sentado en el comedor y *Malatesta* en su regazo. El gato debió de vernos antes que él, porque pegó un salto y se acercó a mis piernas dando a entender que quería salir a la calle.

–Buenos días, Ramón.

Le saludé sin levantar la voz, aunque yo sabía que estaba despierto. Él no me respondió.

–Qué, ¿ya estamos de malas pulgas por la mañana? –le pregunté, acercándome, y vi que tenía los ojos entornados–. Tenemos sueño, ¿no?

Olga parecía extrañada de que yo le hablara de aquella manera un poco provocativa, pero así era como acostumbrábamos a dialogar él y yo. En aquella situación insegura, lo peor hubiera sido que Ramón pensara que le trataba con la delicadeza forzada que se suele emplear con las criaturas y con los enfermos. Entonces él movió ligeramente la cabeza para soltar:

–¿Qué quieres tú ahora?

La pregunta era más complicada de lo que parecía porque yo no sabía quién era aquel «tú», si yo mismo o cualquiera de los fantasmas del pasado que visitaban su mente desbaratada. Y entonces, como no parecía haberse percatado de la presencia de Olga, y yo temía su reacción, una idea me pasó por la cabeza como un relámpago y viajó hasta mis labios a gran velocidad:

–Ya ha visto que ha venido Olga conmigo, ¿verdad? –se revolvió para clavarme los ojos como si quisiera fulminarme–. No se altere, ¡hombre!, que le trae una noticia sensacional: ¡dice que tiene la posibilidad de encontrar una pista de Federico!

Sí, es verdad que fue una forma arriesgada y brutal de hacerle reaccionar. Lo vi en el rostro de Olga que, con la boca abierta por el pánico, balbuceó unos segundos. Pero yo no la dejé que empezara a hablar y continué, fabricando una de mis mentiras mas espectaculares.

–Verá, es que ella está preparando un trabajo de Historia y ha tenido que buscar información por las bibliotecas y por internet sobre investigadores y grupos de gente que buscan e intercambian noticias del tiempo de la guerra y la posguerra. Y, ¿a que no sabe qué ha encontrado? Pues una asociación que se llama Memoria y Dignidad, dedicada a recoger datos y recuperar el rastro de luchadores desaparecidos y gente represaliada por el franquismo. Podríamos pedirles que nos echaran una mano para encontrar a su hermano, ¿no le parece? –y sin esperar su respuesta me volví a mirar a Olga, todavía no recuperada de su espanto ni, probablemente, de mi infinita capacidad de inventiva, para preguntarle–: ¿Tienes aquí la información que me enseñaste?

Revolvió en su bolsa y acabó moviendo la cabeza para negar, pero todavía seguía muda.

El hombre también me miraba silencioso.

–¡Venga, Ramón! –el humor siempre había sido una buena manera de salvar las situaciones comprometidas entre él y yo–. ¡No ponga esa cara de ogro, que Olga se echará a llorar de miedo y no podré consolarla!

Yo mismo me oía hablar y me extrañaba del atrevimiento y la aparente seguridad con que estaba actuando. Algo en mi interior me daba ánimos para seguir hablando, disimulando mis temores.

Y entonces se produjo la reacción que ya preví al observar cómo se movía y le temblaba el labio inferior. Conocía aquel gesto que precedía a una explosión de emociones.

–¿Dices que puedes encontrar a Federico?

Se dirigía a una Olga que parecía desconocida por lo mucho que le costaba hablar.

–Lo intentaremos... De hecho, lo único que necesitamos para empezar es que usted quiera...

Hablaba tímidamente, y por eso le asustó tanto como a mí la reacción del viejo, que cambió su actitud de golpe:

–¿Estáis locos o qué? ¡Claro que quiero, tontainas! –Olga se amedrentó por el repentino impulso, pero yo sonreía y pensaba «¡este es mi abuelo *heavy*, sí señor!», porque ya le veía embalado–: ¿Adónde hay que ir? ¿Con quién hay que hablar? ¿Quién es esta gente que se dedica a eso? ¿Ex represaliados? ¿Hay algún libertario? ¿Tienen contactos con el exilio francés? Pero ¿no serán politiquillos, de esos que salen por la tele, que ahora quieren aprovecharse de nuestra lucha y de nuestros sufrimientos?

Estaba de pie y gesticulaba con furia y convicción. Luego empezó a andar hacia el pasillo dispuesto a ir adonde fuera, de inmediato, sin dejar de discursear con su voz potente de los mejores momentos.

–... porque, si se trata de aprovechados parásitos de esos que escriben libros contando medias mentiras, no hablemos más: ¡que les parta un rayo! Pero si es gente seria y formal, como los buenos anarquistas de mis tiempos, que garanticen la defensa de la verdad sin miedos ni relaciones ocultas con ningún poder o interés, ¡quiero conocerles en seguida!

Ya estaba en la puerta de su despachito y nos hablaba agitando una de sus famosas carpetas de documentos, dispuesto a salir de inmediato para entregársela como primer testimonio a los de Memoria y Dignidad.

–¡No se me excite tanto, Ramón, no sea que le dé un soponcio! –me reía yo, contento del efecto de mi maniobra modestamente astuta–. ¿Adónde va a ir en pijama, hombre de Dios?

Entonces, quizá para soltar la tensión de aquel rato, Olga se rió y el viejo también.

–Llevas razón, chaval... ¡Pero me visto en seguida y nos vamos volando!

–Ahora no encontraríamos a nadie, Ramón –Olga por fin se sumó a la conversación, con la lección de las pequeñas mentiras bien aprendida–. Mire, yo tengo el teléfono para llamarles, porque ayer ya hablamos con ellos y nos dijeron que les interesaba conocerle...

Estaba tan emocionado que pasó por alto que yo hubiera divulgado su historia, no tan solo a Olga, sino a otros desconocidos también.

–Y será mejor que, antes de ir a verles, prepare una selección de papeles y documentos: debemos mostrarles pruebas para que no crean que es usted un viejo que chochea.

En aquel momento nos sobresaltó el timbre de la puerta: ¡era Antonia!

–Hola, chico –por suerte, la vecina fisgona hablaba en voz baja, pero se metía dentro sin pedir permiso ni que nadie la invitara–, he oído voces y he pensado que debía de haber llegado el médico, que me dijo que pasaría a primera hora de la mañana...

El anuncio de aquella visita me provocó una mueca de fastidio, pero no tuve tiempo de decir lo que pensaba porque ella puso en marcha su rollo infinito:

–¡Qué noche, Dios mío, qué noche! –¡empezaba el teatro!–. ¿Se ha levantado ya Ramón? ¡Es que he dormido con una congoja! Porque el médico me dijo que estuviera al cuidado, por si se oía ruido y era Ramón dando un mal paso, ¿sabes? ¡Ah!, hola, niña –acababa de ver a Olga que, astutamente, cerró la puerta del comedor a su espalda para interceptarle el paso. La repasó de arriba abajo para después mirarme a mí y sonreír con una cierta malicia sin parar de murmurar–, veo que no estás solo... Mejor. Bueno, lo que os decía: el doctor Giralt me pidió por favor que si oía algo le llamara en seguida y que si no le encontraba avisara a una ambulacia para que lo llevase al hospital. Yo no quería aceptar, porque era como hacer guardia –«¡Si es tu vocación inconfesable!», pensé– y una gran responsabilidad si pasaba algo. Pero no, ya digo, parece que ha estado muy tranquilo después de la inyección que le puso. ¿Duerme todavía?

Al unísono, Olga y yo afirmamos moviendo la cabeza. Ahora las mentiras nos salían a coro.

–¡Si supierais qué follón hubo ayer! –la mujer no parecía dispuesta a irse, y yo temía que Ramón sacara la cabeza en cualquier momento o pegara un grito con tanto secreteo–. Se presentó en mi casa pidiendo que le dejara telefonear, que fue cuando te llamó a ti –me señalaba–. Y de golpe, cuando parecía que se iba a marchar, empezó a preguntar si había visto a Federico... Ya estaba armada, porque cuando empieza así se le va el santo al cielo y no baja hasta que Dios no quiere. ¡Pasé un rato fatal, niños! Hasta que pude llamar al doctor Giralt en un momento de distracción y, al cabo de un buen rato de atormentarme con sus líos, llegó, le puso la inyección y se durmió. Después vino aquel señor tan amable... ¿Cómo se llama? ¡Ay, que a mí también se me va la cabeza! Sabéis de quién hablo, ¿no?

De nuevo afirmamos moviendo la cabeza, porque debía de estar refiriéndose a Armengol, el de la Asociación de Abueletes. Pero como lo que explicaba entonces ya lo sabíamos, corté su rollo en seco, sorprendiéndola después de tanto rato.

–Sí, bien, Antonia... Pero ahora estamos aquí nosotros... –le hablaba con la mano abriendo la puerta de la calle, para darle a entender que ya podía ir saliendo.

Pero aquello debía de ser una insinuación demasiado sutil para una mujer obstinada en no perder la oportunidad de meter la nariz en todas partes. Por eso empecé a abrir y, en ese momento, alguien empujó desde fuera: un poco más y me caigo; el movimiento brusco me lanzó contra el paragüero que sonó «¡clonc!», al chocar con la pared.

Era el doctor Jeringuilla, por supuesto: ¡Quién iba a ser si no!

–¡Oh, doctor! ¿Se ha lastimado usted?

Aquella mujer no solo era una vieja metomentodo, sino que también era insidiosamente estúpida: ¡El tortazo me lo había llevado yo y ella consolaba al doctor Oportunísimo a quien, ya hacía muchos días, la tierra debiera haberse tragado!

–¿Qué hacéis aquí? –preguntó el doctor Controler, extrañado de encontrarnos allí a aquella hora.

–¡Vacaciones! –le solté en las narices, acompañando la explicación con una sonrisa forzada de vendedor plasta a domicilio–. Es que no sabíamos adónde ir, si a la playa o a la montaña, a bucear o a escalar, y nos hemos dicho: «¡Venga, vamos a casa de Ramón, que se está de vicio!».

Suspiró, soltó una mueca y se dirigió a Olga: yo volvía a ser invisible.

–¿Has hablado con el señor Armengol? ¿Te ha dicho que Ramón está peor cada día que pasa?

Yo estaba a punto de meterme en medio de los dos y chillar «¡Eeeoooo!», para comprobar si en verdad tenía el don de la invisibilidad. Pero la vieja, que no estaba dispuesta de ninguna manera a perder la oportunidad de interpretar un papel principal en aquella reunión, se puso a explicarle al doctor Simpatía su rollo, que empezaba con la ya famosa frase de «¡Qué noche, Dios mío, qué noche!». Y él, como tenía que simular que era extremadamente educado, aguantó el chaparrón pesadísimo de la vieja fisgona, intentando en vano meter baza para hacerla callar.

La cosa no dejaba de resultar divertida. El problema era que la chismosa iba subiendo el volumen de su perorata para dar más veracidad a su monólogo. Y, claro está, fue inevitable que al fin Ramón sacara la cabeza para preguntar:

–¿Qué puñetas es este follón?

De todo lo que había oído en los últimos minutos, aquellas fueron las palabras más sensatas. Por eso me daba tanta risa que el doctor Alarmas insistiera en que Ramón estaba tan grave.

–¡Vaya! –dije con sarcástica mala fe–. ¡Ya le habéis despertado!

Ramón me miró, dejando claro que no entendía nada de lo que pasaba ni de lo que yo decía, y Olga puso cara de disgustada por mi nueva mentira.

–Pero ¿nos vamos o no en busca de Federico?

–¡Ya estamos otra vez! –se quejó la vieja, como si anunciar una nueva tempestad le hiciera feliz.

El doctor Vigilancias se sobresaltó.

–¿Adónde cree usted que va, Ramón? ¡Tiene que hacer reposo! –y entonces, viendo que se le presentaba una buena ocasión para meterse conmigo, se dio la vuelta para mirarme por primera vez desde el tortazo de la puerta–: ¿Qué le has dicho? ¿Dónde le pensabas llevar?

–Díselo tú, Olga... –pensé que aquella era mi gran oportunidad de obligarlos a enfrentarse y ver cómo se las arreglaban discutiendo.

Pero la suerte me dio la espalda; porque Olga, después de intentar explicar lo que habíamos hablado con Ramón, se arrugó en seguida bajo el peso de la sabiduría científica cuando el médico empezó a soltar su discurso lleno de palabras clave como «imprudencia», «ignorancia» y «responsabilidad profesional», insistiendo hasta que ella claudicó:

–Tiene razón, Arnau...

No lo suficientemente contento con ponerla en mi contra, el doctor Chafaguitarras se dirigió a Ramón con una actitud asquerosamente paternalista:

–Ya encontraremos a Federico, Ramón, no se apure... Venga, ahora lo que tiene que hacer es descansar, tomar la medicación, tal como acordamos con el señor Armengol, y seguir al pie de la letra los ejercicios que le he anotado en estos papeles –le entregó unas hojas–, que yo pasaré cada tarde a ver qué tal se encuentra...

Ramón le escuchó mirándole con fijeza. No sabíamos si le mandaría al garete o se rendiría agachando la cabeza. Pero parece ser que el doctor Puñetas tenía el día de suerte, porque el viejo se encaminó hacia el comedor sin decir nada.

–Me voy, que tengo más visitas... –dijo el médico, contrariado–. Volveré a pasar por la tarde o por la noche. Antonia, usted tiene mi teléfono, por si ocurre algo...

–¡Un momento, Giralt! –no pude aguantar más y, a pesar de que Olga se agarraba a mi brazo para hacerme callar y frenarme, le cerré el paso–. ¿Esto quiere decir que yo no pinto ya nada aquí? ¿Y se puede saber quién lo ha decidido?

–Mira, Arnau –respiraba como si estuviese muy cansado o le costase hablar–, mi opinión profesional es que las crisis de Ramón son demasiado frecuentes como para que siga viviendo solo. Necesita contar con alguien que lo cuide. El problema es, como ya debes saber –me hablaba igual que si yo fuera una criatura–, que no resulta nada fácil encontrarle un lugar. Eso es lo que estamos haciendo el señor Armengol, de la Asociación, y yo. Pero mientras no podamos internarlo, hemos decidido que él buscará a alguien que tenga la posibilidad de estar aquí día y noche, viviendo con Ramón y cuidándole. Vosotros –ahora también incluía a Olga en sus decisiones: ¿cómo iba a tomárselo ella?– estudiáis, tenéis que asistir a clase en el instituto, vivís con vuestras familias... En fin, que no podéis cargar con esta responsabilidad. Lo siento...

Dejé que soltara su discurso de sabiondo porque, mientras hablaba, Olga iba diciendo «sí, claro» a cada instante, como hipnotizada por el doctor Magia. Me hubiera gustado responderle que era posible que la salud del cuerpo de Ramón también dependiera de su estado de ánimo, y que nosotros conocíamos la manera de mantenerle el espíritu despierto y vivo. Pero no tuve tiempo, porque después de la disculpa final salió a la calle como una exhalación.

Nos quedamos con Antonia plantada como un semáforo ante nosotros, mirándonos como si la hubiesen investido con la categoría de guardián del castillo encantado, mientras Olga y yo nos manteníamos en un silencio de triste derrota que no se rompió hasta que oímos a Ramón gritar:

–¡Amalia! ¡Amalia!

–¡Aquí tenéis vuestra medicina! –exclamé cabreado.

21

Yo me negaba a que una mañana, que había empezado optimista, acabase de aquella manera. No pensaba abandonar a Ramón, por más medicuchos, armengols y antonias que se entrometieran. Por eso, para demostrar que allí todavía era alguien, decidí jugar fuerte:

–¡Vamos, Olga!

–¿Quieres marcharte? –se extrañó Olga, creyendo que había decidido abandonar.

–¡Sí, pero con Ramón!

–El doctor ha dicho que yo... –Antonia temía que le arrebatásemos el papel principal escrito por el doctor Chulesco.

–Sí, señora, el médico puede decir todo lo que quiera. ¡Hasta puede tocar el clarinete, fíjese usted! Pero ahora, nosotros iremos a la barbería con Ramón –guiñé un ojo a Olga para que comprendiera mi nueva mentira–. ¿O es que no ve qué pelos lleva el hombre? ¡Venga, Ramón, abríguese!

Volvía a estar sentado, acurrucado como un animal temeroso, lejos de este mundo, con la mirada perdida. En un primer momento temí que no le pudiéramos mover.

–Ramón, Amalia nos ha dicho que le acompañemos a la barbería...

Con aquellas palabras, Olga demostró que ya dominaba la situación como una perfecta mentirosa experimentada, a pesar de ignorar qué me proponía.

–Sí... Claro... –aceptó él con toda naturalidad.

Fue relativamente fácil convencer a la vecina de que lo mejor que podía hacer era irse a casa para descansar «después de la noche que ha pasado», le dije yo, malicioso, para alimentar su victimismo. Y, persuadido por las maneras dulces de Olga que le tomó del brazo, hablándole en voz baja al oído, conseguimos salir a la calle.

–¿Y adónde vamos, Arnau? –preguntó ella, intrigada.

–Se me ha ocurrido una idea que, si funciona, te demostrará que tu doctor Camándulas está en la parra y no entiende nada de lo que le pasa a Ramón. Iremos a la biblioteca municipal.

Mientras caminábamos a un paso exasperantemente lento, porque parecía que de golpe Ramón había cargado cincuenta años más a sus espaldas, les expliqué –aunque él no parecía enterarse de nada– que tenía la intención de enseñarle la página web de MyD para hacerle reaccionar.

–¡Será un tratamineto de choque!

Olga lo había dicho con una cierta desconfianza en el resultado, pero después tendría que admitir que mi idea había resultado bastante acertada.

Dejando a un lado las miradas de extrañeza y curiosidad que soportamos al entrar, porque parecía que literalmente arrastrábamos a un abuelo –alguien podía incluso pensar que lo secuestrábamos...– fue cosa de poco rato que Ramón «volviese» al mundo real. Quizá hasta regresó con una excesiva fuerza, si tenemos en cuenta que nos vimos obligados a abandonar la biblioteca antes de lo que hubiéramos deseado, porque nos echaron.

Al principio, cuando nos sentamos ante el ordenador, Ramón estaba fuera de juego: no debía de saber ni adónde lo habíamos llevado. Pero todo fue empezar a explicarle lo que le pasábamos por la pantalla, y comenzar él a tomar conciencia de lo inmediato. Al principio fijaba la vista y balbuceba, sorprendido; hasta que preguntó, con la voz ya recuperada, lo que nos valió una mirada de advertencia y reproche de la encargada de la sala:

–¿Qué programa ponen ahora?

Para él, un ordenador y un televisor eran lo mismo. Y trabajo tuvo Olga para hacerle entender que aquello era como un libro. Unas explicaciones que provocaron el primer «¡ssssttt!» crispado, es decir, una segunda advertencia de la bibliotecaria.

El viejo puso unos ojos como platos cuando leyó la declaración de principios y los propósitos de la gente de Memoria y Dignidad. A continuación, arrastró ruidosamente la silla para fijar la vista a un centímetro de la pantalla que reproducía un mapa con todas las excavaciones de fosas ocultas donde habían sido enterrados represaliados anónimos durante los años cuarenta. Y cuando pasamos al apartado de «Búsquedas», que recogía centenares de demandas y testimonios de hechos y episodios que a él le resultaban familiares, ya fue definitivo; porque no podía reprimir la emoción y no hacía más que exclamar: «¡hala!», «¡la madre que los...!» o «¡qué barbaridad!». Y a cada exclamación, un «¡ssssttt!» cada vez más tenso y amenazador de la bibliotecaria, hasta el punto de que no podíamos ni decir una palabra bien bajito, pues en seguida sonaba el «¡ssssttt!» que acabó provocando la reacción violenta de Ramón:

–«¡Quiere hacer el favor de callar, señora!»

Lanzó un grito de autoridad desafiante que explotó contra las paredes de la sala silenciosa. La gente levantó los ojos de los libros, asustada, Olga dijo en voz baja «ay, ay, ay...» y la bibliotecaria se nos acercó con paso marcial y el ceño fruncido. La cosa, ya se veía venir, no podía acabar bien, pero Ramón le puso un punto final glorioso que hizo imposible cualquier intento de disculpa. Porque al tenerla delante, antes de que ella abriera la boca, solamente con verle el gesto amenazador del índice señalándonos, le soltó:

–¿Haría el favor de dejarnos en paz e irse un ratito a la mierda, señora?

Yo me quería volatilizar. La mujer empezó a palidecer, y Olga debía de estar a punto de desmayarse, porque empezó a recoger nuestras chaquetas, dispuesta a huir, a pesar de que Ramón no entendía qué hacía y le recriminaba:

–Pero ¿adónde vas, muchacha? ¡Todavía no lo he visto todo!

–¡Salgan ahora mismo!

Aquellas órdenes de expulsión, en un tono más bajo pero con idéntica contundencia a la usada antes por Ramón, eran del guardia de seguridad a quien la bibliotecaria –que había cambiado diversas veces de color en pocos segundos, pasando de blanca a amarilla por la sorpresa y después a granate y morada por la ira– había avisado con toda celeridad.

Las quejas y amenazas injustificadas de Ramón nos acompañaron a lo largo de los pasillos hasta la puerta, al ritmo de los empujones del guardia que, como si no oyera las barbaridades que el viejo escupía furioso, le llevaba en volandas al mismo tiempo que le abroncaba:

–¡No haga el gamberro, abuelo! ¡Si no le mando a comisaría es por la edad que tiene, pero debería avergonzarse de ir por el mundo de esa manera...! Y vosotros dos, ¡encerradle!

Dijo esta última palabra depositándonos literalmente en la calle.

–¿Adónde podemos ir para quejarnos de este trato vejatorio, chicos? –chillaba fuera de sí, indignado.

–¡Vamos, Ramón! –yo intentaba hacerle recapacitar–. ¿Es que no ve que tenían razón? No se puede chillar en una biblioteca. ¡Y menos insultar a una bibliotecaria, hombre!

–¡Era ella quien molestaba! ¡Que se meta en sus cosas! ¡A mí, si no me pinchan, no exploto...!

Durante el regreso tuvimos que aguantar un buen rato las bravatas absurdas y las quejas del viejo. No empezaron a apagarse hasta que Olga, hábilmente, se puso a recordarle algunas de las cosas que habíamos visto y leído, insistiendo en lo importante que sería su colaboración con Memoria y Dignidad.

–¿De quién hablas? –preguntó él cuando ya llegábamos a su casa.

Entonces vimos que había olvidado por completo todo lo que por la mañana habíamos hablado, porque hizo que se lo explicáramos de nuevo de pe a pa.

La llegada a su domicilio tampoco fue muy discreta.

Antonia, con su tendencia a ejercer de centinela, nos esperaba en la puerta acompañada de un hombre y una mujer. Yo había olvidado sus caras, pero Olga aclaró la identidad de los reunidos al instante con su pregunta:

–¿Qué tal, señor Armengol?

Nos saludaron amablemente y el señor Armengol explicó que la mujer que le acompañaba era la señora Armengol, quien cabeceó sonriendo. Ramón observaba la escena desde una cierta distancia, con ojos desconfiados y haciendo como que no le interesaba. Antonia sonreía y miraba ahora a unos y después a otros, contentísima de tener una tan intensa vida social.

–¿Qué les parece si entramos? –propuse intentando ser amable y pensando que, si se acababa produciendo un nuevo espectáculo, mejor que fuese en la intimidad.

–¡No habéis ido al barbero! –Antonia hacía gala de su sagacidad, al tiempo que nos reprochaba el descuido.

–Estaba cerrado... Tenían fiesta... –me inventé yo–. Es que hoy es el patrón de los barberos: san Pelón, ¿sabe usted? –Olga me miró disgustada, supongo que pensaba que aquella mujer no merecía que le tomara el pelo. Cambié de táctica–: Pero... ¡Antonia, mujer! –grité, y la vieja se sobresaltó– ¡Con la de trabajo que debe de tener usted! Vaya,

vaya... Si hay algo importante, no se apure, que la llamaremos...

Le hablé cerrando la puerta en sus narices, sin remilgos y sonriéndole con aquella falsedad tan habitual en sociedad. Una vez me libré de la vieja Periscopio volví adentro y viví una nueva escena sorprendente.

Al encontrarse en su casa, Ramón cambió radicalmente de actitud. Yo que temía un pitote histórico, y resultó que los señores Armengol le caían la mar de bien, porque les miraba y sonreía sin parar. Era evidente que la lógica hacía ya unos días que no existía...

–Vamos al asunto, ¿les parece?

La señora Armengol –una mujer gordita de mirada inquieta, con el pelo blanco y muy muy corto– tomó el mando de la situación de inmediato y le ordenó a Ramón que le siguiera hasta la cocina, cosa que el hombre hizo sin rechistar. Allí observó cómo empezaba a sacar cazos y tarrinas de una bolsa que tenía en la mano y le prometía un futuro de diminutivos a base de «una sopita bien calentita que le he traído de casa y unas merlucitas que ponemos al fuego en un momentito».

Mientras, el señor Armengol nos decía a Olga y a mí que se tenían que organizar turnos entre diversos miembros de la Asociación para no dejar a Ramón nunca solo, hasta que le encontrasen plaza en alguno de los centros especializados en aquella enfermedad. Yo, que no tenía intención alguna de participar en aquel complot para encarcelar al viejo, quería convencer al presidente de la Asociación de que todavía era posible ahorrarle el mal trago. Pero Olga parecía haber cambiado de bando, de manera que acabé maniobrando para persuadirles de que, mientras buscaban, nosotros podíamos cuidar de él cada tarde y las mañanas de los festivos. El acuerdo fue que el matrimonio Armengol le visitaría cada mañana, ocupándose de las comidas, y que nosotros estaríamos con él cada tarde hasta la hora de acostarse, después de haberle preparado algo para cenar.

Y allí les dejamos aquel mediodía, comiendo las sopitas y la merlucita de la señora Armengolita, con el acuerdo de volver por la tarde a cubrir nuestro turno.

Una vez resueltos los problemas prácticos inmediatos, tanto Olga como yo creímos que era mejor mantener en secreto los contactos que tuviéramos con Memoria y Dignidad, así como nuestras investigaciones en internet. Pero no podíamos abandonar, porque después de lo que había visto sabíamos que, en cualquier momento, Ramón pediría seguir buscando las pistas de Federico que le habíamos prometido. No, no nos quedaríamos con los brazos cruzados: tal como iban las cosas, con Ramón empeorando día a día, era urgente moverse. Por eso pensé que Olga me había leído el pensamiento cuando, nada más salir a la calle, me dijo aquello:

–Tendríamos que poner un mensaje de búsqueda de Federico en la web. Llamaremos a Serrat para publicarlo en seguida.

–Sí, pero convendría tener alguna fotografía de Federico, para que fuera más eficaz...

Parecíamos un equipo de verdad, complementados y pensando en la misma dirección. ¡Aquello daba gusto!

Cuando regresamos por la tarde a casa de Ramón, no nos costó mucho convencerle para que, entre las fotografías que guardaba en el archivo de una caja de zapatos, buscara una instantánea de Federico. Lo más complicado fue conseguir que escogiera una adecuada –la que no estaba borrosa era demasiado vieja, y la que no, le disgustaba– y, sobre todo, hacerle abandonar el repaso de su historia gráfica y lograr que se levantara de la silla, porque ya había anochecido y nosotros nos teníamos que ir; por lo que tuvo que cenar solo. Resultó difícil, porque se obstinaba en pasar las fotos de una en una y explicar al detalle cada escena y la historia que tenía detrás, con las biografías de los que salían retratados. Fue bastante interesante y un magnífico ejercicio de memoria para Ramón. Pero también resultó agotador, porque de cuando en cuando se enfurecía consigo mismo, quedándose quieto ante un personaje cuyo nombre se le había borrado de la memoria o ante un momento o un paisaje que no identificaba.

Total, que nos dieron casi las ocho hasta que le dejamos, cansado y aturdido con aquel empacho de recuerdos y de imágenes. Pero conseguimos la fotografía que nos habíamos propuesto encontrar, en la cual aparecían Ramón y su hermano, sonrientes y felices en una plaza de Lyon, según nos dijo, el verano de 1948: un año antes de la famosa expedición guerrillera.

Cuando le llamamos, Serrat se puso a nuestra disposición inmediatamente. Dijo que la idea de empezar a buscar contactos por la web era buena y que valía la pena ponerla en práctica en seguida.

–¿Podéis pasar ahora por el local? –nos dio una dirección que apuntamos, de pie, en mitad de la calle–. Colgaremos la foto ahora mismo, en cuanto la traigáis. Os espero.

–¡Esto es eficacia! –exclamó Olga, con razón–. Si tenemos suerte con los autobuses, podemos estar allí antes de un cuarto de hora.

22

El local de MyD que Serrat nos enseñó era pequeño pero bastante ordenado. Situado en un piso céntrico, tenía el aspecto de una oficina modesta, con dos mesas de trabajo llenas de papeles y una más grande, de reuniones, en el centro de una sala. Tanto las paredes del pasillo como las de las tres habitaciones que daban a un balcón estaban cubiertas por unos armarios metálicos que nos mostró orgulloso.

–Estos son los archivos –dijo mientras abría uno–. Contienen todos los documentos que nos han ido llegando. Hay muchas familias que, cuando se trasladan o limpian una casa, se quitan de encima los papeles de los abuelos. Si hay suerte y nos llaman, conseguimos cartas, títulos, certificados, viejos carnés de organizaciones, pasaportes, diarios y escritos personales, y hasta fotografías... Todo ello nos permite reconstruir o situar hechos e historias olvidadas que a veces se relacionan las unas con las otras. Aquí será donde meteremos, si nos los cede, los documentos de Ramón Sallent...

Dio unos pasos, entró en otra habitación y abrió un nuevo armario.

En este tenemos las grabaciones magnetofónicas y las filmaciones de los testimonios...

Había una cantidad tan impresionante de cintas que lamenté el hecho de que Ramón no hubiera venido con nosotros y viera que, gracias a gente como Serrat, se conservaba la memoria de vidas y episodios históricos silenciados durante los años de la dictadura. Pensé en la multitud de ramones que habían existido y existían todavía y en las miles de experiencias que debía de contener aquel archivo de voces e imágenes. Entonces me dije que, desde aquel momento, cada vez que pasara al lado de un grupo de abueletes de aquellos que juegan a la petanca o toman el sol en las plazas, los miraría de otra manera, porque puede que sus voces o sus papeles estuvieran en alguno de aquellos armarios.

–Pues ya lo habéis visto casi todo –dijo–. Ahora lo que hay que hacer es ponerse manos a la obra...

A los pocos minutos, Serrat tenía la foto de Ramón y Federico viajando por el mundo a través de internet, con sus datos y una breve noticia de la incursión y el enfrentamiento de 1949 a orillas del Cinca. Se completaba con la demanda de «noticias de Federico Sallent, que aparece a la izquierda de la fotografía, de quien desde entonces se desconoce el paradero».

Al terminar nuestro trabajo en el ordenador, llegaron dos miembros de MyD que Serrat nos presentó. Eran Laura y Moreno.

–Ella es Laura, es abogada –la chica nos sonrió–. Y él es Eloy Moreno.

El hombre vestía un uniforme con unas enormes letras blancas en la espalda –«TRI»– y una gorra de color rojo deslumbrante. Nos estrechó la mano con la misma energía que una pinza mecánica y pudimos escuchar una voz estrepitosa de barítono.

–Sois Arnau y Olga, ¿no? –siguió sacudiéndome la mano como si tuviera la intención de arrancármela–. ¿Llego tarde? ¿Me he perdido algo? –por fin me soltó para acercar una silla a la pantalla.

–Pues ya estamos todos, de momento –dijo Serrat, riéndose–. No os asustéis con Eloy: siempre corre, grita como un loco y va vestido como el mismísimo demonio, pero aunque no lo parezca es un buen tipo...

–¿No te cansas nunca de reírte de mi uniforme, Daniel? ¿Por qué no vas y les dices a mis jefes de Transportes Rápidos Internacionales que no te gusta? Pero venga, va, mejor dejamos tus bromitas y empezamos a trabajar de verdad...

–Tiene razón, Daniel –Laura intentaba disimular su sonrisa, para recomponer las cosas.

–Además de rojísimo transportista, el amigo Eloy –ahora hablaba más seriamente– es de Jaca –la voz de interpretar jotas a todo volumen y su acento cantarín ya tenían explicación–. Ha tenido un especial interés en venir porque está preparando su tesis doctoral sobre algunas acciones del maquis en el Pirineo aragonés.

¿Un transportista que preparaba una tesis doctoral en Historia? Aquello me reafirmaba en la idea de que el mundo se había vuelto loco y que yo, filósofo, acabaría ganándome la vida al volante de una furgoneta vestido con un uniforme tan ridículo y vistoso como aquel. Pero no dije nada de lo que estaba pensando, claro está.

Hablamos durante un rato porque a Moreno le interesaban los detalles sobre Ramón y su aventura con el maquis. Yo, modestamente, contestaba a todo lo que sabía, que era más bien poco. Sobre todo comparado con aquel especialista que abrió un cajón y sacó unos mapas en los que tenía marcadas, en distintos colores, las rutas correspondientes a las diversas expediciones que había estudiado y documentado. Quería añadir la de Ramón, pues le era desconocida y le tenía entusiasmado por completo: anotaba en un bloc el número de integrantes y me pedía nombres –yo no conocía más que a Manuel Segarra y al «maldito Arnal», de quien él no había oído hablar nunca–, los lugares de encarcelamiento y ejecución, conocer si Ramón había continuado su relación con la resistencia después de salir de la cárcel..., y mil detalles más que yo no sabía responder.

–... Y este hombre, Ramón Sallent, ¿está muy enfermo? Quiero decir si se puede hablar con él.

–Es difícil... –Olga pensaba como yo–. Si no tiene el día...

Laura y Moreno creían que, por más difícil que fuera, valía la pena probarlo e intentar grabar su testimonio. Serrat lo dejaba en nuestras manos, porque éramos nosotros quienes conocíamos el caso. Y nosotros no acabábamos de verlo claro. Hasta que Laura tuvo una idea:

–¿Por qué no cogéis una cinta y le hacéis hablar? A vosotros os conoce y será mucho más fácil que acepte...

A Olga le pareció magnífico, pero yo no era tan optimista porque pensaba que solamente nos faltaba tener que insistirle en que hablara de los tiempos dolorosos, los ratos que estuviera bien, para estar seguros de que se excitaría y montaría un numerito tras de otro. ¡Con lo difícil que ya resultaba, en circunstancias normales, tenerle a raya!

No hace falta que diga, naturalmente, que salimos de allí con la cinta en el bolsillo. Y yo, sobre todo, con la esperanza de que alguien contestase al mensaje que habíamos colgado en la red.

El encuentro con la gente de MyD nos hizo pensar que pronto podríamos ofrecer a Ramón noticias reconfortantes que le animaran, pero llegaron unos días que no fueron nada fáciles. A menudo, yo me preguntaba si podía haber alguien que respondiera a nuestra llamada y, en cuanto tenía un momento, en casa o en el instituto, miraba el ordenador con mucha impaciencia y pocos resultados. Pero lo que nos tuvo más ocupados, casi absortos, fue el giro que tomó la salud de Ramón; porque como temíamos y tal como había vaticinado el doctor Malasuerte unos días antes, la cosa apuntaba a un deterioro que se aceleraba de una manera espantosa.

Alguna tarde en que Olga y yo estábamos solos con él, intentábamos poner en marcha la grabadora y hacerle hablar, pero permanecía lúcido nada más que ratos intermitentes. La mayoría de las cosas que explicaba ya me las había contado a mí o las había leído yo en alguno de sus papeles; aun así, valía la pena fijarlas para los archivos, sobre todo porque, dichas con su propia voz, tomaban pleno sentido y valor. Pero en seguida se cansaba o se desviaba, tan pegado a los tiempos de su relato que era fácil oírle hilvanar diálogos imposibles con su hermano perdido o en una cháchara apenas inteligible que nos obligaba a parar la grabación para dejarle descansar.

De hecho, pasaba la mayor parte del tiempo ausente, ignorando todo lo que le rodeaba, durmiendo, mirando el vacío o hablando con nosotros de banalidades inmediatas que acababa repitiendo de modo obsesivo durante un rato –cosas como «la cena está preparada, sí» o «aquellos zapatos eran muy resistentes»–. También, de cuando en cuando, reclamaba la presencia de *Malatesta* para tenerlo en el regazo y pasarle lentamente la mano por el lomo y el cuello. Entonces mostraba una satisfacción infantil que le dibujaba una sonrisa quieta y vacía en los labios hasta que caía en un sueño que podía durar horas.

Sin embargo, había una constante en los pocos ratos en que compartía la realidad con nosotros de manera consciente: después de insistir en que le perdonásemos el trabajo que nos daba, nos rogaba que le evitásemos las visitas «porque se me llena la casa de gente...» y decía, además, que le sabía mal que los extraños le vieran perdido en los laberintos oscuros de su enfermedad.

A pesar de esta queja, los Armengol cuidaban de él cada mañana hasta el mediodía, y no parecía que le disgustase en absoluto porque, aparte de que le tenían a raya a la vecina con una habilidad admirable, cuando llegábamos nosotros a primera hora de la tarde nos contaban que había pasado el tiempo bastante tranquilo. La mayor parte del rato permanecía adormilado ante el televisor, una de las aficiones que parecían habérsele despertado de un tiempo a esa parte, «porque lo que más nos cuesta es convencerle de que se levante y nos acompañe a andar un ratito por la calle», nos decían. Pero irse los Armengol y empezar a quejarse de ellos era todo uno. «Esta mujerzuela se mete por todos lados y me desbarata las cosas», refunfuñaba; o bien «ahora resulta que *Malatesta* le molesta y quiere echarle de casa», cosa en absoluto cierta, porque la señora Armengol había dado continuas muestras de amar a los animales con un trato delicado y un mimo muy singulares.

Eso sí, tenía sus manías y era como era. Así lo pudimos comprobar aquella vez en que mantuvo con Ramón una conversación plagada de malentendidos cómicos y que a mí me regaló uno de los escasos ratos divertidos de aquellos días.

–Este gato entra y sale a todas horas, como Pedro por su casa –dijo la mujer–. ¿Es de Ramón o de algún vecino?

–Es suyo, de Ramón –contesté–. Se llama *Malatesta.*

–¿*Malabestia*? ¡Pobrecillo! –se dirigió a Ramón, escandalizada–. ¿Y por qué le ha puesto usted ese nombre horrible al pobrecito? Tan dulce como parece...

–¡Se llama *Malatesta,* señora, y no *Malabestia*! –Ramón se había ofendido, pero contestó, que no era poco tal como estaba. Eso sí, lo hizo con una violencia terrible.

–¡Da igual! –respondió ella, sin amilanarse en absoluto–. *Malatesta* tampoco es un nombre nada bonito ni adecuado para un animalito tan pacífico y dócil.

Erraba rotundamente en sus adjetivos, porque el gato era tan arisco como su dueño, el cual, fuera de sí ante los juicios de la buena mujer, dio muestras de su intemperancia con un grito atronador:

–¡*Malatesta,* señora, es un nombre histórico! ¡Son todos una pandilla de ignorantes! A ver si se entera de que se llama así en homenaje al famoso ideólogo revolucionario que...

Pero entonces calló de golpe, con la mirada furiosa perdida en un punto fijo de la nada. Y nos dejó con las ganas de conocer de una vez por qué el gato se llamaba como se llamaba, pues yo no había encontrado todavía el momento de consultar el nombre en una enciclopedia. Fuera como fuese, pasado el primer susto de los gritos de Ramón, la señora Armengol –que al parecer era difícilmente inmutable– acabó la escena de una manera que me provocó un ataque de risa:

–Pues mire, yo le llamaré *Minino*, que es más mono... –se dio la vuelta y se quedó tan ancha.

Pero los ratos divertidos no eran los más habituales en aquella casa. Sacarle a dar una vuelta por el barrio para que hiciera un poco de ejercicio era una odisea que no siempre podíamos culminar. Cada día más, la inmovilidad y el silencio profundo en que Ramón se encerraba durante largas horas convertían en un suplicio nuestros propósitos y hacían imposible grabar su testimonio, que la mayoría de las veces era una repetición continua de aquella maldita expedición que Olga llegó, también, a saberse de memoria.

El viejo parecía haber olvidado definitivamente nuestra visita a la biblioteca. Y cuando intentábamos animarle diciendo que nuestra búsqueda de Federico pronto podía dar resultados porque estaba corriendo por la red, y que su voz formaría parte de un archivo, para que hablara más, no nos hacía ni caso, como si no tuviera el más mínimo interés en nada de lo que le decíamos.

Daniel Serrat nos llamaba cada dos o tres días para saber cómo iban las cosas y para preguntar si podrían filmar una entrevista con Ramón, pero en aquellas circunstancias era preferible esperar y desear que las cosas mejorasen. Confiábamos –cada vez menos, es cierto– en que nuestra demanda y la foto de internet dieran un resultado que provocase un vuelco en la situación, sacándole de aquel marasmo en que parecía sucumbir. Un par de veces, aprovechando su indiferencia, habíamos cogido algunas de las carpetas que yo había leído ya y las habíamos llevado a copiar al local de MyD, donde Moreno las acogía con alegre avidez de estudio.

Y cada vez que hablábamos con alguno de ellos les preguntábamos si había llegado alguna respuesta, pero nos aconsejaban paciencia, al mismo tiempo que nos decían que lo más realista era no esperar nada, pues los años habían pasado y jugaban en nuestra contra. Los protagonistas y los testigos, si es que vivían y habían perdido el miedo a hablar de estos hechos con desconocidos, necesitaban discreción, conversar cara a cara, sin intermediarios, porque internet es un medio inseguro, abierto a todo el mundo y que facilita la suplantación y el engaño. Todo eso era cierto y, claro, nuestra esperanza disminuía día a día.

–¡Empiezo a estar cansado de ver que nada se mueve mientras Ramón va perdiéndose! –dije, impaciente.

–Ya nos dijo el doctor Giralt que estaba muy mal, el hombre –respondió Olga–. Puede que tengamos que llamarle para preguntar si tiene algún medicamento que aligere un poco esos estados de semiinconsciencia cada vez más frecuentes...

–¡No! –exclamé; ya me extrañaba a mí que pasara tanto tiempo sin que apareciera el doctor Carcelero...–. ¡Si llamas a Giralt le vendrá a buscar!

–Tu capacidad para negar las evidencias me hace pensar que como filósofo eres más bien limitadillo, Arnau... –bromeó ella.

Es probable que en eso llevara toda la razón. Pero yo me resistía a hablar de médicos, porque quería dar tiempo a Ramón y porque necesitaba creer que se recuperaría, convencido de que una pista sobre Federico tendría efectos milagrosos.

Hasta que un sábado por la mañana en que habíamos cambiado el turno con los Armengol vi que la cosa pintaba irreversible.

Igual que tantas otras veces cuando llegábamos, la casa estaba en silencio y *Malatesta* nos salió a recibir. Pasó su lomo erizado por nuestras piernas para saludarnos y volvió con su paso majestuoso al comedor, como si fuera nuestro guía. Le seguimos con sigilo, pensando que Ramón debía de dormir todavía, pero el hombre estaba sentado en pijama en una silla, de espaldas a la puerta, como si fuese una estatua sin rostro en la penumbra del comedor. Ni se dio cuenta de que entrábamos.

–¡Buenos días, Ramón! –dije, buscando el tono más alegre–. Hoy venimos primero nosotros.

–¿Qué queréis?

No se dio la vuelta para hablarnos, y articuló aquella breve pregunta con dificultad. Nos pusimos ante él para que nos viera, pero no se movió en absoluto y volvió a preguntar:

–¿Qué queréis?

Pronunciaba las palabras con una voz pastosa y ronca, como si las rescatase de la profundidad lejana de un cajón desordenado, al mismo tiempo que sus ojos mostraban una indiferencia total. Entonces Olga, ya acostumbrada a la escasa iluminación, señaló un moratón enorme que tenía en su frente.

–¿Cómo se ha hecho esto, Ramón?

No contestó.

–Debe de haberse caído... –Olga se dirigía a mí, con voz queda–. Esto no me gusta nada...

Ya la veía llamando a su doctor Eficacia, hacía demasiado tiempo que no fastidiaba, y por eso quise minimizar la cosa diciendo que todo el mundo puede caerse un día y que más valía curarle en un momento el trompazo. Pero ella, investida de la sabiduría médica en sustitución de su doctor Admiración, diagnosticó:

–No seas burro, Arnau, la pérdida del equilibrio es uno de los síntomas de que la enfermedad avanza.

También llevaba demasiado tiempo sin ponerme a raya con uno de sus calificativos predilectos y no quiso desaprovechar la ocasión.

–¿Sabes si hay algún botiquín en esta casa?

Mi ignorancia sobre la cuestión también era absoluta. Pero para evitar que acabase llamando a una ambulancia por un triste chichón, salí como un rayo hacia la farmacia para buscar algo que le curara el golpe y tranquilizase a la representante de la ciencia médica personificada.

Mientras volvía con un tubo de pomada que me habían dicho que curaba los trastazos de los deportistas –una precisión del farmacéutico que, dado el caso, me había convencido por humorística–, iba caminando con mis dos cerebros clavándose inútiles empujones para tener alguna idea de lo que se podía hacer con aquel hombre. Pero cuando llegué, Olga ya había sintetizado la pugna improductiva de mi doble mente, doblemente inservible.

–¿Lo ve? –decía, hablándole a un Ramón-estatua–. Este lo pondremos aquí, al lado del televisor...

Y pegaba al lado del aparato un trozo de papel con la palabra «Tele».

–¿Te gusta, Arnau?

Contesté afirmando con la cabeza, mientras ella señalaba con un gesto los distintos carteles que se había dedicado a fabricar en mi ausencia y que había repartido por la casa: «Cocina», «W. C.», «gas»,«enchufe», etc.

Ramón seguía inmóvil en su rincón y todavía en pijama, indiferente a lo que hacíamos y decíamos. Como también se mostró ausente y apático ante el desayuno que le preparamos, y que ni siquiera cató por más que insistimos.

Y cuando ya nos dábamos por vencidos se produjo la escena más triste de todos aquellos días: vi una lágrima lenta que le resbalaba por la mejilla, y después otra y otra... mientras él intentaba decir algo moviendo los labios y abriendo la boca inútilmente, con una dificultad angustiosa, hasta que desistió y dibujó en los labios una sonrisa silenciosa, como si se rindiera, para, a continuación, entornar los ojos, vencido por el esfuerzo estéril que le había agotado.

Olga tuvo que levantarse y salir de allí, con un nudo en la garganta, para evitar echarse a llorar ella también. Y yo, con un pañuelo, le fui recorriendo el rostro para secarle las lágrimas, haciendo un esfuerzo sobrehumano para no pegar un grito de impotencia y rabia, furioso contra todo, por aquella situación dramática y dolorosa que no sabía cómo dominar. Intenté una sonrisa para llenar aquel silencio y por si le alcanzaba, allí donde él estuviera, pero una llamada al móvil me sacó un instante del callejón de los desesperados.

–Soy Daniel Serrat –su voz entusiasta venía del mundo de los vivos–. ¡Tenemos una respuesta a vuestra demanda! ¿Dónde estás?

Cuando oyó que nos encontrábamos en casa de Ramón dijo que se apresuraba a venir. No tuve tiempo para advertirle del panorama que se encontraría.

23

Serrat quedó muy impresionado al ver el estado del viejo, perdido, ausente e ignorando todo lo que pasaba a su alrededor. Es muy probable que pensara que de aquel hombre no podría sacar mucha información. Pero como vio que le habíamos estado esperando impacientes, no habló de grabaciones ni de testimonios, sino que nos mostró una hoja de papel para que la leyéramos. Era un correo electrónico que Olga se apresuró a quitarme para leer en voz alta.

Centro de Estudios Históricos de Aragón. Amigos: Hemos leído en vuestras páginas de búsqueda que pedís noticias sobre los hombres que formaron parte de una expedición en el año 1949. La única información de que disponemos sobre las acciones guerrilleras en este año por nuestra zona es una explosión que se produjo en la central eléctrica de Lafortunada, y que también consta en los archivos de la empresa. No se sabe nada de quiénes actuaron allí, ni del camino que tomaron después. Como creemos que el hombre de quien habláis puede que tuviera algo que ver con eso, os rogamos que nos enviéis más detalles de aquellos hechos, porque nosotros iniciaremos una investigación de inmediato por la zona que puede ser provechosa para todos. Esperamos noticias. Antonio Lacasa, coordinador del CEHA.

–¡Esto es magnífico! –exclamé–. ¡Ya tenemos una pista!

–¿Conocéis a esta gente de Aragón? –Olga, prudente como siempre, quería asegurarse de que había garantías de veracidad y de que mis saltos de alegría eran justificados.

Y sí, Serrat nos dijo que tenían contactos continuos con ellos; sobre todo Moreno, que era amigo personal del tal Lacasa, con el que solía intercambiar informaciones.

–Ahora, lo que hay que hacer es contestar con todos los datos que tenemos de la documentación de Ramón y que ellos... –Serrat también estaba satisfecho, pero yo no tenía paciencia y le interrumpí:

–Sí, y que ellos se den prisa y contesten con noticias concretas y fiables –y añadí–: ¿Podemos decirle a Ramón que hay respuesta a su demanda?

Hubo división de opiniones, pero acabé imponiéndome, porque la situación del viejo no era como para quedarse esperando respuestas.

–¡Ramón! ¡Ramón! –acabé de esta manera con todas las dudas–: ¡Tenemos noticias de Federico! ¡Mire!

Agitaba el papel del correo ante sus narices como una bandera de victoria, pero no parecía que él entendiera de qué le estaba hablando, hundido en el vacío solitario en que habitaba. Mi entusiasmo chocó contra su marasmo y aquello me irritó tanto que empecé a zarandearle y a chillarle: «¡Venga! ¡Despierte, hombre! ¡Despierte de una vez!». Olga y Serrat, asustados por mi explosión violenta, se apresuraron a apartarme de él, convencidos de que iba a pegarle un tortazo para obligarle a reaccionar. Por eso arremetieron contra mí, escandalizados:

–Pero ¿qué haces, Arnau?

–¿Qué te pasa? ¿Te has vuelto loco?

Olga dio un diagnóstico bastante afinado de mi estado mental en aquel momento. Porque era evidente, sí, que había perdido el sentido común solo de pensar que, ahora que podíamos avanzar un poco y curarle la obsesión por Federico, ya no estábamos a tiempo. Pero estas explicaciones las pensé después, porque en aquellos momentos la locura se había apoderado de mí y les miraba, a los tres, con rencor y rabia. Una rabia que se convertía en gritos y reproches que sabía ilógicos, pero que no podía frenar.

–¿Qué queréis? ¿Qué le encierren sin darle ninguna esperanza? ¿Os conformáis viéndole así, como un vegetal insensible e indiferente, después de tantos años de sufrimiento? ¡Hay que despertarle! ¡Tiene que reaccionar! ¡Y si no lo hacéis vosotros lo haré yo! ¡Dejadnos solos! –y chillaba cada vez más fuerte–: ¡Ramón! ¡Tenemos una pista! ¡Un camino que nos puede llevar hasta Federico!

Yo estaba encendido y no veía nada, ni medía las palabras. Y entonces Ramón reaccionó de una manera que podía parecer lógica, pero que nos alarmó; especialmente a mí, porque era el causante:

–¡No sé de qué me habláis! –con los ojos fuera de las órbitas y la cabeza en una tensión orgullosa y desafiante, ahora quien gritaba era él–. ¡No conozco a nadie! ¡Os lo he dicho en cada interrogatorio y lo repetiré siempre: matadme si queréis, que no diré ni una palabra!

Sus gritos me partieron el alma porque, en lugar de traerlo al presente de las buenas noticias, había contribuido a hundirle en los peores momentos de su pasado y creía que le estaban interrogando, con las voces y los trompazos.

–¡Ya ves adónde le ha llevado tu locura, Arnau! –me reprochaba Olga, hablándome entre dientes, para que él no notara su furia–. ¿Y si aprendieses a callar?

Tenía razón de nuevo. Y la mirada de Serrat se unía a sus recriminaciones. Se produjo un momento de silencio que, de forma inesperada, rompió la voz de Ramón:

–Sí, chico, más vale que te calles...

Lo había dicho hablando pausadamente, con voz tranquila, pero con tanta claridad que nosotros tres nos miramos, perplejos, antes de volvernos hacia él. No parecía que hubiese movido ni una pestaña, sumergido en su letargo, pero había hablado. Y continuó, sin apartar los ojos del vacío en que se perdían:

–Estoy cansado. ¿Qué decís que han encontrado? No chilléis, por favor...

Entonces, lentamente y en voz baja, Serrat se le acercó para explicarle con mucha prudencia que era posible que recibiéramos alguna noticia de su incursión del año 49, que no quería decir que supieran nada de Federico, pero que quizá, poco a poco, se podía ir aclarando y conociendo su historia.

Yo pensé que era demasiado inconcreto para ayudar a que Ramón reaccionase, pero me equivoqué de nuevo:

–Por favor, decidle que venga... Que venga, que le añoro...

Nos entendía, era consciente, pero con idas y venidas de los deseos obsesivos a la realidad inmediata, del presente que le explicábamos al pasado que quería recuperar y que le tenía prisionero. Aquello me dio cierta esperanza y pensé que no estaba todo perdido, que podríamos recuperarle y darle la alegría de saber adónde había ido su hermano y qué había sido de él. Y pensé que lo más urgente, aparte de buscar noticias seguras y rápidas de aquella gente de Aragón, era mantenerle despierto y tan unido a la realidad como fuera posible.

–No se distraiga, Ramón... –yo también adopté el tono de voz suave de Serrat, porque al parecer lo entendía mejor–. Ahora descanse, que pronto vendrán los Armengol con la comida. Ya verá como todo va bien...

–Estás tú peor que él, Arnau... –Olga lo dijo dejándose caer en una silla, rendida por la tensión.

Hice como que no la oía, pero pensé que tenía toda la razón.

Serrat se despidió y explicó que localizaría en seguida a Moreno para contactar con el Centro de Estudios Históricos de Aragón, pero antes de marcharse me dio un consejo:

–Tómate las cosas con más calma, Arnau, porque en casos como este la paciencia es más eficaz que la pasión...

Que me recomienden paciencia es, justamente, lo que más me hace perder la paciencia. Y Olga tenía que saberlo. Con todo, cuando Serrat ya se había ido y Ramón parecía dormido después de la sacudida que yo le había provocado, ella todavía se mostraba enfadada por mi actitud.

–Es eso, precisamente: ¡esas salidas de tono, el desequilibrio, lo que me hace desconfiar de ti!

Recibí una bronca mayúscula y bien merecida, de la que me salvaron los Armengol que llegaron sonrientes con una «cazuela de macarrones que se va a relamer, Ramón», dijo la mujer; pero no consiguió que el viejo reaccionara con el más pequeño gesto, hasta que *Malatesta*, que había entrado con ellos después de su paseo matinal, se le subió al regazo para dejarse acariciar.

–El doctor Giralt no me dice nada de la residencia... –comentó preocupado el señor Armengol–. No sé si podremos ir y venir muchos días más. Nosotros...

–¡No se apure, hombre! –yo quería ganar puntos ante Olga, enfurruñada, pero volví a cagarla al mentir en exceso–. Hace un rato Ramón se encontraba la mar de bien: si parece que hasta va a recuperarse...

Él arqueó las cejas con un interrogante desconfiado, y Olga suspiró y me tiró del brazo para que nos fuésemos.

Por el camino no conseguí borrarle el gesto de enfado del rostro. Y tan solo dijo unas pocas palabras:

–Discutir contigo es un esfuerzo inútil...

–¡Suerte que ahora el inútil es el esfuerzo y no yo...! –quería hacerme el gracioso, consciente de que la comedia es el último recurso de los desesperados.

Disimuladamente me reí y ella calló. Pero por lo menos, mientras cambiaba de tema y le hablaba de irnos al cine por la tarde «para distraernos y tener un ratito de vida normal, como las parejas normales», no me dejó plantado en mitad de la calle, como había hecho tantas veces. Hasta aceptó pasarme los labios por la mejilla –aquello no podía considerarse un beso de ninguna de las maneras– cuando le decía adiós y le prometía consultar la programación al llegar a casa.

Pero no, aquella tarde no pudimos ir al cine, porque las cosas fueron más deprisa de lo que yo podía imaginar.

–¡Qué haríamos nosotros sin los teléfonos!

Mi padre lo había dicho contrariado, porque el rugido salvaje de mi móvil acababa de interrumpir la comida en el momento preciso en que me habían preguntado cómo iban las cosas con Ramón.

Resultaba pesado tener que narrarles cada día las «novedades» de cómo iban las cosas, pero también tranquilizaba bastante el ambiente. Yo endulzaba un poco las explicaciones, pasando por alto los detalles más desagradables –como el que habíamos vivido aquella misma mañana– y ellos me escuchaban como si yo fuera otro y no aquel Arnau frescales que había desaparecido la noche del enfrentamiento familiar. Ahora tenía a la familia «de mi lado» –quizá hasta demasiado pegadita– y parecían contentos de poder compartir conmigo el día a día de nuestra búsqueda. Hasta el punto que mi madre se había acostumbrado a cargarme de fiambreras con «la cena de Ramón», decía. Eso nos ahorraba a Olga y a mí el trabajo de cocinar, que no es que supiéramos mucho.

Mi padre, incluso, al comentarle que la novedad del correo de los aragoneses abría la posibilidad de una localización, se había apresurado a decir: «Lo mejor sería que os acercarais hasta allí... ¿Queréis que os lleve en el coche?». A él le gusta mucho conducir y ya hacía días que parecía interesado en meter sus narices –fisgón que es– en la historia de Ramón y en conocerle, como si quisiera revivir a través de mí sus tiempos de «reivindicador», que últimamente debían de estar un poco oxidados.

Era evidente, pues, que las cosas habían cambiado mucho en casa. Ahora podía moverme con total libertad, notaba su confianza –de la Filosofía nadie había dicho ni una palabra más–, aunque el hecho de tener que dar explicaciones a cada momento, ese era el precio de la confianza, resultaba pesado y cargante. No siempre tiene uno ganas de charlar y explicar qué hace, y la obsesión por la famosa «comunicación familiar» que parecían haberse tomado al pie de la letra –¿a qué consejero familiar debían de haber asistido?– era un tostón. Y yo enfermaba solo con imaginar una excursión al Pirineo aragonés con Olga y mi padre. Suerte que mamá había salido al paso del «chófer voluntario» con un «déjales a su aire, hombre...», que yo agradecí. Pero la idea de viajar hasta los escenarios de la aventura de los maquis me pareció interesante. Empezaba a pensar en serio en aquella posibilidad, cuando él dijo aquello del teléfono y yo tuve que levantarme de la mesa para responder.

–¿Eres Arnau? –identifiqué en seguida el acento y el vozarrón de Moreno–. Habéis hablado con Serrat esta mañana, ¿no? Deberíamos vernos de inmediato porque he hecho algunas llamadas referidas al correo que recibimos y me parece que tenemos informaciones importantes que convendría aclarar cuanto antes...

Evidentemente, aquello anulaba los planes de ir al cine por la tarde, aceleraba mi comida y reducía la conversación con mis padres a un impreciso «ya os lo explicaré esta noche...», después de justificarme diciendo que, al parecer, había novedades urgentes.

Y así era, las novedades parecían haberse precipitado.

Al reunirnos en el local con Moreno y Serrat, supimos que el correo de los aragoneses había llegado la tarde anterior y que Moreno, mientras nosotros estábamos en casa de Ramón efectuando mi vergonzoso interrogatorio, se había apresurado a llamar por teléfono a su amigo Lacasa para ganar tiempo.

–... resulta que ellos –aclaraba con aquella voz que parecía dispuesta a arrancarse a cantar de un momento a otro–, desde que hace días leyeron los datos de la búsqueda, se han dedicado a perseguir pruebas más concretas. Y parece que han localizado un testimonio de primera mano: una mujer que cree haber reconocido al hermano de Ramón en la fotografía. El problema es, según la mujer –añadió–, que dicho hombre se llamaba Andrés. Y claro, esto hace pensar que podría tratarse del otro fugitivo. Además, me ha explicado que hoy mismo intentarán grabar una entrevista con ella (ahora deben de estar haciéndosela), que contrastarán con toda la documentación que les enviaremos de inmediato.

–¡Tenemos que ir allí! –era mi voz la que sonaba, pensando en las palabras de mi padre.

–¿Adónde quieres ir tú ahora? –Olga y su desconfianza automática en mis ideas...

–A... Aragón... ¡Adónde sea que esté esa mujer! –me mantenía en mis trece–. Y a conocer los lugares en que pasó todo...

–¿Y no quieres que también vaya Ramón, ya puestos? –lo decía como si fuera una imbecilidad descomunal.

–Pues mira, ahora que lo dices: ¡sí!

Se dio una palmada en la frente, quizá porque pensó que las palabras para definir mi locura se le habían acabado. Pero pronto tuvo la sorpresa definitiva, cuando Moreno añadió:

–Ah... pues no es mala idea, no...

Fue entonces cuando Olga se sacó el as de la manga para volver a imponer su autoridad, amenazada al creer que yo contagiaba mi locura al inocente de Moreno.

–Lo siento... –tomó aire para reprimir las ganas de gritar–, pero no va a ser posible. Ramón no puede venir. El médico que le trata ha prohibido...

¡Ya estaba! ¡Había vuelto a aparecer su doctor Prohibiciones!

El discurso fue tan contundente que no necesitó mucho rato para conseguir que Serrat le diera la razón. Pero Moreno callaba, contrariado, a mí me pareció que más bien poco convencido. Yo con la mirada le decía «¡ya ves tú: el médico!».

Pero ya no se habló más del asunto, como si hubiera sido una ocurrencia pasajera.

–Y ahora, en vez de soñar cosas imposibles, mejor será que nos pongamos a preparar todo lo que hay que enviar por el correo electrónico.

Completamente segura de haber borrado cualquier perspectiva de viaje, se puso a dar órdenes como si fuese la presidenta de MyD. Movía los papeles con una autoridad que cualquiera hubiese dicho que era ella quien mejor conocía el contenido de las carpetas. Aunque acostumbrado a ceder, intenté recuperar mi orgullo herido: se las quité de las manos y me puse a ordenar la documentación.

24

Quizá si Ramón no hubiera dado muestras de una sorprendente mejora a la semana siguiente, y si Moreno no hubiese traído novedades sobre sus investigaciones, la idea del viaje a las tierras de Aragón se me hubiese ido de la cabeza, tal como Olga había ordenado. Pero a ese par de detalles se añadieron los cuatro inesperados días de ausencia de Olga, quien tuvo que ir a Madrid para visitar a su padre, aprovechando que la madre se desplazaba allí por cuestiones de trabajo. Esta fue la oportunidad de oro para contravenir las órdenes del doctor No –¡con las ganas que yo tenía de saltármelas a la torera!–, siempre con la inestimable colaboración del bueno de Moreno.

–Me sabe mal dejarte solo, Arnau, pero el jueves tengo que irme a Madrid...

–¿Lo dices porque tienes miedo de que deje a Ramón abandonado...?

–No, no es eso, pero... –y entonces me tocó la fibra–. Lo que pasa es que quisiera estar contigo...

¡Tremenda sorpresa! ¡Por primera vez admitía en voz alta que me necesitaba! A su manera, sí, pero ¡lo había dicho! Aquel comentario me llenó de orgullo.

–¿Y por qué tienes que marcharte precisamente ahora? –me quejé, aunque sabía que una vez al trimestre ella iba a verle a Madrid–. ¿Están separados o no?

–Ellos sí lo están, ¡pero yo no, burro!

Sí, a mí también me costaba pensar que durante cuatro días no nos veríamos ni un momento. Se lo dije: que me tenía muy atrapado, que ya sabía que cuatro días eran muy poco, pero que para mí eran mucho... Y desde el domingo que lo supimos, decididos a recuperar por anticipado las horas de separación, aprovechábamos cualquier momento, cualquier lugar para hacer la despedida más pausada y más dulce, y acumulábamos caricias y besos de reserva para los días de ausencia.

Soy lento de reflejos, así que hasta el jueves por la tarde, cuando me presenté solo en casa de Ramón, no me di cuenta de la magnífica oportunidad que teníamos. Y la idea me la dio el mismo Ramón, que parecía haber mejorado muchísimo y desde el día anterior estaba de un buen humor extraordinario.

–Caramba, chaval, ¿te ha dejado la novia, que vienes solo?

Hacía días que hablaba con dificultad, como si buscase las palabras en los rincones de la memoria, dejando largos silencios, pero sonreía y parecía contento de verme. Puede que el hecho de volver a vernos los dos solos le hiciera recuperar las sensaciones de los viejos tiempos, cuando se encontraba mejor. Estuvimos charlando y bromeando un buen rato, hasta que entré en materia, convencido de que aquella era una oportunidad de oro: le expliqué los pasos que se estaban dando y cómo, poco a poco, los investigadores de Aragón y los de aquí estaban seguros de haber encontrado pistas creíbles. Él escuchaba con atención, pero con un gesto de cierta desconfianza, como si se resistiera a hacerse ilusiones, y hablaba con monosílabos, dudando del optimismo que yo quería contagiarle. Hasta que se me ocurrió una pregunta aparentemente banal:

–¿Conoció usted a un tal Andrés? Es que, al parecer, los testimonios que se han encontrado le sitúan en Lafortunada por aquel entonces...

Su rostro se transformó en un instante. Temí que fuera a tener una recaída en la ausencia pero, después de un viaje fugaz en el tiempo que le hizo torcer el gesto, me contestó con un lamento lúgubre:

–Andrés era yo...

Aquella respuesta me confundió, de entrada, hasta que entendí que Andrés era su apodo en la guerrilla.

–Todos teníamos un alias –me dijo–. El mío era André o Andrés, según estuviéramos aquí o en Francia. ¿Quién te ha hablado de Andrés?

Cuando le dije que las noticias que se habían recibido identificaban a un tal Andrés en la fotografía que habíamos colgado en internet, ya no tuve ninguna duda de que la investigación iba bien encaminada. Entonces no entendí que el Andrés de la fotografía fuera el propio Federico. Por eso equivoqué la pregunta:

–¿Quién le conocía a usted en Aragón, cuando estuvieron allí?

Él aseguró que, aparte de los miembros de la expedición, nadie. Y que no se explicaba que alguien le reconociera, si no se trataba de otro guerrillero.

–Es una mujer, según creo...

–Imposible –sentenció.

Llegados a aquel punto de la conversación, se despertó su curiosidad por conocer los detalles del comunicado, ese en el que alguien decía conocerle; por ello pensé que lo mejor sería que Moreno viniese y nos pusiera al día de lo que se había averiguado. Tardé un rato en localizarle, pero con la promesa de venir en cuanto saliera del trabajo, Ramón y yo pasamos una tarde bastante plácida, porque hasta se animó a salir para dar un paseo, aprovechando la primavera que se anunciaba.

Y las noticias que trajo Moreno no podían ser mejores:

–No queríamos decirle nada hasta estar absolutamente seguros y que nos enviasen las grabaciones, pero es más que probable que la mujer se haya confundido de nombre y el identificado como Andrés sea su hermano.

Eran muchas cosas para un cerebro tan castigado como el suyo, que funcionaba con dificultad a pesar de su lucha por mantenerse atento. Solo con oír que se referían a su hermano Federico, Ramón cayó en un ensimismamiento profundo que asustó a Moreno, pero que yo veía venir desde hacía un rato.

Le preparamos un poco de cena entre los dos, mientras él, con *Malatesta* en el regazo, estaba sentado como una estatua ante el televisor, que le habíamos puesto en marcha porque yo sabía que le gustaba y las imágenes pasándole por delante le distraían de sus quimeras. Olga y yo nos habíamos acostumbrado a hacerlo porque teníamos la impresión de que, con el volumen muy bajo, le ayudaba a tranquilizarse antes de irse a la cama y le borraba la difícil realidad de un mundo mental que no podía controlar.

–Lo peor del caso –comentaba Moreno en la cocina– es que los del CEHA dicen que la confirmación definitiva la tendríamos si la mujer y Ramón se encontrasen para hablar de todo aquello que, grabado, sería un testimonio irrepetible...

Por la cara que puso, adiviné que él tampoco había aceptado con facilidad la prohibición de Olga. Y entonces oímos que, en el comedor, Ramón decía:

–Las aguas del Cinca son muy frías... Bajan de los picos del Pirineo... Como el hielo, estaba... y eso que fue en mayo...

Estaban poniendo un documental. Las imágenes que enseñaban eran de unos bosques y un río, pero no debían de ser los que él refería en su soliloquio, que continuaba:

–¡Qué cambiado ha de estar aquello! Claro que esto seguramente lo hayan filmado en otoño, y entonces era primavera. Si enseñasen algún pueblo...

–Estuvo usted por aquellas tierras, ¿verdad, Ramón? Y las debe de conocer bien. A ver si se ve algún pueblecito... –dije para colarme en sus reflexiones.

No, no mostraban ningún pueblo, y la filmación se decantaba por los paisajes vistosos y los animalitos de los bosques. Entonces Moreno, más hábil y tan impaciente como yo, hizo la pregunta:

–¿No le gustaría volver a visitar aquellos lugares, Ramón?

Nos miró extrañado y contestó con una lógica implacable:

–¿Y cómo queréis que vaya hasta allí? Además: ¿qué pinto yo, a estas horas, en aquellos andurriales?

Me regaló la respuesta:

–Buscar... –dije con cierto temor–, preguntar... si alguien recuerda o sabe algo de Federico.

Su silencio, con los ojos imantados en la pantalla, resultaba inquietante, porque no sabíamos por dónde podía salirnos. Hasta que a trompicones, y en voz muy baja como si hablara consigo mismo, balbuceó:

–¿Y... si fuera... verdad...?

–Si quiere usted ir, no tiene más que decirlo –se atrevió a proponer Moreno.

Solo movió la cabeza afirmando, y ya no pronunció ni una palabra más.

A nosotros, que compartíamos aquella idea del viaje, nos bastó para empezar a planearlo. Puede que fuera una locura. Y si Olga o el doctor Remilgos nos hubiesen oído, es probable que hubieran clamado al cielo contra nosotros. Pero estábamos absolutamente decididos, y yo le expliqué a Moreno que el viaje tenía que hacerse en seguida, aprovechando los días que ella no estaba –de hecho, le dije que la prisa se debía a que Ramón se había recuperado un poco–, y que yo podría convencer a los señores Armengol –más bien pensaba enredarles, sabiendo que ya se sentían un poco cansados– arguyendo que nos encargaríamos de él un par de días.

A Moreno le pareció perfecto. Solo teníamos que avisar a su amigo de Aragón para que nos guiase; y acordamos que el mejor día sería el sábado, que los dos librábamos y yo habría podido preparar un poco a Ramón para el viaje.

Cuando Moreno se despidió, «hasta el sábado a las ocho», yo pensé que tendría que inventar alguna excusa para esquivar a mi padre, entusiasta precursor de la idea. Y acompañando a Ramón hasta la cama, se me ocurrió que lo mejor era decirle que pasaría el día en casa del viejo, sin dar más detalles.

Por la noche, Olga me llamó desde Madrid para preguntar cómo estaba Ramón, y yo le contesté que «igual que siempre». Es la ventaja de hablar por teléfono sin que te vean la cara, porque seguramente se me subieron los colores cuando le mentía, pero no me pareció que ella notase nada.

Resultó fácil convencer a los Armengol de que a la mañana siguiente libraban. Menos sencillo fue poner a Ramón en situación aquel viernes antes del viaje, por más que yo intentaba contagiarle el optimismo. Al marcharse, los Armengol me explicaron que después de comer se había quedado traspuesto en la butaca, y allí se quedó durmiendo hasta las seis de la tarde. Puede que por la noche hubiese descansado poco o mal por la perspectiva de la partida. Yo quería pensar que cuando despertase se recuperaría y cuando abrió los ojos me pareció que me sonreía un momento, pero en seguida volvió al estado semivegetal que me angustiaba tanto. Estaba nervioso y con él allí, de aquella manera, me costaba seguir leyendo unos apuntes que tan solo me pasaban ante los ojos. Puse el televisor para ver si alguna imagen le reanimaba.

–Necesitaremos un jersey grueso y calzado resistente.

Había musitado con lenta dificultad aquellas palabras que yo solo había medio entendido por lo que, al oír que yo soltaba un «¿qué?», me lo repitió en tono contrariado.

–¡Jersey grueso y calzado resistente! –gritó.

–¡Hombre Ramón, qué contento estoy de que me diga algo! –no sé por qué se lo dije chillando–. Yo también tengo muchas ganas de ir allí. ¿Está más animado?

No me contestó. Con un brazo hizo como si espantara una mosca inexistente. Y ya no volvió a decirme nada más hasta que, pasado un buen rato, repitió la misma frase del jersey y el calzado más lentamente pero con cara de estar cabreadísimo. Yo no sabía si su mente estaba reviviendo los preparativos de la expedición del 49 o preveía la del día siguiente, con aquella obsesión por el frío y el calzado, e intenté devolverle al presente.

–Esté tranquilo, Ramón, que nos abrigaremos bien; y zapatos ya encontraremos...

Ni había terminado mi frase cuando le miré los pies y un sudor frío me recorrió el cuerpo: ¡las zapatillas! Ramón no tenía otros zapatos que aquellas pantuflas de andar por casa que no se quitaba nunca, ni para ir a dar los cuatro pasos de cada día, y a las que el paso de los años había otorgado un color indefinible. ¡De ninguna manera podía ir a trotar por pueblos de montaña con aquello en los pies!

Vi que no tenía más remedio que ponerme a revolver armarios, buscando aunque fuesen unos malos zapatones medio presentables, porque no era el caso ir a buscarlos a una zapatería –¿y con qué dinero?– montando el numerito del abuelo *out* por las tiendas.

Desenterré los trastos más incomprensibles que dormían ocultos por todos los rincones: un montón de navajas de barbero oxidadas dentro de una caja, un juego de ajedrez polvoriento, una maleta de cartón llena de herramientas inservibles, un mono de mecánico, una caja de zapatos repleta de bujías y yo qué sé cuántos trastos más. Hasta que al final, cuando ya me daba por vencido, detrás de un montón de viejos bolsos de mujer que debieron de pertenecer a la difunta Amalia, asomaron un par de botas que parecían proceder de alguna de las campañas de Napoleón. Más que de cuero eran de piedra, sin ninguna flexibilidad, agrietadas por todas partes. Los cordones se deshilachaban solo con tocarlos, pero las suelas parecían aguantar bien. Les saqué un poco el polvo y pensé que sí, que igual servían...

–Diría que hemos tenido suerte. A ver, Ramón, levante el pie...

Tuve que alzárselo yo, claro, porque él era un muñeco inmóvil, pero le iban aceptablemente bien. Cuando le incorporé para saber si le hacían daño, apenas era capaz de aguantarse en pie, pero al vérselas puestas abrió los ojos de forma exagerada, se puso a balbucear trozos de palabras y me confundió, como tantas otras veces, con su hermano Federico. Eso me hizo pensar que aquellos zapatones olvidados tenían una historia. Y parecía tan contento de haberlos reencontrado que se negó a quitárselos.

Y allí sentado, probablemente contemplando la película de su vida, con los ojos fijos en las botas acabadas de recuperar, estuvo en silencio (suspirando a ratos, sonriéndose a sí mismo por las imágenes del pasado que volvía a encontrar), hasta que *Malatesta* regresó de su paseo diario y le convencí para irse a dormir, después del vaso de leche calentita de cada día –consejo heredado de mamá–, que ya se había acostumbrado a entender que marcaba la hora límite. Con todo, insistió con gesto tozudo, infantil, en meterse en la cama sin quitarse los zapatos. Y yo le dejé pensando que, ¡caramba!, tampoco hacía ningún mal a nadie.

Recordar la escena de Ramón durmiendo con los zapatos puestos y *Malatesta* velándole a los pies de la cama me hacía sonreír mientras me dirigía a la parada del autobús.

25

Al abrir, me extrañó ver que Laura también venía.

–Serrat no puede –dijo Moreno, advirtiendo mi sorpresa–. Además, mi coche es pequeño y el de Laura no...

–¿Queréis decir que podrá acompañarnos?

Laura lo preguntaba mientras acariciaba a *Malatesta,* que se dejaba complacer y nos miraba. Moreno torció el gesto moviendo la cabeza en dirección al viejo, porque también dudaba. Y eso que ahora le veían levantado y a punto, con sus inseparables botas en los pies; porque yo, inquieto desde la madrugada, había tomado el autobús poco después de las siete para llegar antes y solucionar los posibles inconvenientes. Y había hecho santamente bien, pues encontré a Ramón en la cama y tuve que obligarle a levantarse, medio lavarle para que se despertara y vestirle. Aun así, no parecía consciente de que teníamos que ponernos en marcha. Por suerte había dejado que le arreglara moviéndole de acá para allá como si fuese un muñeco grande, sin oponer casi resistencia; solo tartamudeba algunas palabras inconexas que debía de tener guardadas de los sueños recientes, en medio de un ronroneo constante, como si cantara una canción que parecía que le viniera de la garganta, con una ronquera igual a la de *Malatesta* cuando se dejaba acariciar.

–No os preocupéis... –dije yo, para convencerme también a mí mismo–. Cuando vea adónde le llevamos, se recuperará. ¿Nos vamos ya?

Y el viaje, larguísimo, empezó con unos intentos de Laura para que Ramón charlase. Pero él se limitaba a mirar por la ventana mientras mascullaba indiferente aquel casi imperceptible ronroneo que se confundía con el ruido del motor. Iba a mi lado, en el asiento trasero, absorto y como si viajase solo, siempre con el sonsonete gutural que era todo lo que soltaba, por más que Laura insistiese en preguntarle cosas sobre su pasado reciente y las experiencias más antiguas. Después de los primeros kilómetros de autopista, con aquel ruido monótono de fondo añadido a la tensión y la mala noche que había pasado, los ojos se me fueron cerrando y debí de dormirme muy a gusto, porque cuando volví a abrirlos, el paisaje había cambiado mucho.

Paramos un par de veces y yo acompañé al viejo al servicio, siempre con su cantinela, que parecía habérsele pegado a la garganta. Tenía que sacarle del coche tirándole del brazo pero después me seguía fácilmente, sin apenas resistirse a entrar en los lavabos. Yo tenía miedo de que se quedara encerrado, porque permanecía dentro mucho rato, hasta que yo insistía y él salía a medio vestir. Aquello que muchos hubieran considerado una lata, a mí, que ya estaba acostumbrado, me parecía de lo más normal. Pero que la gente nos mirara de reojo, mientras se lavaban las manos, observando con un interés desmesurado y sin ningún disimulo cómo yo le ayudaba a recomponerse y le abrochaba, me ponía muy nervioso.

Al rato de haber tomado la carretera comarcal, atravesamos aquellas planicies inmensas, y en seguida, a medida que empezaban a estrecharse y a convertirse en cuestas, los colores de una primavera que se iniciaba con todas las gamas del verde fueron ganando intensidad hasta conseguir que algunos rincones merecieran convertirse en cartel de reclamo turístico.

–Esto es el valle de Sobrarbe –Moreno, que parecía haberme leído el pensamiento, le ponía letras al póster.

Ramón seguía con su cansina cantinela gutural, ausente y ceñudo, el rostro completamente vuelto hacia fuera, quizá embelesado por la belleza de un mundo y de unos parajes que ya debía de haber olvidado que existían. Y a mí me supo mal no haber llevado la cámara de fotos, no tanto por las postales del viaje –esa manía de mi padre de fotografiarlo todo, me negaba a heredarla–, sino porque pensé que me hubiera gustado guardar alguna imagen de Ramón hablando con la mujer que se suponía que tenía que aclarar el misterio de Andrés. Claro, que siempre podría pedirle una copia a Laura, quien iba bien equipada de filmadora, cámara y grabadora, para que no se perdiese ni una imagen ni una palabra que añadir a los archivos de MyD.

Divagaba pensando en todo esto y me vino un sofocón al imaginar qué diría Olga cuando lo supiera –porque era lógico que acabara sabiéndolo–. Entonces, Moreno nos llamó la atención porque ya aparecía el indicador de llegada al pueblo de Aínsa. No tuvimos que entrar, porque, en una gasolinera de las afueras, un hombre con una gorra gesticulaba para que le viésemos.

–¿Este es Antonio? –preguntó Laura.

Moreno asintió moviendo la cabeza y aparcó.

Era un tipo simpático y campechano que se abrazó fraternalmente a Moreno, dio dos sonoros besos a Laura, encajó mi mano como si pretendiera pulverizarla y tostó la espalda de Ramón con un par de sonoros manotazos y un «¿Qué tal, abuelo?», que debió de desconcertar aún más al viejo.

Quieras que no, Antonio nos obligó a tomar un buen desayuno en el bar de la gasolinera, porque tenía la opinión de que es imposible trabajar con la barriga vacía. Y aquello significó un mal rato para mí, porque el aragonés quiso ser amable con Ramón preguntándole cómo había ido el viaje, y el viejo no tuvo mejor idea que contestarle en francés. Nos dejó a todos pasmados. ¡Cuántas sorpresas no guardaba ese hombre!

Pero lo mejor del caso fue que Antonio, sin perder su sonrisa campechana, le contestó en el mismo idioma. De manera que Laura, Moreno y yo fuimos testigos perplejos –y en mi caso, ignorante– de lo que parecía una conversación entre dos viejos amigos, a pesar de que se acababan de conocer. Y cuando vi que Ramón se echaba a reír con todas sus ganas, feliz como si le hubieran contado un chiste, mi extrañeza se convirtió en interrogante:

–Pero ¿esto de qué va?

Antonio, que entendía un poco el catalán –«más bien, muy poco» decía, humilde–, resumió que Ramón había encontrado el viaje largo, aburrido y a los compañeros «apagados» –¡sí, sí, había dicho literalmente «apagados», el muy jeta!–; pero también señaló que estaba muy contento de haber llegado a Francia y de hablar con alguien que podría darle noticias sobre los grupos de Lyon y de cómo andaban las cosas por Toulouse, porque él pensaba que estaban muy parados y que faltaba acción. Antonio, al parecer, le había seguido la corriente confirmándole: «Sí, están más parados que el caballo de un fotógrafo», una broma que había provocado las carcajadas de Ramón.

–¡Es decir, que el hombre se encuentra ya en su ambiente: de nuevo en el exilio y listo para preparar más sabotajes! –comenté en voz baja.

Ellos lo encontraban la mar de divertido –parecía que le entendían– pero yo creía que reírse de los delirios del pobre viejo era un abuso. Y se lo dije.

–¡Pero no, hombre! –señaló Moreno mientras Ramón seguía discurseando en aquel idioma incomprensible–. Si lo que está haciendo ahora es dar detalles sobre otras acciones que se llevaron a cabo y de cómo se organizaban...

Total: que se pasaron más de una hora desayunando –Ramón más bien poco: casi ni probó bocado– y tomando notas

–Laura con la grabadora encima de la mesa– de los nombres que él rescataba de la memoria. Una memoria medio dormida en los pliegues ocultos del cerebro ahora despierto por una casualidad inexplicable, aunque mezclara idiomas sin ningún criterio y se dirigiera a nosotros en catalán y en francés.

Hasta que creyeron que ya iba siendo hora de moverse y yo respiré aliviado. Pero entonces, Ramón exigió volver a casa: «El contacto ha resultado muy productivo; ahora solamente nos queda esperar órdenes» dijo, y se levantó dirigiéndose a la calle, que trabajo me costó evitar que atravesara la carretera; estaba convencido, supongo, de que alguien le pasaría a buscar para regresar a casa.

–¡Esto no va así, Ramón! –le gritaba, mientras los demás, tan entusiasmados con el material informativo que acababan de conseguir de propina, ni se enteraban de la fuga del viejo–. ¡Usted no irá a ninguna parte solo, hombre!

–¿Y tú qué sabes? –se me encaraba, es probable que sin reconocerme.

La presencia de Antonio le convencería finalmente, al acercarse para invitarle a subir a su todoterreno. Ya sentados, cuando el vehículo arrancaba, me miró sonriendo y me dijo:

–¡Qué día tan bonito hace! ¿Verdad, Arnau?

Y yo, que no sabía si me estaba tomando el pelo, preferí limitarme a responder que sí, afirmando con la cabeza.

Antonio había preparado una visita muy completa a la zona. Después de pasearnos con el coche por los alrededores de Aínsa, explicó que remontaríamos el curso del río Ara por la carretera que llega a Boltaña, la capital de Sobrarbe, y que pararíamos en un pueblecito llamado Sieste. Yo no recordaba haber oído nunca aquel nombre, ni haberlo leído en los papeles de Ramón, y me extrañó:

–¿Y para qué vamos a Sieste? –pregunté.

–Es allí donde tenemos la entrevista... –me aclaró Laura, más informada que yo.

Dejamos el coche en la plaza de la iglesia, animada aquella hora de la mañana por unos cuantos vecinos que, poco acostumbrados a las visitas de forasteros, nos miraron con extrañeza. Siguiendo los pasos de Antonio, subimos unas cuantas calles empinadas que se hicieron eternas a la velocidad que andaba Ramón, hasta que llegamos a una de las últimas casas del pueblo. Cuando el viejo y yo alcanzamos al resto de la expedición, ya habían llamado a la puerta.

Una abuelita minúscula vestida de negro de la cabeza a los pies, que murmuraba, más que hablaba, como si estuviera rezando, intercambió unas frases con Antonio: él preguntó si le recordaba y soltó una retahíla de nombres que debían de ser parientes o amistades de uno y otra. La mujer nos miraba con unos ojos claros impactantes, tan húmedos que parecían moverse dentro de un lago. Pensé que quizá no veía bien, y si era ella quien había identificado la foto... Nos invitó a entrar en su casa y nos ofreció vino –«Solo os puedo ofrecer unos vasicos de vino»–, que rechazamos por cortesía. Ramón la miraba indiferente y ella tampoco parecía prestarle ninguna atención al viejo.

Hasta que Antonio sacó la fotografía de los dos hermanos que habíamos puesto en circulación a través de internet, se la mostró a la mujer y le preguntó si se acordaba de Andrés. Entonces Ramón se puso en guardia y el rostro de la abuela se endureció, con las facciones estiradas por el mismo nervio oculto que hacía que sus ojos nos miraran con inquietud, como si quisiera confirmar que podía hablar sin miedo.

Luego se produjo otra escena *made in Ramón*. Él se adelantó, *«Je suis André...»*, reivindicaba, como si alguien le hubiera usurpado la identidad. Y ella se echó para atrás, asustada por el gesto amenazador de Ramón y porque no debió de entenderle: «¿Qué dice este hombre?». Al oírla, Ramón alzó más la voz, para insistir: «¡Andrés soy yo!». La mujer, que seguía asustada y sin comprender qué ocurría, parecía estar a punto de echarnos de su casa. Y lo hubiera hecho si

Antonio no le hubiese pedido que señalara cuál de los dos hombres de la foto era el famoso Andrés. Ella puso el dedo sobre la imagen de Federico.

Costó que Ramón recordara que había sido él mismo quien nos había facilitado aquella fotografía, porque al verla en manos extrañas, el viejo empezó a rugir. Pero cuando ella insistió, dando golpecitos con el dedo, en que el hermano de Ramón era Andrés, él la miró sorprendido, se dejó caer en una silla abatido, y comenzó a hacerle preguntas en castellano a la mujer. Ella se tranquilizó al comprenderle y le fue contestando con una seguridad admirable, hasta que empezó a explicar una historia estremecedora, con unos detalles de tal precisión que se diría acababa de vivir el día anterior.

Laura, al ver que la mujer se sentaba y señalaba con un gesto el retrato de boda que colgaba de la pared, se dio prisa en poner en marcha la grabadora, al mismo tiempo que accionaba la filmadora, a pesar de la poca luz de aquel interior. Y lo que todos pudimos oír, y quedó grabado para siempre, fue lo que sigue:

–Mi matrimonio con Julián duró dos meses escasos. No tuvimos más tiempo para disfrutar de nuestra pequeña felicidad de juventud, que acabó el día que denunciaron a mi marido porque había sido militante anarquista antes de la guerra. Era verdad, sí, como tantos otros. El hecho es que aquella acusación le hizo correr de penal en penal por todo el país hasta que acabó en las obras de construcción del Valle de los Caídos. Compartió condena con centenares de desgraciados como él, que levantaron aquel monumento fascista «para redimirse», les decían. Volvió a casa al cabo de diez años, con el alma destrozada y el cuerpo enfermo, para comprobar que los que durante su cautiverio me habían estado tratando como a una apestada, ahora nos miraban de reojo a los dos y establecían una frontera aún más profunda de soledad y desprecio a nuestro alrededor, que tuvimos que soportar durante años. Mal vistos por los delatores y aislados por el miedo que lo dominaba todo, teníamos que ir a Guaso para comprar a escondidas y plantar cuatro verduras en el patio de casa, o valernos de unos pocos amigos, porque las tiendas de Sieste tenían órdenes de no vendernos nada, por rojos y «desafectos al régimen», decían.

Desmadejaba su relato sin ningún odio, con una voz casi neutra, seguramente porque el dolor debía de haberse petrificado en su interior después de guardarlo durante años. De cuando en cuando, hacía una pausa y nos miraba a todos. Ramón, que se había sacado la boina y la apretaba dentro de un puño, no decía nada, puede que rendido a una historia que no había de diferir tanto de la suya, quizá hasta repasando episodios personales a la luz de los de aquella mujer, que retomaba el hilo de su narración con un suspiro.

–La pena nos llegó tan adentro que debió de carcomernos y no tuvimos hijos... Y el pobre Julián murió sin tiempo para ver lo que vino después, a pesar de que no se había cansado de repetir, para darme ánimos: «Todo cambiará, mujer, no sufras que todo cambiará...». Y las cosas han cambiado mucho, sí, pero los nuevos tiempos ya no aprovechan a los que se dejaron la vida para alcanzarlos, como mi Julián o como Teresa, que es de quien ustedes quieren que les hable...

Y entonces, sin precisar fechas pero con una visión tan exacta que se diría que dentro de sus ojos claros se proyectaba una película, se remontó a una tarde de primavera, cuando su marido todavía pagaba condena y ella había ido a visitar a su amiga Teresa, una de las pocas personas en quien confiaba. Vivía sola, muy cerca de donde estábamos escuchando aquel relato, en el molino del río Ara; molino que cuidaba desde que Pedro, su marido, con menos suerte que Julián, había desaparecido en el frente poco antes de acabar la guerra.

–Teresa –sonreía ahora al recuerdo, solo con evocar su nombre– era una mujer joven y fuerte, muy guapa y muy valiente, que luchaba sola para sacar adelante el molino, alimentando la esperanza de que su marido volvería cualquier día. Y era prácticamente la única persona en quien yo podía confiar mientras Julián recorría todas las prisiones de Franco. Iba a verla cada dos o tres días, y ella me regalaba sobras del grano que la gente llevaba a moler o algunas coles y patatas que tenía en su huerto. Con eso, yo tiraba sin pasar hambre. Y para compensarla y hacernos mutua compañía, le ayudaba en el trabajo, charlábamos o pasábamos el rato cosiendo, lejos de las mirada traidoras y de las malas lenguas que nos tenían marcadas como «mujeres de rojos».

»Ni ella se alejaba casi nunca de su molino ni yo podía ir a otra parte que no fuera a visitarla. Ninguna de las dos teníamos parientes: solo contábamos con los dos hombres perdidos por el mundo... o eso quería creer ella, la pobre, porque el suyo no volvió jamás (y mejor ha sido, la verdad). A mí, que vivía aquí, dentro del pueblo, siempre había alguien que me hurgaba en las heridas con comentarios maledicentes y preguntas envenenadas, «¿Cuando volverá tu marido?»; «¿es verdad que le han aumentado la condena por asesino?»; y hasta alguno más malicioso, si cabe: «Dicen que tu Julián vive en la capital con otra...». Me acostumbré a barbaridades así, dichas solamente para causar dolor, que yo simulaba no oír, agachando la cabeza y con el corazón encogido. Pero Teresa no se parecía a mí. Ella era alta, bien parecida, orgullosa, atrevida, no se dejaba humillar por nadie. Y lo sabían bien, porque en lugar de atizarla, muchos hombres la buscaban.

»En fin, aquella tarde de primavera, cuando llegué a los alrededores del molino, ella me esperaba impaciente de pie al lado de la pasarela, y me advirtió que no me asustara porque tenía a un hombre en su casa. Primero pensé que su Pedro había vuelto, pero me dijo que no era él y temí que alguno de aquellos la hubiese enredado. Entonces me contó que era uno de los hombres de la matanza del Cinca de hacía una semana.

Ramón debió reaccionar al oír aquello, pero nada más hizo un movimiento con la cabeza, que mantenía agachada como si inspeccionara sus famosos zapatos. Yo me acerqué a la mujer porque, por primera vez en mucho rato, veía que la historia no era una divagación y que hablaba de cosas que yo conocía.

–... los civiles habían interceptado una partida a la entrada de Aínsa y habían organizado una carnicería, según se contaba por el pueblo. Aunque alguno había escapado. Y Teresa me dijo que el hombre que ella tenía escondido era uno de los pocos supervivientes, porque se había lanzado al Cinca y después, remontando el Ara a pie, andando durante la noche, había llegado al molino. Ella le había encontrado aquella misma mañana, débil y delirante por la fiebre, agazapado tras unos sacos de grano. Por supuesto yo me asusté mucho, pero al final juré que guardaría su secreto y en seguida me llevó a conocer a Andrés, un chico muy joven, exactamente como se le ve en esta fotografía que ustedes traen –volvía a señalar la foto que estaba sobre la mesa–, pero más delgado. Lo tenía oculto en una especie de despensa tras la cocina, tapado con unas mantas. Y allí estuvo un par de semanas, escondido durante el día, por si algún desconocido se acercaba al molino y quieto, recuperándose.

»Pasaron los días. Andrés ya se encontraba bien y no parecía que hubiera nada que temer. Los dos me aseguraban que cuando en verano subiesen los segadores a trabajar por los campos del valle, él saldría como si fuera uno más, se mezclaría con alguna de las cuadrillas y aprovecharía para acercarse a las montañas y pasar la frontera de Francia para buscar a los suyos.

–¡Era él, Ramón! –se me escapó, convencido, a pesar de no conocer el final de la historia–. ¡Andrés era Federico!

Todo el mundo se sobresaltó, absortos como estaban en la narración de la mujer. Él, como debía de haber seguido el relato, al oír el nombre del hermano levantó una mirada buscando el vacío y repitió el nombre con una voz triste y ronca –«Federico..., Federico...»– gimiendo levemente. Parecía buscarle por las tinieblas imposibles del tiempo. Y entonces puso su mano sobre la mía, puede que porque necesitara aferrarse a alguna realidad o para decirme que se rendía, nunca lo supe.

–¿Es el hermano de Andrés? –la mujer, impresionada, lo había adivinado, y añadió–: Pobrecico...

–¿Y qué fue de Andrés? –era Laura, que expresaba la impaciencia de todos.

–Esta es la parte más dolorosa de la historia –afirmó compungida–, porque parece que la mala suerte que nos perseguía a Teresa, a mí y a nuestros hombres, también le cayó encima a él, por una serie de desgraciadas casualidades.

»Ya he dicho que Teresa era una mujer muy atractiva. Y eso, además de envidias, despertaba algunos deseos sucios en más de un vecino que se convirtieron en persecución cuando volvió al pueblo, después de muchos años, Conrado Román. Este hombre era un tarambana que había marchado a las colectivizaciones de Bujaraloz como anarquista y regresó arrastrando una fama de verdugo sin escrúpulos en los dos bandos. Pero ahora vestía de falangista, cargado de correajes y calzado con unas relucientes botas de montar. Según él, había vuelto a poner orden en el valle, a desenmascarar rojos con su nombramiento de «delegado de no-sé-qué», y se paseaba por toda la comarca como un gallo de pelea, con su disfraz de domador de circo –camisa azul y condecoraciones de latón, pero sin leones–, acompañado de los inevitables lameculos, por aquello de que la mierda siempre atrae a las moscas...

Parecía que la abuela había empezado a sentirse cómoda y llamaba a las cosas por su nombre sin remilgos. Yo estuve a punto de echarme a reír a gusto por su comentario, pero la tragedia que se adivinaba en aquel relato que no se interrumpía me lo impidió.

–Conrado Román, conocido en la comarca desde entonces como «el Gato con botas», siempre había estado a matar con Pedro, el hombre de Teresa, y le faltó tiempo para empezar a rondarla con sus maneras de chulo de feria y sus comentarios descarados. Se presentaba cada vez más a menudo en el molino, en alguna ocasión con obsequios absurdos, abalorios o comida que robaba vete a saber a quién, y casi siempre bebido, con los ojos encendidos de obscenidad y galleando ante su tropa de gorrinos. Cuanto más se le resistía Teresa, más insistía él, al parecer excitado por las negativas y los desplantes, se diría que alimentaban su instinto animal. De manera que todo el pueblo le había oído jurar más de una vez aquello de «la molinera está ya a punto, madurita, al caer», entre ebrias carcajadas brutales.

»La situación, con Andrés oculto, empezó a ser peligrosa. Y al parecer explotó (a partir de aquí ya solamente puedo suponer lo que corría en voz baja, porque nunca más pude hablarlo con ella). Una noche, Conrado Román se presentó con el propósito de obligar a Teresa a aceptarle. Debió de haber resistencia, amenazas y puede que algunos golpes, con Andrés siguiendo impotente la escena desde su escondrijo para no delatarse. Hasta que la situación tuvo que hacerse insostenible, y es de suponer que el muchacho salió en defensa de Teresa. El resultado de todo ya es seguro: mató a Conrado, sin darse cuenta de que el facha mala bestia tenía esperándole a los acólitos de siempre. Y si no llegaron a tiempo de salvar al Gato con botas, debieron encontrar en seguida la manera de vengar su muerte: acabaron con los dos allí mismo, ciegos de rabia, alcohol y cobardía, en una ceremonia criminal tan enloquecida que finalizó pegando fuego al molino para borrar el rastro de su canallada.

»Al día siguiente, por el pueblo y por todo el valle, corría la historia de la molinera que había asesinado al «delegado» Román cuando había ido a detenerla porque escondía a un rojo que era su amante. Y después de la ceremonia del entierro del Gato con botas, tan solemne como hipócrita y llena de pompa ridícula, sabiendo la amistad que me unía a Teresa, les faltó tiempo para venirme a amenazar. No sé qué les impidió matarme también a mí; puede que el mismo miedo que se tenían entre ellos a que uno no delatara a otro, si se producían demasiadas muertes en este rincón olvidado de la tierra y las noticias llegaban a oídos de los capitostes fachas de la capital. El caso es que, después de amedrentarme diciendo que olvidara que Teresa había existido si quería volver a ver a mi marido con vida algún día, me dejaron unas palabras que durante años he tenido grabadas en el alma: «Cuida de no tener el mismo fin que ellos». Y con toda la suciedad de que eran capaces, se dedicaron a divulgar la calumnia de que había sido yo quien había delatado a los dos amantes.

»Desde entonces, nunca, nadie, ni ahora ni antes, ha querido hablar de aquello: Teresa y Andrés se defendieron del animal de Conrado, y sus cómplices cobardes vengaron la muerte de su jefe y protector asesinándoles y borrando su memoria. El tiempo, su aliado, ha cubierto de silencio lo que sucedió aquella noche y ha borrado los rastros. Del molino quemado ya no queda ni señal: las tierras pasaron a manos del ayuntamiento y todo se fundió en el olvido, incluso ellos. Y la gente, los pocos que quedan de entonces, también simulan que Teresa y el molino nunca han existido. Con mentiras así, con silencios como este, administraban el miedo que les hizo fuertes tantos años.

26

«La vida tiene unos caminos tortuosos e inesperados». Eso pensaba, mirando hacia la oscuridad que atravesábamos durante el viaje de vuelta, con el coche cargado de un silencio más denso que el de la ida, ahora impregnado de la tristeza que procura el pasado irreparable.

La confirmación de la muerte de Federico, sospechada por todos, hasta por el mismo Ramón en sus ratos de lucidez, no era lo que me hacía pensar en los caminos extraños de la existencia humana. Era el hecho de que Federico –a quien la mujer había llamado Andrés hasta el final, cuando se despedía de Ramón con un abrazo silencioso– hubiese actuado siempre guiado por un sentido de la justicia y la dignidad que le había llevado, primero, a arriesgarse en una misión que él creía noble, para después de sortear mil peligros, acabar muriendo por defender a una mujer, seguramente con plena conciencia las dos veces de que enfrentarse a la barbarie era lo único que podía hacer.

Aquello era en realidad lo que me tenía abrumado. Conocer de primera mano la brutalidad humana, los abusos y la prepotencia imbécil relatados con frialdad por la vieja me había conmocionado, sí. Pero no tanto como el sentido de la generosidad con que actúan algunas personas en situaciones límite. Y lo que me parecía ya el colmo era la estúpida jugada final del azar: pensar que los cafres asesinos de Federico creían haber matado a un desgraciado cualquiera y que después, de rebote, habían convertido su salvajada en un acto político sin saber hasta qué punto lo era: ¡nunca conocerían a quién habían asesinado en realidad! Era para volverse loco en aquella espiral de despropósitos que había dado vueltas y vueltas, cortando dos vidas jóvenes y manteniendo prisionera la existencia de Ramón durante tantos años, hasta aquel mismo día.

¿Y cómo debía de sentirse Ramón? Se sentaba a mi lado, sin hacer ningún ruido, con los ojos entornados como si durmiera; así, durante todo el viaje. La única vez que paramos a repostar bajó conmigo, me siguió al lavabo y volvió al coche sin decir palabra, esforzándose por ser autosuficiente y no hacerse notar, porque no tuve ni que vigilarle ni ayudarle en ningún momento. Y después, otra vez a dormir o a hacer como que dormía, negándose a decir nada, a intentar nada, ni tan solo a dar muestras de que todo lo que habíamos conocido aquel día cerraba la puerta de la angustia que llevaba media vida abierta. Como si no fuera consciente de ello o, mejor dicho, como si tuviera tanta conciencia de todo que ya no valía la pena hablar de nada.

Tampoco se quejó cuando le dejé solo en su casa. Moreno y Laura me dijeron que me llamarían para darme algunas fotografías y para devolver todo el material de Ramón cuando lo hubiesen copiado; pero él, ignorando nuestra conversación, nos dejó en la calle para irse a encontrar con *Malatesta*, que parecía haberle añorado porque maullaba con una cadencia dulce, como si se quejara. Ramón le tomó en brazos un instante para acariciarle mientras yo le seguía y cerraba la puerta. Y cuando estaba a punto de preguntarle si necesitaba algo, porque se nos había hecho tarde y quería irme a casa, oí que le comentaba al gato:

–Ya está, *Malatesta*, todo está en orden...

Y aquel «todo está en orden» fue lo mismo que me dijo a mí cuando me iba, como si agradeciera la compañía y el viaje. Me pareció que se encontraba bien, sereno y calmado, que conocer la verdad le tranquilizaba, como si quedase en paz consigo mismo y con su pasado. Y cuando ya salía me abrazó sin decir nada, con una media sonrisa que me reconfortó.

Mientras estaba esperando el autobús en la parada, llamé a Olga, impaciente por explicarle lo que habíamos sabido en aquel viaje. Me daba igual qué pensara o qué dijese, si me abroncaba por la imprudencia o se enfadaba conmigo. El resultado de todo valía más que cualquier reproche que me pudiera hacer; y sabía que, en cuanto se le pasase el cabreo del primer momento, entendería que habíamos actuado correctamente. Sobre todo cuando supiera que Ramón estaba mucho mejor; y que su reacción, al poder poner punto final a las cuitas de tantos años, había sido decir que «todo está en orden», acompañando sus palabras de un abrazo agradecido.

–¡¿Qué dices que habéis hecho?!

Los pocos pasajeros de la línea doce que me rodeaban a aquella hora debieron de oír sus gritos, por más que yo pegase el auricular a la oreja, que estuvo a punto de saltarme hecha añicos. Ella, que no decía nunca palabrotas, parecía querer acabar con todas las del diccionario. Pero no tenía mi práctica en el insulto grosero, y lo más gordo que repetía era «¡Desgraciado mentiroso!», que tampoco era tan gordo, aunque fuera exacto, y que yo me tomé más como una definición que como un insulto.

«Entiende que...», «tienes que ver a Ramón tan...». Aquellos eran los dos únicos pequeños intentos de frase que yo había probado a intercalar en su monólogo de improperios. Hubo un momento en que pensé que se me iba a agotar el saldo o la batería del móvil sin haber podido decir una frase entera, porque ella estaba tan obsesionada y furiosa que no sabía qué hacer para calmarla. Estaba claro que me había vuelto a equivocar al prever que el ataque se le pasaría a los dos minutos de insultarme sin parar. Empezaba a estar nervioso, porque yo no me podía echar a gritar allí, ante la gente del autobús, como hacía ella donde fuese que se encontrara. Y veía que la cosa cada vez se complicaba más, porque de los insultos ahora se pasaba a las amenazas del tipo: «¡Si el señor aprovecha que no estoy para hacer lo que le da la gana, yo también haré lo que quiera, cuando quiera y con quien quiera...!». Me pareció que aquello era demasiado, que le había encontrado el gusto a pegarme gritos y que no, no tenía ninguna intención de escuchar lo que yo quería decirle. Lo estaba empezando a asimilar cuando respiró un instante tomando aire y soltó: «Y si mi opinión no cuenta, pues tú tampoco cuentes conmigo!», un segundo antes de colgar y dejarme con la oreja dolorida y la cabeza trastocada.

Tardé unos momentos en darme cuenta de que aquello quería decir que me plantaba de nuevo, como en los viejos tiempos de la moto. Pero en lugar de sentirme mal como entonces, no sé por qué, me limité a soltar un suspiro y decir en voz alta, consciente de estar hablando solo:

–Si no lo entiendes...

Y me quedé extrañamente tranquilo, aunque pensaba que aquella ruptura podía ser definitiva, porque estaba convencido de haber hecho justo lo que tenía que hacer.

Sí, estaba tan tranquilo que, al llegar a casa, expliqué que los de MyD habían resuleto las dudas de Ramón –sin hablarles para nada del viaje– y que, a partir de los contactos que tenían con la gente de Aragón, habían localizado a su hermano.

–Bueno, quiero decir la historia de su hermano, porque él murió...

Y entonces, animado por el interés que mostraban mis padres, me puse a explicar todo lo que no había podido contarle a Olga por teléfono, porque necesitaba oírme narrarlo en voz alta para creer que la retahíla de casualidades y salvajadas eran ciertas.

–¿Y cómo está Ramón ahora? –quiso saber mi madre.

–Bien. Parece que se lo ha tomado con mucha calma y que lo acepta, porque era lógico pensar que Federico había muerto...

–Claro. Cuando cargas con un problema durante años, el hecho de que se aclare te deja muy tranquilo –dijo mi padre–. Yo recuerdo que una tía de mi padre, que también había perdido un hijo en el frente...

Y nos soltó una «batallita» familiar que ya sabíamos todos de memoria porque se la habíamos oído contar millones de veces. Pero al escucharle me di cuenta de que el mundo está lleno de gente anónima que ha sufrido y sufre las barbaridades estúpidas que provocan las guerras, y los que padecen siempre son personas sin nombre: nunca salen en los libros de Historia ni en las crónicas periodísticas.

–¿No tienes que ir a ninguna parte hoy, Arnau? Son casi las doce...

Las palabras de mi madre fueron un mazazo que descalabró unos sueños que ya no recuerdo. Abrí los ojos sin saber en qué día estábamos y, al recordar que era domingo, que los Armengol tenían «fiesta» porque yo se la había dado y que Ramón debía de llevar horas esperándome, salté de la cama como si me persiguiera el diablo.

–Desayunaré en casa de Ramón. No vendré a comer. *¡Hastalanocheadiós!*

La última frase puede que no la entendieran, porque ya estaba en la puerta, y la había dicho sin ni siquiera respirar. En momentos como aquel era cuando más echaba en falta la moto, para pegar un salto y salir zumbando a todo gas –es un decir, claro, porque la pobre no era un rayo–, en lugar de depender de los autobuses que, en los días festivos, pasan con menor frecuencia.

Pero, finalmente, resoplando y sudado, entré en casa de Ramón con una excusa en los labios:

–Lo siento. Me he dormido... Es que ayer el viaje fue una paliza que...

Y se me helaron las palabras en la punta de la lengua: ¡el doctor Miedo estaba allí!

–¡Hombre, Arnau! –me sonreía con la falsedad de los sádicos–. Veo que ya te has levantado... ¿Es así como van las cosas por aquí cada día?

–¿Qué ha pasado? –no era normal que un domingo aquel tío estuviera allí, pero Ramón permanecía sentado, vestido, tranquilo, indiferente a la escena. En lugar de devolverle la pulla al doctor Reproches, me dirigí hacia el viejo, como si las palabras del otro no me afectaran–. ¿Se encuentra bien, Ramón?

–Sí, ahora sí que se encuentra bien –se entrometió, como siempre, el maldito doctor Metomentodo–. Yo le he ayudado a afeitarse y a lavarse, le he preparado algo de desayuno... Y ahora, como no veía a nadie de los que tienen que cuidarle, estábamos a punto de salir para dar un paseo.

–¿Y qué haces tú aquí? –acabé admitiendo que el único interlocutor que yo tenía allí era él, pero le bajé del rango del «usted»–. Ya iremos Ramón y yo a pasear. Gracias por tu ayuda.

–No he venido a pasear, precisamente... ¡Otro trabajo tengo! –se había picado al comprender que le estaba echando de la casa–. Pensaba que encontraría aquí al señor Armengol y quería comentar algo con él. Pero resulta que hoy habías de venir tú –hizo una mueca exagerando el fastidio–, y por tanto, tendré que hablar contigo...

No, no le gustaba tener que hablar conmigo, y menos aún si Olga no estaba. A mí tampoco me interesaba en absoluto su conversación. Pero me vi obligado a escucharla.

–Mira, Arnau –se me acercó y empezó a utilizar aquel tono paternal insoportable–, cuando has entrado empezaba a explicárselo a Ramón, pero no sé hasta qué punto entiende las cosas, porque es evidente que empeora por momentos...

–Ayer estaba perfectamente bien... –le interrumpí, exagerando. Y entonces pensé que no debía de tener ni idea de adónde habíamos ido, porque si lo hubiera sabido, la bronca que me estaría cayendo sería espectacular. Rectifiqué–: Ayer por la noche, cuando le dejé, estaba la mar de tranquilo y a punto de irse a dormir...

–¡Vestido! ¡Ha dormido vestido, Arnau! ¡Y con unos zapatones que trabajo he tenido para sacárselos! ¿Tú crees que es manera? –retomó el tono pseudobondadoso–: Es eso, justo, lo que quiero resolver de una vez. Deseaba hablar con vosotros, con Armengol, con Olga y contigo –daba a entender que yo estaba en su lista porque no tenía más remedio– , porque he quedado con una persona de los Servicios Sociales del Ayuntamiento para que mañana venga a visitarle. Que hablen, que se conozcan y, si puede ser, le dé a entender que finalmente le hemos encontrado un puesto en una residencia...

¡Patapum! Se me debió de notar en los ojos, encendidos por la chispa de la ira, que la idea del doctor Campodeconcentración me parecía una mala jugada enorme, porque se puso violento.

–¡No me mires así, porque es lo mejor! ¿No te das cuenta de que esta situación no puede continuar? ¡Todavía no entiendo cómo es posible que la gente de la Asociación lo haya permitido! Y ni tú ni ellos, aunque estéis locos de remate, sois nadie para negarle el derecho a ser atendido correctamente. ¡Nadie!

–¡Esta sí que es buena! –salté–. ¿«Atendido correctamente», dices? ¿Dónde estará mejor que en su casa, con sus cosas?

–¡Donde no se caiga y no se pueda abrir la cabeza! –contraatacó, porque el chichón todavía se notaba en la cabeza del viejo.

–¿Y se lo has preguntado a él? ¿Crees que no se da cuenta de lo que pasa y que no entiende las cosas? Si hubieras estado aquí, con él, tantas horas como yo, charlando, riendo, explicándome las mil aventuras que ha vivido... ¡Si ayer...! –estuve a punto de meter la pata de nuevo–. Si ayer... le hubieses oído hablar...

Yo gritaba y señalaba a Ramón, me acercaba a la silla donde estaba sentado porque quería hacerle reaccionar y que echara a aquel doctor Pavorreal que me miraba con una superioridad que me daban ganas de partirle la cara. Pero el viejo tenía los ojos vacíos, perdidos, y una postura que parecía avalar la condena que le querían aplicar.

–¡Ya veo que es inútil! –el medicucho volvía a enfadarse–. ¡Nunca entenderás nada, Arnau!

–No gritéis más, por favor...

Lo había dicho bajito, con la lengua medio trabada, y ahora hacía un gesto como si quisiera levantarse. Los dos dimos un salto para ayudarle, al ver que las piernas le flojeaban. Volvió a sentarse y se calló otra vez.

–¿Lo ves? Se aturde, no sabe dónde está, le molesta el ruido, se aisla... En fin: que necesita a alguien que sepa cómo hay que tratar a estos enfermos, aunque tú te obstines en negarlo y no entenderlo –se dio la vuelta y cuando estaba de espaldas a mí, se dirigió al viejo para decirle–: Hasta mañana, Ramón.

La costumbre de dejarme plantado e ignorarme se iba generalizando. Era cuestión de empezar a pensar que mi presencia molestaba tanto que había quien decidía borrarme, para ahorrársela. Pero mejor, mejor que el doctor Tocaperas se marchara, porque yo corría el peligro de quedar afónico intentando hacerle entender una razones demasiado humanas para que él, incapacitado por la ciencia médica, pudiera seguir.

Ya solos, Ramón y yo, encendido por el choque que acababa de tener con el doctor Mazmorras y por la perspectiva inevitable de que internaran a Ramón, me dejé caer en una silla, abatido. Y *Malatesta*, que debía de haber permanecido oculto con astucia gatuna durante la aparición del doctor Frankenstein, se subió a mis rodillas de un salto dándome un susto –¡joder!–, quizá para reclamar el desayuno que hasta entonces se le había escatimado.

Le puse un platito con un poco de leche en la cocina y, mientras él lo relamía con ávida rapidez, me encontré hablándole del problema que se nos presentaba:

–¿Y qué va a ser de ti, *Malatesta*? ¿Sabes si hay residencias para los gatos de los enfermos de Alzheimer? ¿Tú crees que nos permitirán visitarle, a ti y a mí, aunque no sepamos nada de medicina, en aquella prisión de batas blancas? No sé lo que daría por poder filmar a escondidas algunas de las conversaciones que Ramón tendrá con las enfermeras... Se les escapará, ya verás... En cuanto se distraigan un momento, se largará. ¡Y les va a montar cada cirio...!

Al cabo de un buen rato de divagar, cuando el gato se había largado dejándome con la palabra en la boca –¡como todo el mundo!–, hablando solo en la cocina, pensé que quizá yo también había perdido la cabeza si todo lo que sabía hacer era montarme diálogos con un gato. Y me volví al comedor, donde Ramón-estatua continuaba inmóvil.

–¿Y qué narices vamos a hacer ahora? ¡Estamos atrapados, Ramón!

Lo dije porque necesitaba hablar y hacerme la ilusión de que alguien me escuchaba.

Y entonces él asintió tres o cuatro veces con la cabeza, como si quisiera dejar bien claro que no quedaba otra salida que la rendición.

Aquel fue el único gesto que pude sacarle en todo el día. No quiso comer, no contestó a ninguna de mis preguntas ni proposiciones, no aceptó levantarse para salir de paseo –y yo no tenía ánimos para forzarle–, ni siquiera me dirigió una mirada. Siempre perdido en el vacío, como si los ojos pudiesen atravesar las paredes de piedra y del tiempo, superar las distancias y la inmediatez, romper los límites de la enfermedad y del cuerpo inerte que no respondía a estímulo alguno para ser libre en la inanidad absoluta y perpetua.

Fue el domingo más triste, lúgubre y largo de toda mi vida. Por hacer algo, me puse a roer cuatro mendrugos de pan que quedaban en un armario, porque pensé que las patatas y las judías que mi madre había preparado el día anterior y que estaban en la nevera, serían la cena del viejo. Cuando ya hacía un buen rato que la luz del día se iba apagando tras la ventana, encendí las luces e intenté que las imágenes de una película idiota de la televisión pusieran un simulacro de sentido a nuestro silencio triste. Ni él ni yo la mirábamos, y pensé que aquella era la habitual compañía imbécil que el aparato proporcionaba a tantas familias presuntamente normales. Decidí apagarla. La tarde, pesada como una losa sobre nuestra derrota, se convirtió en noche y me vinieron unas irrefrenables ganas de huir de allí.

De pronto, mi cerebro número uno se puso en marcha y me dijo que yo echaba en falta la juerga, las risas absurdas e infantiles de aquellos tiempos en que Carlos, David, Eduardo y yo vivíamos llenando los días, despreocupados, con una banalidad que no dejaba rastro alguno de amargura; cuando saltábamos, bailábamos y nos reíamos de todo y de todos sin pensar en el mañana. Porque el futuro para nosotros eran solo las próximas horas, y nuestra única inquietud consistía en saber si en la Zona encontraríamos a esta o aquella y si seríamos lo bastante hábiles para hacerlas subir a las motos y ver hasta dónde podíamos llegar; después nos lo explicaríamos con todo detalle unos a otros, para reír y reír y reír... Sí, el cerebro uno lo decía muy claro: tenía ganas de irme de allí, huir de todo y ser de nuevo el despreocupado muchacho que mis antiguos amigos conocieron; ansiaba volver a convertirme en el «vividor frescales», que decían en mi casa, y recuperar mi derecho a ser joven. Porque ser joven era aquello, ¿no? Aquello o estar con Olga, divertirnos, salir, abrazarnos..., en lugar de discutir continuamente por problemas que nos superaban. Y ahora no tenía nada, ni Olga, ni amigos, ni ninguna de aquellas tías que en la Zona estaban esperando a que alguien les diese un poco de marcha, porque también eran jóvenes...

Pero allí estaba el viejo, ante mí, quieto, como si fuera de piedra, sin mirarme, ignorando la amargura que yo pasaba por él. ¿Y quién me decía a mí que era necesario sufrir tanto por lo que no tiene remedio?

–Creo que tendré que marcharme...

Nada. Ni una respuesta. Ningún movimiento. No es que yo esperara nada: había hablado porque hacía horas que no me oía la voz, solamente la cabeza haciéndome *run-run* y quería saber cómo sonaban mis palabras.

–Le dejo la cena en la mesa, cómasela antes de que se enfríe... ¿Quiere que me espere y le acompañe para ir a dormir?

Traté de interpretar el silencio como una negativa. Estaba seguro de que me había oído y entendido, pero que había decidido que yo no le interesaba ya. Puede que fuera el anuncio del médico de encerrarle, que le había medio noqueado; o que empezaba a asimilar el hecho de que Federico no volvería y, resuelto aquello, a mí ya no me necesitaba para nada.

–¡Si no me contesta, yo me largo! –me rebelé, al pensar que me abandonaba porque ya tenía lo que quería–. ¡Tanta historia con Federico y la libertad y ahora se dejará encarcelar por un doctor Mediamierda y una asistente social! ¿No ve que así les está dando la razón, aquí, acurrucado como un abuelo inútil? –puede que no fuera lo mejor, el tratamiento de choque, pero me embalé sin querer porque mi cerebro número dos reaccionaba y protestaba–. ¿Qué cree usted, que todo lo que he hecho, el hartón de aguantarle manías, las horas que me he pasado aquí limpiando, ordenando, dándole conversación o paseando por el barrio a paso de tortuga son la única cosa que sé hacer yo? ¿Y los de Memoria y Dignidad? ¿Y el viaje de ayer? Ya me dirá dónde hubiera ido usted sin mí... ¿Cómo hubiera podido localizar a Federico si no le hubiésemos ayudado? Y ahora se me planta aquí, como un pasmarote, indiferente a todo por más comedia que le haga. ¡Y me tiene todo el día encerrado y mudo, como un mono en una jaula! Sí, ya lo sé, que me he quedado porque he querido... ¡Porque soy imbécil me he quedado, ya ve usted!

Y no recuerdo cuántas cosas más le solté, excitado por su indiferencia de viejo tozudo. Hasta que pareció que deseaba decirme algo y me callé en el acto, para oírle articular:

–Gracias...

No pude más. Con toda la energía y la rabia que había acumulado aquel domingo horrible, le cogí por los hombros y, abrazándole, convencido de que tenía más cansancio que hambre, le acompañé a la cama, porque comprendí que su cabeza no había dejado de cavilar en silencio a lo largo del día.

–Mañana... –corté la frase, porque no sabía qué podía decirle–, mañana... nos veremos, Ramón.

Al llegar a la calle respiré un par de veces ruidosamente, abriendo la boca, como si tuviera hambre de aire. Después de sentir que los pulmones se me llenaban de vida, arranqué a correr como loco hacia mi casa, prescindiendo del autobús: necesitaba notar que tenía el cuerpo vivo y capaz.

Aquella noche llegó Olga de Madrid, pero no me llamó.

27

Los lunes siempre se hacen cuesta arriba, pero aquel, a pesar de que el trimestre estaba acabando y en el instituto todo se relajaba un poco, todavía fue más difícil.

De haber podido escoger, no me hubiera levantado ni hubiera salido de casa en todo el día. Muy temprano, por la mañana, me despertó el sol que anunciaba el buen tiempo en la ventana y, a partir de entonces, ya no encontré la forma de volverme a dormir. La cabeza me hervía y notaba en el estómago un peso, una sensación de incomodidad muy desagradable, quizá premonitoria o puede que consecuencia de unos sueños vagamente tétricos, borrados de la memoria al abrir los ojos, pero que me habían alterado. Me despertaron de manera definitiva las inconcretas sensaciones desagradables que en ese momento, al volver al mundo real, tomaban formas no precisamente alegres: Ramón y Olga fueron las dos ideas que se me aparecieron en seguida, dos cabreos acumulados pendientes, dos fracasos que tenía que afrontar aquel día. Sí: me hubiera quedado en la cama.

Como era temprano y por casa todavía no se movía nadie –era muy extraño despertarse tan pronto: no me había pasado nunca–, decidí escaparme del mundo de la manera más práctica. Me tumbé en la cama y me coloqué los auriculares del MP3 al ritmo estridente que solía servirme para activar las neuronas. Me negaba a recuperar las imágenes del domingo tristísimo, por más que insistían en meterse dentro de mis ojos, que yo cerraba con fuerza. Poco a poco, la música, bálsamo infalible, fue ganando terreno, adueñándose de mi conciencia y de mi cuerpo, de manera que pronto empecé a sentirme vivo, potente, y empezaron a fluir las ideas.

Estaba solo –el futuro con Olga era un misterio en crisis– y tenía que empezar una nueva etapa –Ramón ya no llenaría cada tarde, si le internaban–. Según se mirara podía sentirme aliviado, porque ante mí se abrían nuevos caminos. Pensé que aquella sería una libertad diferente, construida de ira, cabreo y determinación. Una libertad de soledad y rabia, sí. Me levanté a buscar una hoja y un bolígrafo para anotar: «La Soledad y la Rabia son el verdadero motor del Empuje y la Pasión: S+R=E+P». Y la idea me gustó tanto que volvió a hacerme sentir el filósofo que el laberinto absurdo de la vida cotidiana había medio aparcado de mala manera. Sí, estaba bien la fórmula, y me parecía que podía sintetizar lo que sentía de verdad en aquellos momentos muy dentro de mí.

Desayuné repitiéndome la fórmula y salí a la calle con los auriculares puestos para convertirla en ritmo trepidante dentro de mi cerebro: ¡S+R=E+P! Una vez en el autobús me dije que, para ser fuerte de verdad y que la cosa funcionara, tenía que saber prescindir de todo lo que me apartara de esta idea, conseguir una autosuficiencia que me protegiera de las trampas sentimentales que derivan en rendiciones e hipocresías: hacer lo que uno cree, aunque cueste enfrentamientos y rupturas, sin aceptar ni una de las debilidades que nos idiotizan y nos vuelven mediocres. Puede que fuera eso lo que Comellas explicaba aquellos días del «superhombre» de Nietzsche... La idea me agradó, porque tenía la impresión de estarme acercando a la Filosofía de verdad. Sí, empezaba a ser fuerte, ya me sentía fuerte.

Y como ya era tan fuerte, el primer trompazo también me cayó fuerte.

El propósito estratégico inicial era muy claro: estaba seguro de que Olga haría aquello de no mirarme a la cara; por tanto, yo también haría como si ella no estuviera. Pero aquí es donde empezó a saltar por los aires mi interpretación doméstica de Nietzsche, porque cuando llegué a clase me la encontré esperando, sentada donde siempre y haciendo señales para indicar que me estaba guardando un sitio a su lado. Desconfiado profesional que uno es, me acerqué intentando aparentar una fría indiferencia que resultó un fracaso, porque no pareció afectarle en absoluto.

–¡Qué ganas tenía de verte, Arnau!

Y cuando yo ya temía que quisiera tenerme delante para retomar su bronca telefónica donde la había dejado, la tía va ¡y me estampa un beso sonoro en los labios!

Desarmado. La fórmula nietzscheana se volatilizó, a pesar de los esfuerzos que hice para decir:

–Pero ¿tú no estabas enfadada conmigo?

–Sí, y todavía lo estoy, porque eres un mentiroso desgraciado y un jeta que siempre tiene que hacer lo que le da la gana –me hablaba riéndose, como si bromeara o le hiciera gracia mi desconcierto–. Pero, a pesar de todo, no dejas de ser un tío estupendo, que actúas en consecuencia con lo que crees aunque resulte arriesgado, y por lo que yo sé, conseguiste que Ramón finalmente supiera qué le había pasado a su hermano Federico. Venga, va, explícame...

–¿Tú eres bruja, adivina o qué? –no sabía que después de colgarme el teléfono en el autobús, había llamado a Serrat para informarse del viaje.

–Solo sé cuatro cosas, las más importantes. Pero quien acompañó a Ramón fuiste tú y me puedes contar los detalles... Después hablamos, ¿eh?, que el *teacher* este ya nos empieza a mirar mal...

La clase de inglés avanzaba por su cuenta, mientras yo me peleaba con mis fórmulas filosóficas, que se enroscaban en mi cerebro y me soltaban un elocuente corte de mangas. Incapaz de seguir las explicaciones, dibujaba una espiral infinita en el margen de la hoja donde se suponía que debía anotar la lista del vocabulario de la pizarra. No sé por qué, alrededor de la espiral escribí «*to be or not to be...*» alargando las letras como en un caligrama... Hasta que Olga me dio un codazo, sonriendo, para que bajara de las nubes. ¿Podría llegar a entender algún día a aquella chica?

Ella quería saber la historia que nos había explicado la abuela aragonesa, y yo estaba seguro de que le hubiera gustado mucho, porque era impactante y muy dura. Pero empecé por el final que era lo que más me preocupaba.

–Ayer, tu doctor Reclusión se presentó en casa de Ramón para comunicarme que esta mañana iría con los de los Servicios Sociales para ingresarle en una clínica.

–Suerte que ya ha resuelto el enigma de Federico... –fue todo lo que se le ocurrió decir.

–Tú estás de acuerdo con él, ¿verdad, Olga? –me enfurecí–. Te parece perfecto que encierren a Ramón, ¿no?

–¡No seas estúpido, Arnau! que hablas como si le fueran a encerrar en una jaula ¿No te das cuenta de que estando como está ya no puede vivir solo?

–Mejor no hablamos –le dije, furioso– porque no vamos a entendernos...

Pero ella no abandonó. Le resultaba imposible pensar que una conversación la podía acabar alguien que no fuera ella, y todavía menos si era yo quien ponía el punto final. Así pues, empezó a repetir los mismos argumentos que el doctor Latoso, como si ambos los hubiesen aprendido en la misma escuela de plastas; pero yo no la escuchaba, porque no estaba dispuesto de ninguna manera a aceptar que se pudiera actuar contra la voluntad de una persona, aprovechando que no podía valerse por sí sola. Y lo señalé varias veces.

–¡Tú lo has dicho! –insistía ella–. No puede valerse y por tanto, como depende de los demás, tiene que aceptar que le cuiden. ¡Y tú, tozudo, también deberías aceptarlo! Si quieres decirlo así, de esa manera tan tremenda y exagerada que acostumbras a utilizar: sacrifican su libertad, la poca libertad que puede usar, en beneficio de la seguridad y el bienestar.

Era inútil: no nos podíamos entender. Lo que me extrañaba era que, después de discutir tanto rato, todavía no me hubiera mandado a tomar viento como solía. Yo me reprimía, porque notaba un cabreo que me iba subiendo por dentro al verla tan convencida y al pensar que, en aquellos mismos instantes, quizá se estaban llevando a Ramón sin que el hombre fuera capaz de mostrar la firmeza suficiente para impedirlo. Y tenía miedo de que allí, en medio del gentío que llenaba el pasillo, mi cabreo acabara explotando de una manera que después tuviera que lamentar.

Pero como nada funciona nunca como yo supongo, aquella vez tampoco fue así. El rugido de la llamada del móvil detuvo su discurso imparable y cometí el error de alegrarme, porque ignoraba que en seguida sentiría uno de los puñetazos más dolorosos que he recibido en mi vida.

–¿Eres tú, Arnau?

–¿Eh? ¿Cómo? ¡Sí! –aquella voz...–. ¡Giralt!

Al oírme nombrar a su doctor Eminentísimo, Olga acercó la oreja al auricular para no perderse una palabra del oráculo. Yo le di la espalda.

–Sí, soy yo, el doctor Giralt... –no hablaba con la seguridad de otras veces. A pesar de insistir en colocarse su título, su voz era seria. Por eso estuve en un tris de hacerle pagar todos mis cabreos soltándole un «¿Qué quieres, ricura?», que mi lengua luchaba por articular para hacerle tragar su «doctor» de las narices–. Tendrías que venir a casa de Ramón...

–¿Ahora? ¡Tengo trabajo! –debía de estar convencido de que todo el mundo perdía el culo cuando él silbaba–. ¿Es que no podéis persuadir a Ramón para que os acompañe, tú y tus secuaces de los Servicios Sociales?

–No es eso... –dudaba: ¡qué felicidad notarle contra las cuerdas!–. Deja lo que estés haciendo... Conviene que vengas en seguida...

–¡Y un cuerno! ¿Qué te hace pensar que puedes tratarme como a un criado? ¡Ven, vete; ahora sube, después baja; toma eso, deja aquello...! ¡Vas mal, tío!

–¡Basta de tonterías! ¡Ven! –ordenó; y después, en voz más baja, añadió–: Tienes que venir... Ven... Ramón ha muerto...

El puñetazo hizo que la cabeza empezara a darme vueltas y el estómago saltara hasta querer salírseme por la boca. La voz se me cortó unos segundos con un balbuceo estúpido, los ojos se me nublaron con sombras rojizas, el peso de un sabor amargo, bilioso y candente me inundó cuerpo y conciencia.

–Pero... ¡qué dices! ¡Estás loco! ¿Me tomas por idiota o qué? ¿Qué te has creído? ¡No puede ser...!

Le chillaba todo esto al teléfono mientras bajaba las escaleras en dirección a la calle, con Olga detrás, alarmada, sin entender qué ocurría. Porque yo descargaba todo mi odio contra el mundo sobre aquel médico que escuchaba, y que tan solo balbuceaba unos paternales «va, venga, chico...» y «cálmate...», intercalados con mis insultos. Al llegar a la puerta, mis gritos ya iban acompañados de lágrimas impotentes y de unos espasmos que me hacían difícil respirar.

Olga me alcanzó cuando llegaba a la reja de la calle y me quitó el móvil de las manos, que se me habían vuelto insensibles. Lo que pudieran hablar ella y el doctor Malasangre ahora me resultaba indiferente.

–¡Me voy! –chillé entre lágrimas al desconcertado conserje, para que me abriera la puerta–. ¡Ha muerto mi abuelo!

Y cuando acababa de decirlo me di cuenta de que aquello era más cierto de lo que podía parecer.

Olga estaba a mi lado, pero yo ni la veía, y me sentía muy lejos de ella y de todo. Es posible que me tomara del brazo, puede que me dijera algo, no lo sé. Yo estaba allí, pero no estaba. Parecía que mis dos cerebros me habían dejado huérfano, porque todos los sonidos eran un eco absurdo para mí. Tenía la impresión de que me había vuelto de madera, y un inexplicable frío glacial, intenso, que me venía de no sé dónde me hacía tiritar. Una voz me decía que aquello no podía ser verdad, que no era verdad, que no tenía que ser verdad, y miraba las calles llenas de gente desde la ventanilla del autobús, gente que continuaba su vida como si no hubiese pasado nada, como si Ramón nos esperara en su casa para charlar un rato o para adormecerse acariciando a *Malatesta*. La mirada astuta, el pelo encrespado, los gestos elocuentes, sus ojos perdidos, trozos de palabras, de discusiones y disparates... todo eran relámpagos en mi mente mientras observaba a los demás pasajeros del autobús: rostros anodinos que odié, porque no entendían ni compartían mi tragedia. La tragedia de Ramón, sí, pero también la mía.

Resultaba insultante que fuera, en la calle, las cosas siguieran como siempre: gente andando, coches corriendo, tiendas abiertas... Me parecía inexplicable que no se hubiera parado todo. Y el autobús corría menos que nunca y el viaje era lento, largo, eterno, pesado, doloroso... Tenía sed, mucha sed, cuando bajamos. La garganta, seca, me dolía, quizá de tanto hablar hacia adentro. Pero lo olvidé todo en seguida, porque fue bajar y echarme a correr para llegar rápidamente a casa de Ramón; y me olvidé de que Olga intentaba alcanzar el ritmo enloquecido de mis piernas y que me llamaba repitiendo mi nombre una y otra vez como un eco lejano. Porque debía de ser su voz aquella que me perseguía desde hacía un rato.

Al llegar cerca de la casa, ya pude ver la multitud fisgona amontonándose en la acera, atraída por la morbosidad de la muerte de un hombre de quien lo ignoraban todo. Un nuevo ataque de rabia me nubló los ojos y la cabeza, convencido de que aquello era convertir la tragedia de Ramón en espectáculo.

Ahora, pasado el tiempo, sé que todo eso era muy injusto y exagerado, pero fue lo que sentí; porque de pronto me encontré solo, muy solo, más solo que nunca, y de una manera que desconocía que se podía estar solo, como si me hubiera quedado absolutamente, rotundamente solo, guardando su dolor y el mío, sin poderle acompañar, ni hablarle, ni pelearme con él nunca más. ¿Y qué iba a hacer yo ahora, sin su guía?

–¡Ay, hijo mío!

Aquella especie de graznido, que me pareció obsceno e imbécil, lo lanzaba Antonia, la vecina que había reaparecido y se dirigía a mí, no tan solo convirtiéndome en hijo suyo sin ningún derecho, sino también agarrada a mí como una ventosa, que no me dejaba avanzar entre la gente. No sé qué le dije para quitármela de encima, pero seguro que no fue ningún piropo. Un poco más allá, Giralt levantó el brazo para que le viéramos.

–¿Qué ha pasado? –no le interrogaba: ¡le exigía una confesión!

–No lo sabemos con seguridad...

–¡Ah! ¡Vivan las ciencias empíricas! –el sarcasmo es una vía de escape cuando uno ya no puede más y encuentra a quién dirigir los dardos.

–¡Cálmate, Arnau, por favor! –me pedía, haciendo como que no tenía en cuenta mi ofensa, sino mi estado de ánimo–. Cuando he venido a primera hora con la asistenta social, hemos encontrado al gato de Ramón maullando en la calle y dándole arañazos a la puerta, como queriendo entrar. Hemos llamado y nadie nos respondía. Después de probar y probar sin ningún resultado, han salido algunos vecinos y hemos llamado a la policía. Cuando han abierto, el olor a gas casi nos tumba a todos...

–¡No puede ser! Tanto los Armengol como yo cerrábamos la llave del gas siempre, al salir. Y le habíamos llenado la casa de cartelitos recordatorios... ¿Cómo es posible que...?

–Porque él también sabía que le cerrabais la llave... Ya sabes que últimamente no estaba nada bien... Había un cazo con leche sobre los fogones. Puede que quisiera calentarse un poco para tomarla antes de irse a la cama, y al cabo de un momento, antes de prender la cerilla, al moverse de un lado a otro debió de olvidar que había encendido el gas...

Siguió explicando que le habían encontrado en la butaca del comedor, sentado, con una manta en las piernas y la boina en la cabeza, como si se hubiera dormido. Yo imaginé la estampa tétrica y sentí un latigazo de hielo recorriéndome todo el cuerpo. Mientras oía, muy de lejos, al médico. Señalaba que hacía un rato, poco después de llamarme, se lo habían llevado a la funeraria, que él había certificado la muerte y rellenado todos los papeles legales...

Olga le escuchaba, yo ya no. Seguía sin comprender qué podía haber pasado. La explicación de Giralt parecía lógica, a pesar de que algunos detalles eran extraños: *Malatesta* durmiendo fuera de la casa, Ramón poniéndose la boina para sentarse...

–¿Qué quieres hacer ahora, Arnau? –Olga me sacaba de la obnubilación más negra, con voz suave.

–¡Marcharme! –respondí yo, feroz.

28

Me he ido acostumbrando a no ver a Ramón, claro. El tiempo, que no es cierto que cure nada, ha pasado y ha seleccionado fragmentos, subrayado sensaciones y rescatado sentimientos para construir la memoria íntima que me acompañará para siempre, haciéndome como soy y formando parte de mí mismo.

Por eso quiero ahora recordar el episodio final, tan duro, del entierro de Ramón... Resuelto, por cierto, gracias a las gestiones de mi padre; porque el viejo, que no había escatimado sacrificios luchando tanto para conseguir una vida digna, no tenía ni un mal agujero donde descansar una vez muerto. Y sin ceremonias ni discursos, tan austero y sencillo como había vivido, fue enterrado. El único lujo fue el ramo de rosas rojas que Olga y yo compramos para dejar envueltas en un trapo negro sobre su ataúd, con una tarjeta que seguramente nadie vio en la que había escrito «¡Salud y libertad, Ramón!»; porque quería pensar que él quizá sí lo leería, recordando el saludo que me había enseñado –«No se le puede desear nada mejor a una persona»– y que yo había hecho mío, como tantas otras cosas que aprendí de él.

Porque la convivencia con Ramón, que duró dos meses escasos, me ha dejado una huella mucho más profunda que los años compartidos con mis amigos de siempre. Su imagen –que conservo en las fotografías que Laura le hizo dos días antes de morir– y algunos episodios más divertidos y grotescos que vivimos los dos, me vienen a menudo a la memoria y me hacen sonreír a solas y en silencio, que es como si le sonriese a él.

Y por si fuera poco, *Malatesta* procura que cada día le recuerde. Porque lo tenemos en casa, amo y señor de un rincón del sofá, desde donde se ha acostumbrado a observar a la familia mientras comemos, por más que mi madre le eche inútiles broncas. Vive como un rey y hace lo que le da la real gana, tal que si hubiera heredado el espíritu libertario más rudo e insobornable del Ramón de los buenos momentos. Duerme a los pies de mi hermano, a quien ha tomado una especial estima, porque cada tarde le espera a la vuelta de la escuela para practicar un rato de lucha libre sobre la alfombra de la sala de estar –segunda bronca de mi madre–, un espectáculo insólito de maullidos y risas entre los dos cómplices gamberros y divertidos.

Mi amistad con el gato es más pacífica. Entra en mi habitación cuando estudio o leo, como si viniera de visita, y yo le hablo y le leo un rato los apuntes sobre Kant –que no debe de gustarle en absoluto, porque creo que tenía un perro–, o sobre Hegel. Y los días que viene Olga a estudiar y lo ve, se echa a reír, porque dice que estoy loco por hablar con un gato y leerle Filosofía. Pero yo no estaría tan seguro, porque cada día veo más claro que entiende muchas más cosas de las que ella cree...

Y la relación con Olga, que continúa siendo tan intensa como siempre, tiene sus altos y bajos. Aunque, como ahora no estoy nervioso ni obsesionado, hace ya un tiempo que no me deja con la palabra en la boca en mitad de la calle, como solía. También es cierto que hago cuanto puedo para dominar mis celos, pero la verdad es que resulta comprensible que, siendo como es tan espectacularmente guapa, atraiga como un imán a todos los moscones que pasan. Discutimos lo que toca, es decir casi cada día, pero voy aprendiendo a tomarme las cosas con más calma. Que se pase tres tardes a la semana visitando abuelitos sigo sin entenderlo, ahora que se acerca la selectividad; pero no hay manera de convencerla de que lo deje durante un tiempo, porque dice que tiene la situación bien controlada y que, si no entra en la facultad de Traducción, irá estudiando licenciaturas en diversos idiomas hasta que se canse. Ella es así, y a ver quién es el guapo que se atreve a llevarle la contraria...

Con el curso a punto de acabar, pues, y superado el mal trago de aquellos días, las cosas van tomando un aspecto de normalidad que permite mirar al futuro y prepararse para algunas decisiones.

Sí, me matricularé en Filosofía, aunque mi padre continúe frunciendo el ceño a escondidas cuando sale el tema. Y es probable que acepte la invitación de Serrat para colaborar con los de Memoria y Dignidad, si me queda algún rato. Porque me interesa conocer el pasado, la historia y los detalles de unas vidas importantes y desconocidas, tan impresionantes, tan llenas de sentido y de humanidad como las de Ramón y Federico, que para mí son grandes lecciones de dignidad porque equilibran y dan un valor profundo, vivo y auténtico a las teorías de muchos filósofos e historiadores famosos que aparecen en los libros.

El tiempo, como decía, no borra nada de lo que se ha experimentado intensamente, se mantiene vivo en mil detalles, porque la memoria selecciona y, poco a poco, va poniendo cada cosa en su sitio.

Y sí, es verdad que la vida sigue, pero de modo diferente, porque aquello en lo que uno ha vaciado su pasión, su alma y sus sentidos marca para siempre. Es por eso que he querido dejar escrito mi tiempo compartido con Ramón: para ordenar su voz, sus lecciones y mis pequeñas experiencias, para dejar constancia de él y, sobre todo, para revivir algunos momentos mientras escribía, acompañado por la magia de las palabras que resucitan la existencia con una intensidad nueva, que la guardan más adentro. Y porque, gracias a lo que queda en mí de su memoria, he descubierto que dentro de mí había, como dice Olga, un Arnau diferente, un yo que antes me era desconocido.

Antoni Dalmases

ANTONI DALMASES no soporta la banalidad. Ni el calor, los compromisos sociales y la hipocresía. Los que le conocen dicen que es intemperante, malhumorado, contradictorio y hasta peligroso. Pero él se considera un ciudadano normal, que ama el silencio, los juegos de palabras, el mar, el sentido del humor, algunos libros y el refugio intocable de su gente.

Reconoce que los libros le han proporcionado amigos, satisfacciones, momentos muy agradables, algunos premios y la posibilidad de vivir diversas vidas simultáneas, porque escribir, como leer, es multiplicar el alma sin dejar de ser uno mismo.

Piensa que la literatura le acerca a la felicidad, porque es una de las pocas actividades con las que se puede esquivar, de manera inteligente y sin demasiados problemas, la mediocridad y la estupidez banal a que estamos sometidos.

Por todo esto es escritor y profesor de Literatura. Para que sus alumnos abandonen la aburrida vulgaridad cotidiana junto a Stevenson, Verne, Hergé, Homero, Cortázar, Poe, Cervantes, Kafka, Pla y un sinfín de maestros.

SI LO QUE TE HA GUSTADO DE **YO, EL DESCONOCIDO** ES LA RELACIÓN QUE EL PROTAGONISTA TIENE CON EL ANCIANO RAMÓN, NO TE PIERDAS **MENSAJE CIFRADO**, donde Santiago recuerda los momentos vividos junto a su abuelo mientras trata de descubrir qué terrible secreto se oculta en su pasado.

MENSAJE CIFRADO

Marta Zafrilla
Premio Gran Angular 2007
Gran Angular, n.º 267

SI TE ATRAPAN LAS HISTORIAS EN LAS QUE SE REMEMORAN ALGUNOS EPISODIOS DE LA GUERRA CIVIL, **NOCHE DE ALACRANES** ES TU LIBRO. En él, Delgadina lo arriesgará todo durante la contienda para ayudar al joven que ama.

NOCHE DE ALACRANES

Alfredo Gómez Cerdá
Premio Gran Angular 2005
Gran Angular, n.º 255

SI TE GUSTAN LOS LIBROS QUE ABORDAN PROBLEMAS REALES, QUE APARECEN A DIARIO EN LOS PERIÓDICOS, **EL BESO DEL SAHARA** NO TE DEJARÁ INDIFERENTE, ya que conocerás de manos de Marta, su protagonista, la vida del pueblo saharaui.

EL BESO DEL SAHARA

Gonzalo Moure,
Los libros de Gonzalo, n.º 2

SI TE HA GUSTADO **YO, EL DESCONOCIDO** POR CÓMO TRATA EL TEMA DE LA ENFERMEDAD Y LA MUERTE, **FLORES PARA ALGERNON** TE ENGANCHARÁ DESDE EL PRINCIPIO. Narra la historia de Charlie Gordon, un joven discapacitado que, de pronto, tiene la posibilidad de operarse para ser una persona como las demás.

FLORES PARA ALGERNON

Daniel Keyes
Gran Angular, n.º 263

www.literaturasm.com